KB043032

살육의 천사

ONCE IN A BLUE MOON

3

원작 = **사나다 마코토**
저자 = **키나 치렌**
일러스트 = **negiyan**

STORY BY MAKOTO SANADA
WRITTEN BY CHIREN KINA
ILLUSTRATION BY NEGIYAN

창문 하나 없는 하얀 벽에 둘러싸인 상담실은 새하얀 빛이 비추고 있음에도 불구하고 마치 이 세상의 밑바닥에 있는 듯한 이상한 분위기를 자아내고 있었다.

신경질적일 만큼 주름 하나 없는 흰 가운을 걸치고서 의미심장한 눈빛의 카운슬러 대니와 마주하는 형태로 놓인 딱딱한 의자에 앉은 레이는 무기질적이면서도 어딘가 평온한 표정을 짓고 있었다.

얼마 전에 언론을 떠들썩하게 했던 살인 사건에 관해 레이는 연일 이 방에서 강제적으로 **카운슬링을** 받고 있었다.

하지만 카운슬링을 받고 있다는 인식은 레이에게 없었다. 그저 무언가를 물어보면 대답한다. 그런 상황에 불과했다.

레이는 자신의 마음에 관해 그다지 관심이 없었다. 알고자 한 적도 없었다. 그리고 레이의 마음은 지금 카운슬링을 받을 필요도 없을 만큼 평온할 터였다.

그러나 레이의 그 모습은 남들이 보기에는 정상이 아니었다. 왜냐하면 레이가 맞닥뜨린 살인 사건에서 잔혹한 시신으로 발견된 것은 레이의 부모님이었기 때문이다.

대니는 감정을 추측할 수 없는 레이에게 미소 지었다.

"레이첼, 오늘은 조금 깊게 이야기해 봐도 괜찮을까?"

입을 다물고 있는 — 것처럼 보이는 — 레이의 파란 눈은 누구도 도달한 적 없는 심해와 같은 무서움을 머금고 있었다.

레이라는 존재는 대니가 정신과 의사가 되고 진찰했던 어떤 환자와도 달랐다.

대니에게 레이는 광기적일 만큼 아름다웠다.

그것은 열세 살 소녀라고 생각할 수 없을 만큼 반듯한 레이의 아름다운 외모나 석양빛을 받은 보리 이삭처럼 반짝이는 긴 머리와는 상관없었다.

세계를 정확히 비추는 대니의 오른쪽 눈에 담긴 것은 그가 줄곧 추구했던 **살아 있으면서 죽은 눈**이었다.

마치 인류가 처음으로 지구를 바라봤을 때처럼 모든 것이 보잘것없게 여겨지는, 측량할 수 없는 깊이를 간직한 파란 눈. 대니는 레이와 처음으로 대면한 그때부터 그 파란 눈에 사로잡혀 있었다.

"괜찮아, 무서워하지 않아도 돼."

대니는 레이에게 부드러운 눈길을 보냈다. 하지만 레이는 아무런 대답도 하지 않았다. 아니, 아직 대답해야 할 질문을 받지 않았다.

"……그럼, 그래. 너한테만 묻는 것도 미안하니 내 얘기라도 할까?"

레이를 배려하는 척하지만 실제로는 이야기하고 싶어서 견딜 수가 없는 모습으로 대니는 말을 이었다. 레이는 무언가를 꿰뚫어 보듯 대니를 힐끔 보았다.

"아! 이쪽을 봐 줬구나! 역시 너는…… 정말로 예쁜 눈이야!"

레이의 눈을 담으니 대니는 순식간에 카운슬러라는 역할을 잃어버릴 것 같았다. 그것은 조건 반사라고 해도 과언이 아니었다.

아무것도 비추지 않는 레이의 눈에 매료되면서도 대니는 흥분을 다 감추지 못한 채 조용히 이야기하기 시작했다.

"사실 내 한쪽 눈은 의안이란다. 선천적으로 한쪽 눈이 없어서 어릴 때는 엄마가 그것 때문에 심하게 가슴앓이를 했지……. 앓고, 앓아서…… 눈동자가 정말 어두웠어. 어둡고 고요한 눈은…… 언제부터인가 자식인 나조차 비추지 않게 됐지……."

마치 성모 마리아를 향해 구제를 바라는 어조로 대니는 일방적으로 털어놓았다.

"하지만 나는…… 그런 엄마를 사랑했어. 그 눈동자가 사랑스러웠어."

대니는 과할 만큼 입가를 일그러뜨리고 감정을 토해 냈다.

그러나 그것은 평범한 감정이 아니었을지도 모른다. 대니에게는 어떤 저주와 같은 속박이 있었을지도 모른다.

후우 하고 숨을 내쉰 대니는 정신과 의사로서의 얼굴을 어떻게든 꾸몄다.

그리고 핵심에 다가섰다.

"……레이첼, 너는…… 부모님이 미웠니……?"

"……아뇨."

레이는 마치 의자에 앉은 아름다운 인형처럼 표정 하나 바꾸지 않고 대답했다.

레이의 부모님은 집 안에서 **각각** 살해당한 뒤, 거실의 2인용 소파에 앉혀져 흡사 연인이 손을 맞잡은 것처럼 손이 꿰매진 상태로 발견되었다.

시체에서 풍기는 이취 때문에 이웃 주민이 신고하고 경찰이 달려왔다. 그리고 그 이상한 시체 바로 옆에서 발견된 것이 외동딸인 레이였다.

레이는 부자연스럽게 꿰매진 부모님의 시체 바로 옆에서 꿈을 꾸고 있었다.

새하얀 꽃이 끝없이 피어 있는 초원에 그저 서 있을 뿐인, 꼭 천국에 있는 느낌이 드는 꿈이었다. 하지만 그 새하얀 꽃은 마치 종이로 만든 것처럼 묘하게 납작했고, 생기도 없고, 현실감이 없었다.

그러나 아무 향도 나지 않는 그 기묘한 꽃들 속에서 자는 것은 전에 없이 아늑하고 편안했다.

"그럼 어째서 자르고 꿰맨 거니?"

아직 온기가 가시지 않은 기억을 꺼내는 레이의 고막에 대니의 목소리가 울렸다. 레이는 기억에서 깨어남과 동시에 대니의 눈을 응시했다.

어째서 라니…… 생각할 필요도 없다. 그저 가지고 싶었다.

레이는 만족스럽게 살포시 웃으며 소녀다움이 느껴지는 선명한 목소리로 단언했다.

"……가족을 가지고 싶었어요."

CONTENTS

아아, 어쩌지…….

B2층에서 B1층으로 가는 엘리베이터가 멈추고 눈앞에 펼쳐진 그 광경을 레이는 잘 알고 있었다. 어둑한 복도가 어디로 이어져 있는지, 거기에 무엇이 있는지…… 그 모든 것을 레이는 자신의 의지와 상관없이 떠올리고 있었다.

마치 과거 속에 발을 들이는 것처럼, 눈앞에서 일어났던 일을 다시 체험하는 것 같았다.

뇌의 잠들어 있던 부분이 각성하며 되살아난 모든 기억이 마음에 박혔다. 밤을 가둔 것 같은 파란 눈 속에 선명한 피가 번져 갔다.

자신의 발끝이 희미하게 떨리고 있음을 레이는 알아차리지 못했다. 그저 아프도록 두근두근 뛰는 심장을 느끼고 있었다.

'내가 있던 곳은…… **여기였어**.'

복도 끝에서 풍기는 강렬한 꽃향기가 코를 찔렀다.

무언가가 부패한 냄새를 위장하기 위해 만들어진 화원이 이 끝에 있다—

잭은 엘리베이터에서 움직이지 않고 있는 레이를 두고 혼자 앞으로 나아갔다. 잭이 집 안으로 나아갈 때마다 레이는 암흑에 삼켜지는 느낌이었다.

"응? 뭐야, 여기…… 집 안이잖아?"

잭은 붕대 밑의 날카로운 눈으로 새로운 층의 인테리어를 확인했다.

"기다려, 잭…… 기다려."

레이의 입은 자연스럽게 그렇게 움직이고 있었다.

잭이 나아가는 그 끝에는 레이가 절대로 보이고 싶지 않은 것이 있다. 그것은 마치 인형처럼 거기에 우두커니 있을 터였다.

"핏자국이 있군……. 이쪽으로 이어져 있는 건가……?"

그러나 지상이 가까워지고 있다는 고양감에 지배된 잭에게 레이의 목소리는 전해지지 않았다.

잭은 상황을 줄줄 설명하며 복도에 이어진 생생한 핏자국을 따라갔다. 어떻게 하면 **전부 알려지지 않을** 수 있을까……. 생각할 시간도 주지 않은 채 자꾸만 멀어지는 잭의 등이 레이의 눈에 비쳤다.

'어쩌지…….'

잭에게만큼은 **알려지고 싶지 않다.** 초조와 공포가 레이의 마음을 지배했다. 레이는 잭이 복도 끝에 있는 방으로 들어가려고 하는 것을 어떻게든 막고자 목소리를 쥐어짰다.

"안 돼, 부탁이야…… 가지 마!"

"그 방을 보지 마……!"

하지만 그 절규는 문이 쿵 닫히는 소리에 막혔다. 잭은 이미 복도 끝에 있는 방에 들어가 있었다. 레이의 비통한 외침은 아무도 없는 복도에 허망하게 울렸다.

'아아…….'

바꿀 수 없는 과거가 눈앞에 소용돌이쳤다. 레이는 그 자리에 못 박힌 채 창백해졌다.

▲
▼

"어이, 레이! 뭐 해!"

문 너머에서 잭이 자신을 불렀다. 그 무구한 목소리가 지금 레이에게는 아팠다. 마치 바늘이 고막을 찌르는 것 같았다.

잭이 다음 방으로 나아간 뒤에도 레이는 여전히 엘리베이터 앞에서 움직일 수 없었다. 가능하다면 이 자리에서 움직이고 싶지 않았다.

하지만 이대로 여기에 가만히 있을 수는 없었다. 레이는 입술을 꽉 깨물고, 정지한 엘리베이터 안에서 나갔다.

알려지고 싶지 않다. 잭에게만큼은 아무것도 알려지고 싶지 않다.

레이는 그것만을 바랐다. 잭에게 미움받게 되는 것을 어째서인지 이상하리만큼 두려워하고 있었다.

'가자……'

이 앞에 있을 터인 모든 것이 없어졌기를 마음속으로 기도하며, 레이는 잭의 뒤를 쫓았다.

어둑한 복도 끝에 있는 문을 열고 레이는 숨을 삼켰다.

역시 그곳에는 레이가 **잘 아는** 광경이 펼쳐져 있었다. 하지만 그것은 남들이 보기엔 흔한 가정집의 일실(거실)에 불과할 것이다. 창문으로는 유난히 큰 달이 보였고 불온한 파란빛이 비쳐 들고 있었다.

그리고 거실 안쪽에는 너무나도 부자연스럽게, 매니큐어로 색을 칠한 것 같은 그로테스크한 색채의 가짜 꽃이 늘어서서 독한 향을 풍기고 있었다.

"진짜로 집 내부 같네."

레이가 동요하든 말든 그런 불온함에는 전혀 관심이 없는 목소리로 내뱉은 잭은 방 안을 물색하기 시작했다.

그 모습을 두렵게 지켜보며 레이는 여기 있는 모든 것이 그대로 남아 있음에 전율하지 않을 수 없었다.

거실 중앙에는 기억대로 지저분해진 흰색 2인용 소파가 놓여 있었다. 거기에 손을 잡고 앉아 있는 인형 같은 물체가 싫어도 시야에 들어왔고, 레이는 오싹해져서 지금 당장 몸을 돌려 나가고 싶어졌다. 하지만 그런 일은 이제 불가능했다. 레이는 후우 하고 숨을 내쉬어 마음을 진정시켰다.

지금이야말로 신께 기도하고 싶었다. 그러나 지금까지 레이가 줄곧 믿었던 **편리한 신**은 이제 없었다.

하지만 지금, 레이의 신이라면 바로 옆에…… 있었다.

"뭐야, 이거. 여기저기 꿰매져 있네……. 입이랑 몸이 들러붙어 있고, 팔은 봉제 솜뭉치잖아? 이거 인형인가……?"

잭이 의아하게 바라보고 있는 곳에는 레이가 만든 이상적인 가족이 있었다.

창문으로 보이는 그 가짜 같은 — 어떻게 봐도 인공적인 — 커다랗고 푸르스름한 달이 마치 스포트라이트처럼 부자연스럽게 손을 맞잡은 부부를 비추고 있었다.

'어쩌지, 어쩌지…… 생각해야 해…… 하지만, 하지만…….'

레이는 눈썹을 찡그렸다. 지금까지는 이 광경을 보이는 것에 저항감 따위 없었다. 왜냐하면 저 **인형**은 레이가 마침내 손에 넣은 이상적인 가족이었기 때문이다.

하지만 지금, 잭이 그것들을 물끄러미 보는 것이 레이는 진심으로 두려웠다.

가능하다면 눈에 보이는 모든 것을 파괴해 버리고 싶었다. 그런 충동에 사로잡힐 만큼, 이 비참한 상황 속에 잭과 함께 존재하는 것을 레이는 참을 수가 없었다.

그때, 갑자기 잭이 인형으로 손을 뻗었다.

레이는 등골이 얼어붙었다. 자신이 저지른 모든 것이 순식간에 되살아났다. 레이는 당장에라도 발광할 것 같은 기분이 되었다. 언제 시작되었는지도 알 수 없는 이 이상함 속에서 레이는 어떻게든 떨리는 목소리로 말했다.

"잭, 그러지 마……. 뭐가 있을지 모르니까 함부로 만지지 마."

인형을 만지면 그리로 모든 것이 전달될 것 같다는 두려움이 레이의 심장을 움켜잡고 있었다.

"뭐? 너 아까부터 왜 그래? 이런 거에 뭘 새삼 겁먹고 난리야."

미덥지 못한 레이의 태도에 잭은 짜증을 내기 시작했다. 하지만

동요를 다 억누르지 못한 레이는 그것조차 알아차리지 못했다. **알려지고 싶지 않다.** 그것 말고는 생각할 수 없었다.

잭은 작게 혀를 찬 후, 짜증을 발산하듯 그 소파에 앉아있는 **인형**의 한쪽 팔을 걷어찼다. 그러자 꿰매져 있던 팔이 간단히 툭 떨어졌다.

"……시체인가. ……기분 더럽네."

잭은 마침내 그 이변을 깨닫고 인상을 썼다.

인형인 줄 알았던 그것은 부패 중인 시체가 틀림없었기 때문이다.

레이는 저도 모르게 몸을 떨었다. 시체에 겁을 먹은 것은 아니었다. 그런 것은 이 방에 들어오기 전부터 알고 있었다. 다만 레이는 두려웠다.

이대로 가다가는 알려지게 된다. 모든 것이 알려지게 된다.

아아, 신이시여―.

이제는 사라진 편리한 신에게 무심코 기도하면서도 레이는 절망하지 않을 수 없었다.

'……미움받고 싶지 않아. 잭에게 미움받기 싫어.'

미움받기 전에 차라리 이대로, 잭이 죽이고 싶다고 생각하고 있는 나를, 아무것도 모른 채 죽여 줬으면 좋겠다. 죽여 줬으면. 죽여 줬으면…….

과거의 잔상에 삼켜지듯 눈앞이 아찔해졌다. 레이는 패닉 상태에 빠져서 정신없이 외치기 시작했다.

"잭, 있지, 잭! 제발 부탁이야……! 제발 죽여 줘, 빨리 죽여 줘!"

돌연 망가진 것처럼 일방적으로 잭에게 바싹 다가와 간청하는 레이의 모습을 보고 잭의 얼굴은 살짝 굳었다.

"어이! 갑자기 뭐야!"

잭은 무심코 레이를 밀쳤다. 난데없이 어떻게 된 것일까. 레이가 무슨 생각을 하고 있는지는 알 수 없으나, 아무튼 이 층에 온 뒤로 레이는 안절부절못하고 있었다. 이렇게 갑자기 죽여 달라고 닦달하다니…… 뭔가 나쁜 것에 씌기라도 한 건가. 눈썹을 찌푸리며 잭은 뒤로 물러나 레이와 거리를 벌렸다.

한편 명백하게 자신을 거부하는 잭의 태도에 레이는 혼란에 빠졌다. 잭은 레이가 절망한 표정을 짓기를 원했을 터였다. 그런데 왜…… 죽여 주지 않는 것일까.

레이는 재차 절망 섞인 목소리로 말했다.

"부탁이야, 잭……. 빨리…… 죽여 줘……."

그러나 아무리 부탁해도 잭은 평소처럼 낫을 들지 않았다. 그럴 기미조차 없었다.

낫을 들기는커녕 조금 노여워하는 얼굴로 잭은 레이의 이성을 잃은 눈동자를 노려보며 내뱉었다.

"무슨 소릴 하는 거야! 여기서 널 죽여서 어쩌라고! 아직 밖에

도 안 나갔어. 그리고 내가 죽이고 싶은 건 그 얼굴을 한 네가 아
니야."

▲
▼

이 얼굴이 아니야?
"……하지만……."
레이는 잭의 대답에 위화감을 느끼지 않을 수 없었다. 레이는
잭이 말하는 절망한 표정을 분명 짓고 있을 터였다. 혼란 속에서
레이는 잭으로부터 눈을 돌렸다.
그때 문득, 그것 또한 레이를 비난하듯 바닥에 놓인 초록색 책
한 권이 시야에 들어왔다.
레이의 혼잡한 뇌에 잠들어 있던 또 다른 기억이 되살아났다.
아아, 맞아……. 여기서 이 책을 읽었어.
방 창문으로 들어오는, 그 밤을 재현한 파란 달빛 속에서…….
'저건…… 성서…….'
머릿속에 딸랑 하고 밤바람이 연주하는 것 같은 방울 소리 환
청이 울렸다.

그것은 마치 누군가의 죽음을 선고하는 것 같은 음색이었다.

—신은 거짓말쟁이나 부정한 것을 싫어해.

동시에 어째서인지 머릿속에 박혀 있는 그레이의 말이 떠올랐다.
그 순간, 소파에 앉은 시체들이, 이상적인 가족이었던 자들이
자신을 향해 웃는 것처럼 보였다.
그들은 천천히 손짓하며, 썩기 시작한 입을 움직여 뭐라고 중얼
거렸다.

레이, 어서 이리 오렴.

여기저기 꿰매진 엄마가 그렇게 말하자 이어서 아빠가 꿰매진
입을 열었다.

뭐 하고 있니, 레이. 이리 와—.

레이는 당장에라도 실성할 것 같았다. 아니, 이 층에 온 뒤로
이미 이성이고 뭐고 전부 날아가 버린 상태였다.
"……아…… 아아…… 부탁이야, 잭! 빨리, 날 죽여 줘. 아무것

도 모른 채……."

알려지고 싶지 않다. 이 집을 보이고 싶지 않다. 잭에게, 잭에게…… 미움받고 싶지 않다…….

레이는 그저 그것만을 미친 듯이 바라고 있었다.

"부탁이야. 지금의 나를…… 죽여 줘."

레이는 양손으로 잭의 후드티 자락을 움켜쥐고 잭을 올려다보며 간청했다. 당장에라도 눈물이 날 것 같았다.

레이는 여태껏 다른 사람 앞에서 이렇게 흐트러진 모습을 보인 적 따위 없었다. 하지만 지금은 차례차례 치솟는 감정 때문에 숨이 막힐 정도로 레이의 마음은 들끓고 있었다.

"부탁이야, 나의 신이라면!"

그리고 그렇게 외친 레이의 음색은 자기 자신조차 거부 반응을 보이고 싶어질 만큼 히스테릭했다.

그런 레이의 귓가에서 엄마의 목소리가 되살아났다.

—더 이상 나를 불행하고 지독한 엄마로 만들지 마……!

그것은 지금 레이의 음색과 아주 비슷했다.

그 순간, 레이 안에서 무언가 뚝 끊어졌다. 그와 동시에 레이의 가냘픈 몸은 건전지가 다 된 인형처럼, 거실에 퍼진 피 웅덩이 속에 쓰러졌다.

"……어이! 어이, 웃기지 마!"

정신을 잃기 직전, 레이는 온 거실에 심긴 꽃의 인공적인 냄새에 휩싸이며 희미하게 떠올렸다.

아아, 맞아……. 언젠가 여기서 잠들었어.

그 밤은 행복했다. 그 밤의 아늑한 꿈속에서 보았던, 하얀 꽃이 끝없이 이어진 초원이 레이의 시야를 뒤덮어 갔다.

"어이, 레이……! 정신 차려, 레이……!"

어디선가, 멀리서 혹은 가까이서 잭이 부르는 목소리가 들렸다.

하지만 눈을 감은 레이는 이제 무엇이 거짓이고 무엇이 진실인지 생각할 수 없었다.

다만 이대로 깨어나지 않으면 좋겠다고 느꼈다.

CHILDISH GIMMICK

잭은 아까 걷어찼던 기분 나쁜 시체를 완전히 소파에서 내렸다.

그리고 어떻게 된 것인지 돌연 정신을 잃은 레이를 살며시 안아서 시체가 놓여 있었던 소파에 눕혔다. 품속에서 레이는 희미하게 숨을 쉬고 있었다. 가냘픈 몸은 잭에게 깃털처럼 가벼웠다.

'……이 녀석, 제대로 먹고 있는 건가.'

느닷없이 발광하고 기절한 것도 영양이란 것이 부족해서 그럴 것이다. 잭은 자신의 식생활은 돌아보지 않은 채 너무나도 태평하게 레이의 증상을 인식했다.

그때, 대충 눕힌 탓인지 중력에 이끌려 레이의 손목이 소파에서 축 늘어졌다.

그 바람에 레이의 포셰트가 열렸고, 안에서 어떤 용지 두 장이 팔랑팔랑 바닥으로 떨어졌다.

"……응? 이건 뭐야……?"

잭은 허리를 굽혀 그 용지를 주웠다.

두 용지에는 각각 우측 상단에 얼굴 사진이 붙어 있었다.

맨 처음 본 종이에 찍혀 있는 것은 자신 그리고 다른 한 장에는 레이의 사진이 붙어 있었다.

'잘 모르겠지만 이쪽이 내 거고 이쪽이 레이 건가……?'

잭은 레이의 사진이 붙은 용지를 자세히 보았다.

하지만 아무리 글씨가 선명하게 보여 봤자 글을 읽지 못하니 의미가 없었다. 아무것도 해독할 수 없어서 짜증이 날 뿐이었다.

"아…… 읽을 수가 없어!"

대체 무엇이 쓰여 있는 종이일까—.

그것이 자신과 레이의 과거가 상세하게 적혀 있는 **이력서**임을 잭은 알 수 없었다.

알 수 있는 것은 그 종이에 적혀 있는 숫자, 연도나 나이뿐이었다.

그리고 레이와 자신에 관해 적혀 있더라도 관심 없었다.

하지만 레이가 잠들어 있는 지금, 다시 포셰트에 넣기도 꺼려졌다. 일단 잭은 이력서 두 장을 꾸깃꾸깃 뭉쳐서 후드티 주머니에 넣었다.

레이가 왜 이런 것을 포셰트에 숨겨 놓고 있었는지는 의문스럽게 여기지 않았다.

잭은 가볍게 한숨을 쉬고, 잠자는 공주처럼 미동도 없이 소파에 누운 레이에게 눈길을 주었다.

"그건 그렇고…… 이 녀석 갑자기 쓰러지고 말이야…… 피곤한가? 뭐, 그럴 만도 하지만……."

감긴 눈시울에 난 레이의 긴 속눈썹이 떨리고 있는 것이 잭의 눈에 비쳤다.

조금 전까지의 광기 어린 모습이 거짓말이었던 것처럼 편안한 얼굴로 잠들어 있었다. 하지만 죽이고 싶은 것은 이런 얼굴이 아니었다. 그리고 자신이 그토록 고집했을 터인 절망한 표정도 아니었다.

이제 와서 레이가 그런 얼굴을 해도…… 재미없다.

'……그런데 이제 와서 절망한 얼굴을 하고 말이야…….'

잭은 작게 혀를 찼다. 레이는 저 기분 나쁜 시체를 본 순간부터 묘하게 허둥거리며 이상해졌다.

―나의 신이라면.

그리고 당장에라도 울음을 터뜨릴 것 같은 얼굴로 ― 무언가를 두려워하는 것처럼 ― 그렇게 외쳤다.

'그건 날 말하는 건가……?'

잭의 마음에 정체 모를 감정이 치밀었다. 그 감정이 무엇인지는 역시 이해할 수 없었다. 이해할 생각도 없었다. 부정할 생각도 없었다. 다만 더럽게 불쾌했다.

레이의 사고 회로는 잭에게 미로와 같았다.

잭은 아무것도 알지 못한 채 주위를 둘러보았다.

자, 이제 어떻게 할까.

무작정 걸음을 옮기려던 잭은 무언가를 밟았다. 아까 레이가 시선을 주었던 초록색 책 성서였다.

펼쳐 봤자 어떤 내용의 책인지도 알 수 없을 것이다. 하지만 되짚어 보면 레이는 이 책을 발견한 순간, 마치 다른 누군가가 레이 속에 들어간 것처럼 한층 광기를 띠게 되었다.

그때 어디선가 풍긴 꽃향기에 잭은 현기증이 났다.

어둡기도 해서 그다지 주위를 자세히 보지 않았지만, 거실을 둘러보니 안쪽에 무수한 꽃이 가득했다.

잭은 그 수상쩍은 화원에 이끌린 듯 다가갔다. 묘하게 색깔이 그로테스크했다. 이상하게 여긴 잭은 꽃을 한 송이 꺾으려고 했다. 하지만 꽃잎조차 뜯기지 않았다.

'뭐야, 가짜잖아……'

대체 무슨 목적으로 방 안에 이런 것을 만든 걸까. 잭이 의문스럽게 여길 만큼 그 화원이 방 안에 있는 것은 부자연스러웠다.

달각달각—.

독한 꽃향기 때문에 숨이 막힐 것 같았을 때, 갑자기 불쾌한 소리가 잭의 귀에 들렸다.

"……무슨 소리지?"

경계함과 동시에 잭은 퍼뜩 정신이 들었다. 도망친 대니를 여전히 찾지 못했다는 것이 생각났기 때문이다.

달각달각—.

불길한 예감이 드는 가운데, 어둑한 거실에 재차 기분 나쁜 소리가 울렸다.
그것은 문 너머 — 여기 들어올 때 지난 복도 쪽 — 에서 들리는 것 같았다.

잭은 소리가 나는 쪽으로 걸어가 복도로 나가는 문을 열었다.
복도에 발을 들이자마자 무언가가 발목에 부딪혔다.
"뭐야?"
반사적으로 발밑을 본 잭은 얼굴을 찡그렸다.
인간 형태의 꺼림칙한 장난감이 있었다. 그 장난감이 마치 스스로를 학대하듯 폴짝 뛰어서 문에 부딪치고 바닥에 떨어졌다가 다시 뛰어 문에 부딪치는 행위를 반복하고 있었다. 어떤 원리인지는 모르겠으나 아마 이것이 기분 나쁜 소리의 원인이리라.

"정말이지, 안 그래도 짜증 나는데 사람 헷갈리게 말이야!"

잭은 자신을 깔보듯 계속 뛰는 장난감을 평소와 같은 요령으로 걷어찼다. 이런 장난감을 신경 쓰고 있을 여유는 없었다. 잭은 어이없어하며 한숨을 쉬고 다시 거실에 돌아가려고 했다. 하지만 몸을 돌린 찰나, 문이 쾅 닫혔다. 그리고 문 너머에서 — 즉 거실에서 — 미친 듯한 남자의 목소리가 들려왔다.

—아아, 다행이야. 문제없이 쫓아냈어!

그 목소리가 대니의 목소리임은 바로 알았다. 즉, 이 기분 나쁜 인간 형태의 장난감은 함정. 멍청한 잭도 그 정도는 간단히 이해할 수 있었다. 그리고 거실로 들어가는 문이 닫힌 지금, 대니가 희희낙락대며 **쫓아냈다**고 지껄이는 것이 무엇을 가리키는지도—.

소파에 눕힌 채 나온 레이가 머릿속을 스쳤다.

'레이……!'

잭은 있는 힘껏 문을 쾅쾅 때렸다. 하지만 문은 아주 튼튼해서 꿈쩍도 하지 않았다. 잭은 문을 향해 크게 외쳤다.

"대니, 너 이 자식!!"

'아아, 젠장……!'

상대가 함정을 준비하면 언제나 자신은 짜증 내는 것 말고는 할 수 있는 일이 없었다. 보기 좋게 걸려들어서 이 꼴이다. 어지간히 멍청한 자신에게도 진절머리가 났다. 잭은 아무것도 할 수 없는 짜증을 부딪치듯 혼신의 힘으로 계속해서 문을 쾅쾅 때렸다.

"안녕, 잭. 그렇게 문을 세게 때리지 말아 줄래? 지쳐서 잠든 레이첼이 깨겠어. 그리고 보기와 다르게 이 층의 문은 매우 튼튼하거든. 너의 무식한 힘으로도 열 수 없을걸!"

이 상황이 참을 수 없이 즐거운지, 문 너머에서 대니가 후후 하고 수상쩍게 비웃는 목소리가 들렸다. 잭은 더욱 짜증이 나서 언성을 높였다.

"어이, 지금 뭐 하자는 거야?! 열어!"

"그러네…… 열어도 상관없지만…… 아직 때가 아니니까……. 레이첼……. 아아, 빨리 눈을 떠 주지 않으려나."

문 너머에서 들리는 대니의 목소리는 마치 안달하는 잭을 업신여기는 느긋한 어조였다.

대니가 레이의 닫힌 눈을 바라보며 당장에라도 목을 조르려고 하는 그런 상상이 잭의 머릿속에 똑똑히 떠올랐다.

"어이…… 그 녀석한테 무슨 짓 하면 죽여 버리겠어……!"

잭은 참지 못하고 소리쳤다.

"그런 말 하지 마, 잭. 난 레이첼을 죽이지 않아. —하지만 내게

는 지금 카드가 갖춰져 있어! 레이첼의 안전, 그리고 이 빌딩의
출구가 어디 있는지!"

"뭐?!"

"아무것도 모른 채 너는 태평하게 그녀 옆에 있었지. 게다가 그
녀에게 신이라고 불리기까지 했어. 너도 썩 기분 나쁘진 않았을
것 같은데?"

문 너머에서 대니가 혼자 히죽히죽 웃고 있는 것이 눈에 선했
다. 하지만 대니가 지금 어떤 의도로 자신에게 말하고 있는지 잭
은 얼른 이해가 가지 않았다.

"잭, 그 쓸모없는 머리로 잘 들어. 글씨도 못 읽는 어리석은 너
에게 힌트를 줄 테니까."

이 녀석은 항상 거만하게 말한다. 자신을 비웃는 대니의 그 태
도에 잭은 진심으로 넌더리가 났다.

"기분 나쁜 소리 작작 하고 알아듣게 얘기해!"

하지만 대니는 잭의 역정에도 익숙한 모습으로 대답했다.

"그러네, 일단은 레이첼의 모든 것을 알아봐. 이 층은 **그녀 그
자체**……. 그다음에 생각하도록 해……. 그녀에게 정말로 어울리
는 것이 무엇인지……. 그 선택지에 따라 널 여기서 내보내 줄 수
도 있어. 물론 너 혼자만 말이야."

삐딱한 웃음을 흘리며 의미심장하게 이야기하는 대니의 말투에

잭은 얼굴을 찡그렸다.

—**그녀 그 자체**……라는 것은 무슨 뜻일까.

잭은 의미를 알 수 없었다. 대니의 말이 가리키는 것도, 선택지라는 것이 무엇인지조차 이해할 수 없었다. 하지만 갑자기 들이닥친 난제를 왠지 무시할 수 없었다.

"아아, 그녀는 보석을 감춘 채 자고 있어……. 네가 알 때까지 그녀는 이대로야."

우월감에 잠겨 대니가 기분 나쁘게 속삭였다. 아까 레이가 지었던 귀기 감도는 표정이 잭의 뇌리에 떠올라 시야를 덮었다.

"어이, 그게 무슨 말이야. 전혀 설명이 안 됐잖아, 웃기지 마! 일어나, 레이!"

잭은 부글거리는 기분을 토하듯 고함쳤다.

그러나 대니는 더 이상 대답하지 않았다.

—젠장.

잭은 문을 쾅 걷어찼다.

하지만 대니가 말한 대로 문은 쓸데없이 튼튼하게 만들어져서 발만 아플 뿐이었다.

"……그 녀석을 알라고?"

'그렇게 대단한 비밀이 있다는 건가……'

게다가 비밀을 안다고 해서 그게 뭐 어쨌다는 것일까. 레이는 레이고, 자신이 모르는 레이의 **무언가**를 안다는 행위가 잭에게는 그다지 중요하게 여겨지지 않았다. 무엇보다 일부러 무언가를 알아 봤자 좋은 일 따위 없을 것이다. 잭은 지금껏 살면서 무언가를 알고 기분이 좋았던 적이 한 번도 없었다.

"아아! 생각해 봤자 소용없어!"

어쩔 도리가 없는 현재 상황을 참지 못하고 잭은 크게 외쳤다.

역시 생각하는 일은 자신 없고 좋아하지도 않는다.

하지만 이 층이 **레이 그 자체**라면, 무언가를 알고 답을 찾아내야만 하는 거라면, 어쨌든 전부 부숴 나갈 수밖에 없었다.

▲
▼

'대니 녀석……'

마지못해 거실에 등을 돌리고 걷기 시작했지만, 레이에게 무슨 일이 생기면 어쩌나 생각하니 잭은 신경이 바짝 곤두서는 기분이었다.

그러나 진부한 함정에 걸려서 레이가 자는 거실이 밀실이 되어 버린 지금, 문 너머로 갈 수는 없었다.

　그렇다면 어쨌든 앞으로 나아갈 수밖에 없다.

　잭은 아무 생각 없이 어둑한 복도를 나아갔다.

　—**휙.**

　그러자 찰나, 무언가가 빠르게 잭의 뺨 바로 옆을 스쳤다. 얼굴에 감은 붕대가 살짝 찢어졌다.

　'방금 그건 뭐야?!'

　잭은 흠칫 놀라 멈춰 서서 앞을 응시했다. 아무리 잭이 바보여도 그대로 나아가기를 주저한 것은 방금 그것이 함정임을 직감할 수 있었기 때문이다.

　머지않아 이번에는 눈앞에서 날카로운 것이 날아왔다. 동체 시력이 뛰어난 잭은 확실히 알 수 있었다.

　날아온 것은 뾰족한 화살이었다.

　시선을 집중하고 있던 덕분에 재빨리 피할 수 있었지만, 저런 화살이 몸에 박힌다면 대부분의 인간은 죽는다. 크기와 속도를 볼 때 그 정도 위력을 가지고 있는 것은 틀림없었다.

　"여긴 뭐야. 어떻게 돼 먹은 거야!"

　하지만 잭은 영문을 알 수 없었다.

　아까 대니는 이 층을 **레이 그 자체**라고 말했다.

　—그런데 이건 뭐지?

"……이래서야 죽이려 들고 있는 거나 마찬가지잖아!"

잭은 혼란에 빠지지 않을 수 없었다. 레이를 죽이는 것은 자신이다. 하지만 나를 죽이는 것은 레이가 아니다.

'어떻게 된 거야……'

둘이 했던 약속이 머릿속을 휘저었다. 그러나 아무래도 생각하는 일은 서툴렀다. 게다가 아무런 정보도 없는 상태에서 멍청한 자신이 생각해 봤자 정답을 찾을 수 있을 것 같지도 않았다.

한심하게 대니의 수중에 넘겨 버린 레이를 구하려면 어쨌든 막무가내로라도 행동할 수밖에 없다. 정신을 잃은 레이가 깨어나기 전에, 대니가 말한 **무언가**를 알아내야만 할 것이다.

하지만 잭은 레이에 관해 알아 봤자 의미가 있을 것 같지 않았다.

그러나 한편으로 대니 녀석만 레이의 모든 것을 파악하고 있는 것이 불쾌한 것도 사실이었다.

잭은 아랫입술을 깨물었다.

아마도 복도를 걸어 나가면 또 그 화살이 날아오는 구조일 것이다. 하지만 망설이고 있을 여유는 없었다. 잭은 섬뜩한 복도를 달리기 시작했다. 그러자 그 순간, 아니나 다를까 예상대로 화살은 전방에서 엄청난 속도로 날아왔다.

'얕보지 말라고……. 나는…… 이런 데서 뒈질 순 없단 말이다!'

지금까지 겪었던 고문 같은 함정을 돌이켜 보면 화살을 피하는 것 정도는 손쉬울 터였다.

잭은 차례차례 날아오는 화살을 능숙하게 피하며 복도 끝으로 여기 올라올 때 탄 엘리베이터 앞까지 필사적으로 달려 나갔다.

"하아, 정말이지…… 의미를 모르겠어."

막다른 곳에 도달하여 화살이 날아오지 않음을 확인하고 잭은 마침내 멈춰 섰다. 스스로 생각하기에도 한심할 만큼 숨이 가빴다. 잭을 향해 쏘아졌던 화살은 문에 부딪혔는지 복도에 흩어져 있었다. 주위를 둘러보니 2층으로 이어진 듯한 음울한 분위기를 풍기는 계단이 눈앞에 들어왔다.

—언제까지고 이런 곳에 멈춰 서 있어 봤자 달라지는 것은 없다.

잭은 한번 깊이 숨을 토한 후, 그 계단을 두 개씩 뛰어 거침없이 올라갔다.

"……응? 이건 뭐야."

2층으로 이어진 계단을 다 오른 잭이 바로 발견한 것은 살짝 더러워진 흰색 사각판이었다. 사각판 중앙에는 글씨가 두 줄 적혀 있었다.

이 빌딩의 성질을 생각하면 아마 고의로 여기에 떨어뜨린 것이 겠지만, 잭은 그 글씨를 읽을 수 없었다.

'젠장⋯⋯.'

역시 글자 공부 정도는 해야 했나. 그런 생각이 한순간 잭의 뇌리를 스쳤다. 그러나 이제 와서 그런 생각을 해 봤자 어차피 읽을 수 없다.

잭은 멍청한 자신에게 질려서 작게 한숨을 쉬었다.

계단 끝에는 또 복도가 뻗어 있었다. 이 층은 어디든 섬뜩하지만, 그 복도는 마치 다른 세계로 이어져 있는 것처럼 한층 꺼림칙한 공기가 소용돌이치고 있었다. 그 꺼림칙한 복도 끝에는 앞쪽과 안쪽에 문 두 개가 있었다. 이 층이 집을 나타내고 있다면 누군가의 방이 있는 걸까?

잭은 먼저 이 주변부터 확인해 볼까 싶어서 복도에 한 걸음 발을 들였다. 그러나 걸음을 내딛자마자 낡은 바닥이 요란하게 삐거덕거렸다. 본능적으로 뭔가 불길한 예감이 들었다.

'뒤로 미룰까⋯⋯.'

잭은 그 꺼림칙한 복도를 노려본 후 뒤돌았고, 올라온 계단의 반대쪽에 있는 계단을 내려갔다.

계단을 내려가며 묘한 구조의 층이라고 잭은 생각했다. 다른 층들과도 달랐다.

그렇게 잭은 아마 거실 벽 너머일 터인 장소에 내려섰다. 오래된 백열등이 비추는 깔끔한 부엌이었다.

'정말이지, 이번에는 부엌이냐……'

방 중앙에 놓인 식탁에는 정성스럽게 식탁보가 깔려 있고, 먹다 만 피자가 한 조각 놓여 있었다.

'……이거 먹을 수 있는 건가?'

잭은 무심코 군침을 꿀꺽 삼켰다.

맛있어 보이지는 않고, 만든 지 좀 된 것 같았다. 하지만 배는 더할 나위 없이 고팠다. 먹을 수 있어 보이는 것이 눈앞에 있는 이 상황에 허기를 떠올리지 않을 수 없었다.

잭은 피자 조각을 들고 입에 넣어 우물우물 씹었다.

하지만 그 순간 심상치 않은 고통이 혀에 느껴졌다.

그 피자에는 타바스코와 하바네로, 그리고 본래 사람이 먹어서는 안 될, 숨을 쉴 수 없게 될 만큼 매운 물질이 들어가 있었다.

흡사 극약이었다. 잭은 먹다 말고 피자를 퉤 뱉었다.

"젠장, 매워어! 이건 뭔 함정이야!! 성격 너무 더럽잖아!!"

잭은 아니꼬운 함정에 분노를 담아 절규하며, 감정이 이끄는 대로 그 살인적인 피자에 낫을 휘둘렀다.

—지금까지 겪은 층의 함정과는 근본적으로 무언가가 달랐다. 너무나도 유치하고, 그저 나쁜 성격만 두드러지는 함정이었다.

'이곳 녀석 죽여 버리겠어⋯⋯!'

잭은 씩씩거렸다.

피자와 함께 두 동강 난 식탁은 부엌의 양쪽 끝으로 훌륭하게 날아갔다.

▲
▼

힘껏 식탁을 파괴하여 분노가 가라앉은 잭은 갑자기 피로가 몰려와서 그 자리에 앉았다.

그러자 뭔가 딱딱한 쇠붙이 같은 것이 궁둥이에 닿았다. 일어나서 살펴보니 식탁이 놓여 있던 바닥에 사람이 다닐 수 있을 만한 작은 문이 있었다.

얼핏 보면 평범한 바닥 수납공간 같았으나 잭은 이 빌딩에 살았던 경험으로 미루어 직감적으로 그것이 지하로 가는 문임을 간파했다.

잭은 즉각 그 문을 열고 지하로 내려가려고 했다.

"어이…… 꿈쩍도 안 하잖아!"

하지만 문은 튼튼해서 금속 손잡이를 아무리 세게 잡아당겨도 열리지 않았다.

잭은 짜증을 내며 문을 쾅쾅 때리고 걷어찼다. 그러나 역시 열리지 않았다.

문득 보니 문에는 작은 열쇠 구멍이 있었다.

'……또 열쇠를 찾으라는 거냐!'

레이가 없는 지금, 자신 혼자서 그런 걸 찾아낼 수 있을까…….

불안해졌지만, 잭의 뇌리에 대니가 레이의 목을 조르는 환영이 어른거렸다.

아아, 그래. 이렇게 다급한 상황에 꿍얼거리고 있을 수는 없다.

"아아~! 귀찮아~!!"

어쩔 도리가 없는 짜증을 어디에도 부딪치지 못하고 크게 소리친 잭은 일단 부엌 안을 뒤지기 시작했다. 행동이 거칠어서 찬장에 있던 그릇과 컵이 낙하했고 식기류는 차례차례 도자기 파편과 유리 조각이 되어 갔다.

"젠장……!"

하지만 그런 것은 알 바 아니었다. 열쇠를 찾고자 하나하나 둘러보았다. 싱크대 안, 서랍 안 거의 뒤엎듯 탐색했다.

그러나 어디에도 열쇠는 없었다.

그때 잭의 시야에 가스레인지가 들어왔다. 점화된 장면을 상상만 해도 다가가고 싶지 않다. 그렇게 느꼈다. 느끼고 말았다.

잭은 무의식적으로 부엌에 등을 돌렸고, 문득 눈에 띈 안쪽 방으로 발걸음을 옮겼다.

▲
▼

부엌에서 이어진 안쪽 방에는 흰색을 기조로 한 넓은 욕실이 갖춰져 있었다.

변기와 세면대, 세탁기와 욕조 등 배수 설비가 집약되어 있었다.

하지만 욕실에 들어오자마자 잭은 오열할 뻔했다. 입구 근처에 설치된 변기 속에서 반짝이며 빛나는 것을 발견했기 때문이다.

"진짜냐……."

무심코 중얼거렸다. 하지만 망설이고 있을 여유는 없었다. 만약 레이에게 무슨 일이 생긴다면 돌이킬 수 없다.

그리고 시체를 만지는 것을 생각하면 이 정도는 아무것도 아니었다. 변기 속을 바라보며 그렇게 자신을 타일러 보았지만 잭에게는 이쪽이 더 불결하고 싫은 행위였다.

"……우웨에에에엑!!"

잭은 메스꺼움을 참으며 변기 속에 손을 집어넣고 빛나는 것을 잡아 꺼냈다. 최악의 기분을 맛보며 어떻게든 꺼낸 것은 짐작했던 대로 열쇠였다. 하지만 더는 1초도 만지기 싫었다. 잭은 그것을 재빨리 주머니에 넣었다.

'정말이지, 이런 데 열쇠를 두다니, 미친 거 아니야?!'

이 층의 주인은 대체 정신머리가 어떻게 되어 먹은 것일까. 예전에는 B6층의 주인이었던 잭조차 이해할 수 없었다. 언뜻 보면 어린아이가 준비한 못된 장난처럼 보이지만, 정신적인 부분을 정확하게 후벼 팠다.

'아무튼 손이 찝찝해. 씻고 싶어…….'

지금껏 살면서 이 빌딩에서도 결코 깨끗한 곳에서 생활하지는 않았으나 잭은 밀려드는 불쾌감을 참기 힘들었다. 욕실 안쪽에 있는 오래된 욕조에 더러운 강물 같은 탁한 물이 담겨 있는 것이 보였다. 그다지 청결해 보이지는 않지만, 변기물보다는 그래도 나을 것이다.

잭은 더러워진 손을 욕조에 담갔다.

'……어?!'

그러자 예기치 못한 아픔이 손 전체에 퍼졌다.

"뭔가 손을 물었어?! 뭐가 들어 있는 거야!!"

깜짝 놀라면서도 잭은 그 아픔의 정체를 밝혀내기 위해 주저 없이 욕조 바닥에 손을 찔러 넣고 배수 마개를 뽑았다.

점차 수위가 내려가며 욕조 바닥이 보이기 시작했고, 생각지도 못했던 광경에 잭은 무심코 눈을 부릅떴다. 나타난 것은 놀랍게도 작은 물고기들이었다. 아래턱이 돌출된 뭔가 얄밉게 생긴 얼굴이었다.

"……응? 물고기?! 진짜냐!!"

하지만 그것은 평범한 물고기가 아닌 것 같았다. 물고기의 이빨은 삐죽삐죽했으며 마치 흉기처럼 날카로웠다. 이 이빨에 물렸다고 생각하니 잭은 왠지 화가 났다.

"쪼끄만 물고기 주제에 이빨이 톱니라니 건방지다고! 물고기면 얌전히 먹힐 것이지 오히려 사람을 잡아먹으려고 들어?!"

하지만 물이 빠진 욕조 바닥에서 무기력하게 팔딱거릴 뿐인 물고기를 보고 잭은 조금 의기양양한 표정을 지었다.

"젠장!"

그러나 물고기들에게 물린 — 혹은 물어뜯긴 — 탓에 손에 감은 붕대는 피투성이가 되어 있었다.

뭐, 변기에 넣은 손보다는 그래도 낫다고 잭은 생각했다. 피는 많이 봐서 익숙하고, 자신의 몸에서 흘러나온 것일 뿐이다. 더럽지는 않을 터였다.

잭은 욕실을 뒤로하고 서둘러 부엌에 돌아와, 지하로 연결되어 있을 문 앞에 섰다.

"이 열쇠는 별로 안 만지고 싶지만 어쩔 수 없지……."

주머니에서 꺼낸 열쇠를 검지와 엄지 끝으로 잡고 열쇠 구멍에 넣었다.

문이 열리자 그곳에는 역시 지하로 이어진 간소한 계단이 놓여 있었다.

그건 그렇고 역시 이곳은 묘한 층이라고 잭은 생각했다.

'애초에 여기에 그 녀석의 무엇이 있다는 거야?'

이 층은 **레이 그 자체**라고 했던 대니의 말이 역시 신경 쓰였다. 레이는 아마도 여전히 정신을 잃은 상태이리라. 하지만 언제 깨어나도 이상하지는 않았다. 잠든 사이에 대니가 손대는 것도 충분히 생각할 수 있었다.

그 눈알 자식은 레이의 눈에 이상하리만큼 집착하고 있다…….

잭은 대니가 레이의 파란 눈을 당장에라도 파내려고 하는 장면을 문득 상상하고 말았다.

"우웩……."

자신의 망상에 메스꺼움을 느끼며 지하로 내려가니 갑자기 맹렬한 짐승 냄새가 잭의 코를 찔렀다.

시야 끄트머리에는 할퀸 자국 같은 것이 무수히 새겨져 있는 검은색 문이 있었다. 아무래도 냄새는 그 너머에서 풍기는 듯했다. 들어가면 또 성가신 일이 벌어지리라는 것은 알고 있었다. 그러나 레이라면 망설이지 않고 이 방을 조사할 것이다.

'아아, 젠장.'

잭은 노곤한 모습으로 문을 열었다.

▲
▼

한밤중 같은 어둠 속에서 잭은 퍼뜩 놀라 날카롭게 전방을 노려보며 낫을 움켜쥐고 임전 태세에 들어갔다. 어둠 속에 빛나는 여섯 개의 눈이 있었기 때문이다. 핏발 선 그 눈은 잭의 존재를 좇듯 움직이고 있었다.

깊은 어둠에 눈이 순응하여 점차 방의 모습이 명확해졌다. 잭의 눈앞을 가로막고 있던 것은 지저분한 대형견 세 마리였다. 개는 침을 흘리며 광기 가득한 눈으로 잭을 노려보고 있었다.

원래는 겁먹을 장면이었다. 하지만 잭은 왠지 묘하게 즐거워졌다.

"어이어이, 개 한번 되게 크네. 여긴 어떻게 돼 먹은 거야?"

잭은 번뜩이는 눈으로 희희낙락거리며 개들을 마주 노려보았다. 그 순간, 고막이 찢어질 듯 큰 소리로 개가 컹컹 짖기 시작했다. 굶주리고 무언가에 몹시 겁먹은 것처럼 보이기도 했다.

"배고픈 거냐? 침 범벅이라 더럽다고."

잭은 도발하며 일부러 개를 내려다보았다. 개 한 마리가 잭의 발목을 덥석 물었다.

이런 통증이야 귀여운 수준이었다. 잭은 개를 향해 낫을 치켜들어 위협했다.

"물면 패 버린다!"

잭의 겁 없는 태도에 개는 한순간 기가 죽어 뒤로 물러났다. 그러나 격렬하게 컹컹 짖는 것을 멈추지 않았다. 자신을 지키듯, 광기적일 만큼 계속해서 짖었다.

그것이 속수무책으로 시끄러워서 잭은 어이없어하며 한숨을 쉬었다. 아마 이것도 이 층의 주인이 준비한 함정일 것이다. 하지만 지금까지의 아니꼬운 함정과 비교하면 알기 쉬웠고 정신적인 대미지도 없었다.

'……아아, 내 성격에는 이쪽이 맞아.'

잭은 씩 웃고서 움켜쥔 낫을 높이 들었다.

"그렇게 짖지 않아도…… 죽여 주마!"

개들은 일제히 잭에게 달려들었다. 날카로운 낫이 굶주린 짐승들을 마치 단순한 인형처럼 벴다. 날붙이가 주는 그 격렬한 아픔에 개들은 비명을 질렀다. 하지만 그래도 주춤하지 않고 잭에게 잇달아 덤벼들어 물었다. 잭의 다친 몸에 날카로운 짐승의 이빨이 파고들었다. 잭은 일순 고통스러운 표정을 지었지만 곧장 개를 뿌리쳤다.

"하여간, 끈질기네."

잭은 비죽 웃었다. 그리고서 다시 낫을 들었고, 피를 뒤집어쓰면서도 짜증을 발산하듯 개를 베어 갈랐다.

비통한 개의 신음과 잭의 거친 숨소리가 어둠 속에서 충돌했다. 이윽고 두 마리가 죽고 잭의 앞에는 제일 몸집이 큰 한 마리만 남았다. 개는 거칠게 헥헥 호흡하고 침을 줄줄 흘리며 안쪽으로 들어가는 문을 가로막고 있었다.

"어이, 거기 있으면 방해돼."

잭은 흐트러진 호흡을 가다듬으면서 위협적인 목소리로 그렇게 말했다. 그러나 개는 그것이 사명이라도 되는 것처럼 그 자리에서 움직이려고 하지 않았다. 죽는 것을 두려워하지 않았다.

"알겠어."

후우 하고 단념과도 닮은 한숨을 쉬고서 잭은 재차 낫을 들었다.

이 앞에 무언가 있는 것은 이 개가 나타내고 있었다.

잭은 낫을 치켜들고 주저 없이 힘껏 내리쳤다. 찰나, 개의 배에서 피가 튀었다. 거의 두 동강이 난 개는 그럼에도 컹컹 짖기를 멈추지 않았지만 이윽고 목소리는 힘없이 사라졌다. 힘이 다했는지 조용해질수록 점차 그 눈은 빛을 잃었고, 무언가에서 해방된 것처럼 평온해졌다.

하지만 잭은 그런 광경에는 눈길도 주지 않았다. 죽인 것은 그저 함정에 불과했다. 질렸다는 얼굴로 주위를 둘러보고 내뱉었다.

"정말이지, 시간을 잡아먹고 말이야. 물린 곳은 아프고……. 애초에 왜 개가 있는 거야……."

에디의 층도 캐시의 층도 틀림없이 정신 나간 층이었다.

그러나 아까부터 이 층의 함정은 어딘가 유치하고 이상한 광기가 느껴지는 것들뿐이었다.

자신이 맡았던 층이 제일 멀쩡했다는 생각조차 들었다.

"이 층은 **레이 그 자체**……라고 했지만 대체 뭐가 뭔지 원……."

—정말로 그 녀석을 여기서 알 수 있는 건가?

▲
▼

　개가 가로막고 있던 문을 열고 마침내 누린내 나는 방을 빠져나
간 잭은 더욱 안쪽으로 걸어갔다.
　도달한 통로 끝에는 작은 방이 있었다. 거실과 마찬가지로 무시
무시한 꽃향기가 무언가를 뒤덮듯 자욱했다.
　방 안을 둘러보니 참으로 기묘한 곳이었다. 빨간 실로 꿰맨 자
국이 잔뜩 나 있는 꺼림칙한 인형이 온 방 안에 굴러다니고 쌓여
있었다. 정말이지 괴악한 취미의 잡동사니들이라고 잭은 생각했
다. 그 잡동사니 중에서 문득 눈에 들어온 기묘한 사람 모양의 봉
제 인형은 팔 한쪽이 없었다. 마치 누군가에게 뜯긴 듯한 꺼림칙
함이 그 인형에서 느껴졌다. 왜냐하면 그 섬뜩한 인형에는 혈액
같은 빨간 액체가 떨어진 흔적이 말라붙어 있었기 때문이다.
　'기분 나빠…….'
　하지만 이상하게도 잭은 그것과 아주 비슷한 광경을 어디선가

본 듯한 느낌이 들었다. 그것도 결코 멀지 않은 과거에…….

그러나 떠올릴 수 없었다. 그리고 그 모호한 기억에 그렇게까지 집착할 필요도 없었다.

잭은 일단 방 안을 어슬렁어슬렁 걸으며 탐색하기 시작했다. 방 중앙에는 어린아이가 소중히 여기고 있는 듯한 보물 상자가 놓여 있었다. 유난히 의미심장한 오라를 내뿜는 것이 뚜껑을 열라고 말하는 것 같았다.

무슨 일이 일어날지 알 수 없다. 하지만 두려워하지 않고 잭은 그 보물 상자에 손을 올렸다.

—안 열려.

'아아, 또 열쇠냐!'

잭은 홧김에 낫을 내리쳤다. 하지만 캉 하는 불쾌한 소리만 울릴 뿐 아무런 효과도 없었다. 이 층의 물건은 장난감 같은 생김새와 달리 전부 튼튼하게 만들어져 있는 것 같았다.

"……아아, 젠장, 모르겠어! 그 녀석을 알려고 해도 내 머리가 쫓아가질 못한다고! 상자도 안 열리고, 이 방은 잘 모르겠고! 애초에 내 방보다 엉망진창이잖아! 알기 쉽게 청소하란 말이야!"

처리해야만 하는 정보가 자꾸만 밀려들어서, 평소에 쓰지 않는 뇌세포가 마구 엉켰다. 이제 어떻게 하면 좋을지도 알 수 없었다. 이대로는 끝이 안 난다.

레이가 일어나기 전에 거실로 돌아가서 눈알 자식을 어떻게든 처리해야 한다.

"젠장, 다른 데를 찾아볼 수밖에 없나."

잭은 왔던 길을 돌아가려고 몸을 휙 돌렸다. 하지만 방에 등을 돌리고서 걸음을 내디딘 그 순간, 바닥에 발이 빠졌다. 눈 깜짝할 사이에 방과 방을 잇던 바닥이 갈라져 단순한 목재가 되었고 와르르 소리를 내며 떨어졌다.

내구가 약해져 있었는지 아니면 함정인지는 알 수 없으나 바닥이 꺼졌다는 것을 잭은 이해했다.

그리고 마치 구멍 함정에 빠진 것처럼 잭의 몸도 한순간 허공에 붕 떴다. 하지만 잭은 간발의 차이로 꺼지지 않은 바닥재를 잡았다.

아래를 보니 나락 밑바닥 같은 어둠만이 있었다. 잭은 오싹함을 느꼈다. 그대로 떨어졌다면 어떻게 됐을지 모른다.

"웃기지 마! 구멍 함정이라니, 이 집은 대체 어떻게 돼 먹은 거야!!"

위험한 상황에 놓였으면서도 반사적으로 그렇게 외치며, 역시 이 층의 주인은 제정신이 아니라고 잭은 확신했다. 하지만 지금은 투덜거리고 있을 때가 아니었다. 잘못 움직이면 아슬아슬하게 잡고 있는 바닥재도 갈라질 것 같았다. 아래쪽에는 어디까지 이어져 있는지 알 수 없는 어둠으로 가득 차 있었다.

이대로 떨어지면 무사하지는 못할 것이다.

다만 이 상태에서 어떻게 위로 올라가면 좋을지 잭은 방법조차 떠오르지 않았다. 이렇게 바닥재를 잡고 있는 것만으로도 벅찼다.

"아아…… 젠장."

악력이 한계에 가까워져서 잭은 잠긴 목소리를 흘렸다.

여기까지인가―.

믿고 싶지 않지만 이 상황에 자신 혼자서는 이제 어떻게 할 수도 없다. 잭은 생각하기를 포기하고 눈을 감았다.

"너는 조금 신중해져야 해, 잭."

머리 위에서 들린 익숙한 목소리에 잭은 눈을 번쩍 뜨고 얼굴을 들었다.

시야에 비친 것은 보라색 수단을 걸치고 목에 로사리오를 건 수상쩍은 남자. 그 남자는 원래 그런 얼굴인지 평소처럼 빈정거리는 표정으로 신묘한 미소를 짓고 있었다.

신부 그레이였다.

"당연히 이렇게 되리라고 생각은 했지만……."

조금 어이없어하며 말한 그레이는 바닥재를 필사적으로 붙잡고 있는 잭을 유쾌한 구경거리를 견학하듯 내려다보았다. 잭은 분한 얼굴로 그레이를 올려다보며 버려진 개처럼 고함쳤다.

"……시끄러워! 왜 네놈이 여기 있어?!"

그레이는 잭이 그러든 말든 개의치 않고 쑥 다가왔다. 여기까지 인가. 잭이 이를 악문 그 순간이었다. 그레이가 잭의 팔을 단단히 잡았다. 그리고 그 몸을 가뿐히 끌어 올렸다.

'……뭐야?!'

그 행동과, 나이 든 풍모와 어울리지 않는 괴력에 잭은 깜짝 놀랐다. 대체 이 신부는 뭐 하는 사람일까.

한순간 의문스럽게 여겼으나, 냉정히 생각해 보면 역시 신부의 성장 배경 따위는 어찌 되든 좋았다. 흥미조차 일지 않았다. 곧장 마음을 바꾼 잭은 한쪽 발로 바닥을 툭툭 차서 지상에 돌아온 것을 확인하며 문득 느낀 의문을 신부에게 물어보았다.

"……왜 날 살렸지?"

잭은 도움받은 것을 의심스럽게 여기지 않을 수 없었다. 그리고 마치 어린아이처럼 도움받은 것이 창피했다.

게다가 그대로 죽었더라도 좋았을 터였다.

한편 그레이는 그 퉁명스러운 말투에 무심코 웃고 잭에게서 시선을 돌려 천장을 올려다보았다. 그리고 수수께끼 같은 어조로 잭에게 대답했다.

"이렇게 간단히 끝나면 조금 재미없다고 생각했거든……."

잭은 그 표정의 이면을 읽어 낼 수 없었다. 그레이가 말을 이었다.

"내 충고도 듣지 않고 단검을 들이댔던 그 소녀…… 레이첼 가드너는 지금 대니와 함께 있지? 그리고 지금 너는 그 소녀를 되찾고 싶어서 움직이고 있지 않나?"

확신에 찬 그레이의 물음에 잭은 저도 모르게 얼굴을 찡그렸다.

"그게 뭐 어쨌는데."

그리고 그 날카로운 추측에 잭은 가슴이 덜컥했다.

대니에게서 레이를 되찾고 싶다…… 듣고 보니 확실히 그럴지도 모른다. 하지만 이렇게 필요 이상으로 자신을 캐는 짓은 기분 나빴다.

"흠…… 잭, 너도 이런 일로 감정을 쓰게 되었군."

그레이는 잭이 그 말을 부정하지 않은 것에 기묘한 이상함을 느꼈다. 지금까지의 잭이라면…… 아니, 지금껏 자신이 돌봤던 잭이라면 이럴 때 제일 먼저 부정했을 테고, 애초에 그 소녀 레이를 되찾고 싶다고는 생각조차 하지 않았을 터였다.

"뭐가 웃겨. 점잔 빼면서 웃지 마!"

"아아, 미안하네……. 바보 취급하고 있는 건 아니야."

그러나 잭은 바보 취급당하고 있다는 생각밖에 안 들었다. 여태까지 그렇게 다른 사람들에게 계속 업신여겨지며 살아왔다.

"그럼 뭔데."

그레이는 먼 옛날을 추억하듯 저편을 바라보며 툭 말했다.

"다만 왜 네가 이렇게 됐는지 알고 싶을 뿐이지."

그건 레이를 말하고 있는 것일까. 아니면 그저 궁금할 뿐인가. 어느 쪽이든 마치 실험대로 쓰고 있는 말투에 발끈해서 잭은 무심코 언성을 높였다.

"뭐?! 이렇게 됐다는 게 무슨 뜻이야!"

이 빌딩에 온 뒤로 계속 사람을 죽였다. 딱히 이 녀석에게 지시받은 것은 아니었다. 그래서 죽이고 싶지 않은 녀석은 죽이지 않았다. 하지만 왜일까. 아무리 죽여도, 죽여도, 죽여도 마음은 여전히 답답했다.

"여기 녀석들은 이래서 싫어! 그중에서도 넌 제일 모르겠어! 뭐야, 제대로 설명해!"

숨이 차올랐다. 모든 것을 알 필요 따위 없을지도 모른다. 하지만 대니의 충고를 제쳐 놓더라도 어째선지 지금은 모든 것을 알아 둬야만 할 것 같았다.

"흠, 그렇군, 잭. 복잡한 일은 네게 어울리지 않지만 조금 설명하겠네."

잭은 그레이를 노려보았다.

그레이의 눈에 담긴 잭의 그 풍부한 표정은 예전에 다른 사람에게 살의 말고는 품지 못했던 무렵과 확연하게 달랐다. 그 변화에 놀라며 그레이는 후우 하고 숨을 내쉬고서 뭔가 포기한 듯 메마르게 웃었다.

"나는 어릴 때부터 신을 신앙하는 사람들을 이 눈으로 보았네."

그레이는 잭을 향해 조용히 타이르듯 자신의 성장 배경을 이야기하기 시작했다.

"그것은 아름답기도 했고…… 맹목적이라 추하기도 했지. 때때로 사람들은 **인정하고 싶지 않은 것을 규탄하기** 위해 신을 도구로 사용하며…… 자기 멋대로 신의 형상을 휘둘러. 나는 늘 의문이었네……. **그 사람들을 보고 신은 진실로 어떻게 생각할까**…… 하고 말이야."

물 흐르듯 일방적으로 이어지는 그레이의 이야기에 잭은 금세 참지 못하고 기막혀하는 목소리를 냈다.

"……뭐어?"

—정말이지, 예상했던 일이지만. 이것 참. 그레이는 가볍게 한숨을 쉬었다.

대니나 캐시, 에디와 달리 잭은 의무적인 교육조차 받지 않았으니 당연하다면 당연한 일이겠으나 지금의 잭이라면 모르더라도 알고자 노력하지 않을까 그레이는 기대했었다.

"잭…… 조금은 얌전히 이야기를 들을 수 없나? 너는 솔직하지만…… 그런 사려가 부족해."

마치 어린아이를 꾸짖는 어조였다. 잭은 그 거만한 말투에 더욱 화가 나서 발을 굴렀다.

"시끄러워! 알아듣게 설명하라고 했는데 전혀 알 수가 없으니까 그러는 거 아니야!!"

그레이는 재차 한숨을 쉬었다. 하지만 어이없어하면서도 그레이는 이런 잭의 성질이 결코 싫지 않다고 느꼈다.

"뭐, 좋네."

되짚어 보면 애초에 그레이가 잭을 **처음 이 빌딩**에 불러들였을 때부터 줄곧 그랬다.

"……아무튼 나는 **신의 입장이 되어 신의 눈높이에 서 보고 싶었다**는 걸세. 이 빌딩은 그것을 시험하는 정원 같은 곳이지. B7층에 놓인 인간은 관찰 대상에 불과해."

—관찰 대상?

잭은 입을 떡 벌렸다. 역시 그레이의 말은 잘 이해할 수 없었다.

다만 잭이 이 빌딩에 살인귀로 왔을 때부터 되돌아봐도 레이 외에 B7층에 놓였던 인간은 잔뜩 있었다. 그리고 잭은 그런 제물 — 혹은 그레이가 말하는 관찰 대상 — 이 된 인간을 몇 명이나 죽였다.

처음에는 레이도 그들과 비슷한 인간이라고 생각했다.

평범한 소녀라고—.

레이는 처음 만났을 때 다른 인간과 마찬가지로 잭에게 겁먹고 절망한 표정을 지었다. 하지만 다음에 만났을 때, 레이는 다른 사람처럼 변해 있었다. 차게 식은 눈을…… 아니, 감정이 담기지 않은 눈을 하고 있었다.

잭은 그레이의 이야기를 들으며 그때 레이의 모습을 선명하게 떠올렸다.

"그리고 시련과 심판을 내리려면…… 천사의 손이 필요했네. 사람을 죽이는 데 저항감이 없는 자가 적임이었어. 대니, 에디, 캐시…… 그리고 잭, 너지."

천사…… 라고?

잭의 마음이 한순간 술렁였다.

그런 표현은 자신과 전혀 어울리지 않았다. 그리고 다른 세 사람…… 그중에서도 대니 녀석과 똑같이 취급되는 것 역시 마음에 안 들었다. 뭐라고 반론이라도 해 줄까. 그렇게 생각했지만 그레이의 말이 그것을 지워 버렸다.

　"다만 너는…… 다른 자들과 **다를**지도 모른다고는 생각했지만 말이야."

　그레이가 내뱉은 말을 듣고 잭은 솔직히 혼란스러웠다. 그레이가 그렇게 다른 살인귀보다도 자신을 특별하게 여긴다고 느낀 적 따위 없었다.

　"……뭐?"

　잭은 당황을 감추지 못한 채 그레이를 노려보았다.

　"너는 너무나도 무구하며 무지한 자였어. 사람을 죽이는 것밖에 모르는…… 순수한 자. 그렇기에 나는 너를 천사로 삼고자 한 것이네."

　'……천사.'

　다시 그 말이 귀에 들어오자 잭의 가슴속에 마치 벌레가 기어 다니는 듯 몸서리쳐지는 느낌이 밀려들었다.

　"하지만 잭…… 너는 지금 이곳의 규칙을 어겨 제물이 되었고 이곳에서 나가고자 하고 있지."

　"뭐야, 역시 죽일 셈이냐?"

잭은 칫 하고 혀를 찼다.

"이야기를 끝까지 듣지 못하겠나!"

생각한 대로 말하는 잭의 그 태도에 그레이도 욱하여 무심코 언성을 높인 후 재차 한숨을 쉬었다. 그것은 잭을 향한 한숨임과 동시에, 잭에게 이런 복잡한 이야기를 하기 시작한 자기 자신을 향한 한숨이기도 했다.

그레이는 잭의 불퉁한 눈을 지그시 보고서 마음을 진정시키며 이야기하기 시작했다. 정말이지, 잭을 상대하면 자신의 완고함과 직면하는 것 같아서 싫어진다.

"그게 아니라. 밖에 나가고 싶을 뿐일 터인 네가 지금은 **레이첼 가드너와 함께** 나가고 싶은 것처럼 보여서 말이야. 그 이유가 궁금해졌네. 즉 관찰 대상이 **너희**로 바뀐 거지."

레이와 함께 여기서 나가든, 어떤 약속을 하든, 이 녀석과는 관계 없다. 왜 궁금한지, 왜 관찰당해야만 하는 것인지도 알 수 없었다.

혼란이 수습되지 않은 채로 잭은 머리를 긁었다.

"……어느 쪽이든 영문을 모르겠어……."

"아아, 지금은 그래도 상관없네. 나도 네가 말로 설명할 수 있을 거라고는 생각하지 않아. 그리고 내 관찰도 끝나지 않았으니 답은 아직 나오지 않겠지."

"……전부 보고 있다는 건가."

아마 지금까지 있었던 일도 전부 봤을 것이다. 아니, 관찰했을 것이다.

이렇게 타이밍 좋게 구하러 온 것도 어디선가 보고 있었으니까……. 모든 것은 모형 정원 속에서 그레이에게 감시당하고 있는 것이다. 그렇게 생각하자 잭은 뭔가 속절없이 불쾌한 기분이 들었다.

어서 이 빌딩에서 탈출하고 싶다.

이미 B1층에 도달했으니, 이제 이 층의 주인을 어떻게 처리하기만 하면 될 터였다.

"그럴 생각이었네만, 마음에 들지 않는다면 사과하지."

"시시해. 사과받아 봤자 아무런 보탬도 안 된다고."

하지만 감시당하고 있었더라도 과거에 일어난 일은 바꿀 수 없다. 잭은 내뱉듯이 말했다.

"아아, 그러고 보니 대니가 부과한 문제를 푸는 건 네 성격에 다소 맞지 않겠군……. 조금 도와줄까?"

"……뭐? 진심이야?"

"그래, 일이 진행되지 않는 것도 재미없으니 말이지. ……그 대신 나는 너희의 행동을 이 눈으로 확인하겠네. 너희가 어떻게 나올지, 무엇이 되려 하고 있는지, **어떤 존재**인지 나는 보고 싶거든."

"……알겠어."

잭은 반쯤 될 대로 되라는 심정으로 말했다. 지금까지 모든 것을 감시당했다. 새삼 어찌 되든 상관없었다. 게다가 그만두라고 해 봤자 이 남자가 순순히 따르지도 않을 것이다.

그리고 나는 딱히 **어떤 존재**도 아니다.

"아아, 그 전에 잭. 한 가지만 대답해 주게."

"뭔데."

"너는 레이첼 가드너에게 **신**이라고 불리고 어떻게 생각했지?"

천사니 신이니…… 다들 나한테 뭘 바라고 있는 걸까.

잭은 어이없어하는 듯한, 혹은 짜증 난 듯한 표정으로 그레이를 보았다.

"이놈이고 저놈이고…… 기분 나빠. 그리고…… 어려운 소리만 늘어놓지 말라고. 내가 보기에는 다 답답한 놈들이야……. 너희 전부 바보 같아!"

"……그런가."

그렇게 말하고서 그레이는 빙긋 웃었다. 그레이에게 바보라고 하는 사람은 잭뿐이었다.

하지만 잭은 그 여유로운 반응도 마음에 들지 않았다.

"웃지 마. ……난 어떻게 해야 해? 솔직히 이 이상은 모르겠어. 안 열리는 곳 천지고…… 열쇠도 없어. 찾은 건 흰색…… 사각판 정도야."

드물게도 약한 소리를 하며 잭은 2층에서 발견한 사각판을 떠올렸다.

"잭, 그건 단순한 흰색 사각판이었나?"

그레이는 담담히 물었다.

"뭐? ……글씨가 적혀 있다는 건 알겠지만…… 못 읽어."

그렇다. 그 사각판에는 두 줄로 늘어선 글씨가 적혀 있었다.

"……거기에는 이름이 적혀 있네."

그레이가 고했다.

"……이름?"

"음. 그 흰색 판은 방문에 거는 것이지."

"……그게 어느 방인데."

"짐작 가는 곳 없나? 일단 말해 두자면 거기 적혀 있는 건 남녀
의 이름일세. 아마 부부겠지."

부부. 이 집에 살던 자들일까.

잭은 부부나 가족이란 것이 잘 상상이 가지 않았다. 유년기에
누군가와 함께 산 기억은 있다. 그러나 기분 좋은 추억은 없었다.
특히 아주 잠깐 눈먼 노인과 살았을 때의 기억은 잭을 착잡하게
했다.

문득 싫은 기억이 되살아나서 잭은 나직이 중얼거렸다.

"……몰라."

하지만 과거는 과거일 뿐이다. 기억에서 도망치듯 눈을 감자 유

난히 삐걱거리는 복도 끝에 우뚝 서 있던 문 두 개가 눈앞에 떠올랐다. 아직 탐색하지 않은 장소 중에서 짐작 가는 곳은…… 거기뿐이다.

아무튼 그레이가 말한 대로 이름이 적혀 있던 그 사각판을 방문에 걸러 가면 될 것이다.

달라붙는 과거를 뿌리치고 말없이 그레이에게 등을 돌린 잭은 생각에 잠겨 걷기 시작했다.

무슨 일이 일어나도 이제 놀라지 않는다. 이 층의 주인은 상당히 미쳤다. 그것만큼은 지긋지긋할 정도로 잘 알고 있었다.

잭은 사각판을 주우러 2층에 올라갔다.

그리고 부부의 이름이 적혀 있다는 흰색 판을 줍고 여전히 꺼림칙한 분위기가 감도는 복도 끝을 응시했다.

'이걸 문에 걸면 되는 건가……?'

잭은 노곤한 얼굴로 해야 할 일을 확인하며 불온한 공기가 소용돌이치는 복도 끝을 향해 걷기 시작했다. 역시 바닥을 밟을 때마다 삐걱삐걱 둔탁한 소리가 울려 고막을 불쾌하게 진동시켰다.

아까와 같은 구멍 함정은 없었으면 좋겠는데—.

잭이 그렇게 생각한 순간이었다.

"......?!"

바닥이 꺼졌다.

하지만 작게 구멍이 뚫린 정도라 한쪽 발이 빠지는 선에서 그쳤다.

"어이어이, 또 구멍이냐. 위태로운 집이네……."

이것도 함정인지, 아니면 바닥이 약해진 것인지는 알 수 없으나, 확인하며 나아가는 편이 좋을 듯했다.

"하아…… 귀찮아!"

복도가 한없이 길게 여겨졌다. 잭은 전에 없이 신중하게 걸음을 옮겨 가까스로 앞쪽 문에 도달했다.

문에는 손잡이가 없었고 밀어 봐도 열리지 않았다. 하지만 문 중앙에 무언가를 걸라는 듯 대못이 튀어나와 있었다.

'여기에 거는 건가……?'

잭은 그레이에게 들은 대로 글자가 적힌 흰색 사각판을 못에 걸었다.

그 순간, 찰칵 소리가 울렸다. 잠금이 풀렸을 것이다. 어떤 구조인지는 알 바 아니었다.

Childish
gimmick

잭은 즉각 **부부**의 방으로 들어갔다.

▲
▼

그곳은 평범한 침실이었다.

부부라는 것이 자던 곳인지 값비싸 보이는 더블베드가 놓여 있었다. 하지만 사용된 흔적은 없었고, 흡사 호텔 방처럼 시트는 깔끔하게 정돈되어 있었다.

별반 흥미도 없지만 적당히 방을 물색했다.

잭은 문득 침대 옆 테이블에 작은 케이스가 놓여 있는 것을 알아차렸다. 집어 들고서 달칵 열어 보았다. 무언가 특별한 반지를 넣기 위한 케이스였는지 중앙에 파인 부분이 있었고, 거기에 작은 열쇠가 꽂혀 있었다.

혹시 이걸로 그 방에 있던 보물 상자가 열리는 걸까?

잭은 고개를 갸우뚱하면서도 케이스에서 열쇠를 뽑아 바지 주머니에 넣었다.

'그보다…… 여긴 레이의 **무엇**인 거야……?'

이 부부의 방과 레이가 무슨 상관이 있다는 것인지 잭은 전혀

74

알 수 없었다. 어떤 층보다도 함정이 정신 나간 것들이긴 하지만, 탐색한 바로는 어디에나 있을 법한 **평범한 집**이었다.

대니가 촉구하는 대로 이것저것 뒤져 보긴 했으나 결국 레이에 관해서는 아무것도 알지 못한 상태였다. 하지만 아무것도 발견되지 않으니 알 방도가 없었다.

'뭐, 열쇠도 찾았으니 지하에 돌아갈까……'

잭은 작게 한숨을 쉬었다.

그때였다.

천장이 삐거덕 불온한 소리를 냈다. 잭은 즉각 천장을 보았다. 그 순간, **쿠구궁** 하는 굉음이 울리며 천장이 바닥을 향해 내려오기 시작했다.

"뭐야?!"

잭은 무심코 얼굴을 찌푸렸다. 천장이 떨어지다니 상상을 뛰어넘은 사태였다. 하지만 1초라도 빨리 이곳에서 벗어나지 않으면 위험하다는 것은 파악할 수 있었다 아니, 그냥 위험한 수준이 아니었다.

잭은 몸을 굽히고, 유예도 없이 육박하는 벽에 깔리지 않도록 전속력으로 문을 향해 달렸다.

"작작 좀 하라고!! 웃기지 마!!"

천장은 계속해서 낙하했고, 가차 없이 죽음이 다가와서 뭐라고 한마디 하지 않을 수 없었다.

이 집의 함정은…… 역시 **미쳤다.**

필사적으로 어떻게든 방에서 빠져나온 잭은 그대로 도망치듯
지하로 돌아갔다.

심상치 않게 숨을 헉헉 몰아쉬는 잭을 그레이는 태연한 눈으로
지켜보며 평소처럼 말을 걸었다.

"어땠지?"

—아아, 그랬다. 이 녀석은 여기서 강 건너 불구경이라는 건가.

잭은 분노한 형상으로 그레이를 노려보았다.

"아아?! 영문 모를 방에서 쥐포가 될 뻔했어!! 뭐, 열쇠는 있었
지만!"

"호오, 잘된 것 아닌가."

"시끄러워!"

역시 바보 취급하고 있다. 관찰 대상이니 뭐니 어려운 말을 하
고 있지만, 실제로는 과연 어떨지. 하지만 이제 어찌 되든 좋았

다. 일일이 그레이를 상대하고 있을 여유 따위 잭에게는 없었다.

잭은 호흡을 가다듬고 아까 하마터면 죽을 뻔했던 거대한 구멍 함정을 획 뛰어넘었다. 그리고 다시 기묘한 인형이 모인 방으로 돌아갔다.

역시 이 방은 기분 나빴다. 방에 발을 들였을 뿐인데 묘한 한기가 들었다. 그리고 어떻게 봐도 이 방에 모인 모든 것이, 저 팔이 뜯긴 섬뜩한 인형도 잭에게는 잡동사니로 여겨졌다. 어린아이가 모은 하찮은 잡동사니로…….

잭은 질렸다는 표정으로 방 중앙에 놓인 의미심장한 보물 상자 앞에 섰다. 그리고 부부의 방에서 찾은, 반지 케이스에 꽂혀 있던 열쇠를 보물 상자의 열쇠 구멍에 끼웠다.

그 열쇠로 보물 상자는 무사히 열렸다. 안에 들어 있던 것은 작은 오르골이었다.

'또 잡동사니인가……?'

하지만 잭은 지금껏 오르골을 본 적이 없었다. 잭은 그것이 무엇인지도 모른 채 집어 들고서 오르골 뚜껑을 열어 보았다. 그러자 조용히 소리가 울리기 시작했다.

잭은 한순간 깜짝 놀랐다. 음악 따위 거의 들은 적이 없었기 때문이다.

한동안 방에는 어딘가 구슬픈 오르골 소리가 울려 퍼졌다. 그것은 이 방의 불온한 분위기와 어우러져 한층 섬뜩한, 예사롭지 않은 분위기를 자아냈다.

　잭은 문득 오르골 안에 무언가 들어 있음을 알아차렸다. 소리가 계속 울리고 있음에도 잭은 오르골 안으로 난폭하게 손을 뻗었다. 그리고 상자 안에 있는 것을 잡아 꺼냈다. 그것은 아까보다도 작은 흰색 사각판이었다. 사각판에는 아까와 마찬가지로 글씨가 적혀 있었다.

　"뭔가 낯익은 글자네……."

　—어디선가 본 듯한…….

　읽지 못하는 문자열을 바라보며 잭은 막연히 그렇게 생각했다. 그때, 어느새 배후에 서 있었는지 그레이가 귓가에 속삭였다.

　"적혀 있는 글자가 신경 쓰이나?"

　잭은 깜짝 놀라면서도 뒤돌아, 득의양양하게 버티고 선 그레이를 보았다. 아까부터 그레이는 유난히 잭을 도와주고 있었다. 머리 나쁜 내게 손을 내밀어 주려고 그런다는 것은 안다. 그러나 목적은 알 수 없었다. 또 무언가를 꾸미고 있을 가능성은 컸다.

　"궁금하다면 내가 읽어 주지."

　그레이는 의기양양하게 말하고서 판을 넘기라고 재촉했다.

　하지만 잭은 수상쩍다는 표정을 짓고서 고개를 가로저었다.

　"……됐어. 읽지 마."

뜻밖의 대답에 놀란 그레이는 미간에 주름을 잡았다.

지금까지 잭은 스스로 무언가를 알려고 하지 않았다. 게다가 이 긴 문자열을 잭이 해독할 수 있을 리 없었다. 자신을 의심하고 있는 것일까. 뭐, 무리도 아니다. 그러나 그레이는 다시 한번 잭의 뜻을 확인하고자 물었다.

"하지만 신경 쓰이지 않나?"

"……그렇다고 해도 이건 다른 사람한테 듣고 싶은 기분이 아니야."

그레이의 물음에 잭은 딱 잘라 대답했다.

솔직히 궁금하긴 했다. 확실히 그레이에게 듣는 편이 빠를 것이다.

하지만 왜일까. 마치 사명처럼 이 글자만큼은 스스로 해독해야만 한다는 생각이 들었다.

잭은 무언가가 적힌 그 흰색 사각판을 들고 다시 2층으로 올라갔다.

▲
▼

2층에 도착한 잭은 재차 복도를 지나 부부의 방보다도 더 안쪽에 있는 문을 향해 걸음을 옮기려고 했다.

하지만 그때, **쿵** 하고 머리 위에서 뭔가 커다란 것이 낙하한 듯한 뒤숭숭한 소리가 건물에 울렸다.

'뭐야……?'

불길한 낌새가 복도에 흘렀다.

'또 함정인가.'

간단히 앞으로 보내 주지 않는 이 층이라면 그럴 가능성이 크다는 것을 잭은 알고 있었다.

귀찮다는 기분을 느끼면서도 잭은 소리가 들린 쪽을 재빨리 돌아보았다.

그러자 커다란 회색 구체가 시야를 가득 메웠다.

"어?"

사태가 잘 파악되지 않았다. 그 회색 물체는 잭의 세 배는 되었고, 이 널찍한 복도를 꽉 채울 만큼 컸다.

'……바위?!'

잭이 놀라서 입을 떡 벌리고 있으니 그 거대한 바위는 굉음을 내며 저절로 튀어 올랐다. 그리고 다음 순간, 마치 경주라도 시작하는 것처럼 잭이 선 복도를 향해 엄청난 속도로 데굴데굴 굴러오기 시작했다.

"진짜냐……!"

구를수록 가속하는 거대한 바위는 순식간에 잭의 뒤를 따라잡았다.

잭은 밟을 때마다 삐거덕삐거덕 불온한 소리를 연주하는 복도를 필사적으로 달려갔다.

"아아, 젠장! 이 함정은 뭐야!"

하지만 조금 있으면 복도의 막다른 곳이었다. 절체절명인 것 같았던 그때, 부부의 방보다 더 안쪽에 있는 누군가의 방문 앞에 작게 파인 곳이 있음을 잭은 눈치챘다.

저곳이라면 피할 수 있다—!

잭은 더욱 속도를 높여 그 홈에 뛰어들었다.

거대한 바위는 그대로 데굴데굴 복도를 굴러가 막다른 곳에 충돌했고, 빌딩 자체를 덮고 있을 콘크리트에 도달했는지 엄청난 소리를 내며 벽에 박혔다.

'진짜로 제정신이 아니야……'

성질 더러운 함정에 잭은 역시 아연해할 수밖에 없었다. 하지만 쫓아온 물체야 경이적이고 무섭긴 해도 이것 역시 어린아이가 생각한 것 같은 유치한 함정이었다.

이 층의 주인은 B4층의 에디처럼 꼬맹이인가?

잭의 머리에 그런 의문이 떠올랐다.

'뭐, 좋아……'

언젠가 대면하게 될 테니 층 주인이 누구인지는 곧 알 수 있을 터였다.

▲
▼

　잭은 숨을 헐떡이며 문 앞에 책상다리로 털썩 앉았다. 조금 전
에 죽을 뻔했던 것 따위는 이제 신경도 쓰이지 않았다. 금방 사고
를 전환할 수 있는 것만이 잭의 장점이었다.

　아까처럼 문에 사각판을 걸기만 하면 될 테니 이 방에는 당장
에라도 들어갈 수 있다.

　하지만 그래서야 이 방을 조사하는 것에 아무런 의미도 없다고
잭은 느끼고 있었다. 레이에 관해 알게 됐다고는 할 수 없다.

　잭은 보물 상자에서 꺼낸 자그마한 흰색 판의 글자를 지그시
바라보았다.

　"이 판에 적힌 글자, 역시 낯익단 말이지……."

　으음 하는 소리를 내며 잭은 인상을 썼다.

　그레이에게는 말하지 않았지만, 잭은 어째선지 이 사각판에 적
힌 글자가 낯익었다. 확실히 어디선가 본 글자의 형태였다. 그것도
아마 오래되지 않은 일이다…….

'그래…… 레이의 포셰트에서 떨어진 그 종이…….'

잭은 퍼뜩 떠올리고 후드티 주머니에 넣어 뒀던 이력서 두 장을 꺼내 바닥에 대충 펼쳤다.

둥글게 뭉친 탓에 꾸깃꾸깃했지만 더럽지는 않았다.

잭은 언젠가 잡지에 적힌 글자를 흉내 내려고 했을 때처럼 집중해서 이력서를 보았다.

"아아, 못 읽겠어……!"

하지만 아무리 시선을 집중해도 글자를 전혀 못 읽는 잭에게는 그저 문자열로 인식될 뿐이었다.

그러나 뭔가 신경 쓰였다. 잭은 머리를 싸맸다.

─레이첼의 모든 것을 알아봐…….

문득 대니의 말이 뇌리를 스쳤다.

'알라고 해도 말이지…….'

이 층의 무엇이, 어디가, 레이와 관련 있는지…… 상상도 안 갔다. 그리고 역시 그레이에게 물어볼 마음도 들지 않았다.

잭은 짜증을 내면서도 이력서를 계속 확인했다. 레이의 얼굴 사진이 붙어 있는 이력서와 자신의 이력서를 번갈아 비교해 보았다.

"……이 숫자는 뭐지?"

레이 쪽에는 「13」, 자신의 것에는 「20」이라고 적혀 있었다. 간신히 숫자만큼은 읽을 수 있었다.

현재 잭은 스무 살이고 분명 레이는 열세 살이었다.

"……몇 살인지 나타내는 건가? 그럼 이 사진과 나이 사이에 있는 건…… 이름이라고 생각하면 되나?"

그 추측이 맞을 것 같았다. 잭은 서둘러 레이의 이름란과 흰색 판에 적힌 글자를 비교했다. 이력서 이름란에 적혀 있는 첫 번째 글자와 사각판의 첫 번째 글자는 똑같았다…….

그렇게 이력서와 사각판의 글자를 순서대로 비교해 보니, 다음 글자도, 그다음 글자도 훌륭하게 일치했다—.

모든 글자가 일치하자 잭은 자신이 해독했다는 것이 기뻐서 무심코 펄쩍 뛰었다.

"뭐야, 역시 낯익은 글자였어!"

하지만 머릿속이 냉정해지자 문득 의문이 떠올랐다.

—그럼 이곳은 **레이의 방**이라는 건가?

'하지만 왜 여기에 그 녀석의 방이 있는 거지……?'

악취미인 대니의 짓일까.

뭐, 지금은 아무튼 해독했으니 뭐든 좋다고 잭은 생각했다.

큰 산 하나를 넘은 지금, 이제 생각하기도 지쳤다. 그보다 이번 방에는 어떤 정신 나간 함정이 준비되어 있을지 지금까지 겪었던 함정을 되돌아보면 불길한 예감만이 들었다.

그것이 **레이의 방**이라면 더더욱.

하지만 생각해 봤자 별수 없다.

레이에 관해 알아야만 한다면 들어갈 수밖에 없었다.

—나도 조금은 신경 쓰여.

무언가를 알고 싶다고 생각한 적은 그다지 없었다. 무언가를 알아 봤자 변변한 일 따위 없다.

하지만 잭은 처음으로 그 감정을 품고 있었다.

문 앞에 사각판을 걸자 찰칵하는 경쾌한 소리와 함께 **레이의 방**이 열렸다.

방에 발을 들인 잭의 눈에 먼저 날아든 것은 생생한 핏자국이었다. 입구 근처 바닥이 마치…… 살인 사건이라도 일어났던 것처럼 새빨갛게 물들어 있었다.

'기분 나빠…….'

그 검붉은 피 웅덩이를 바라보고 있으니 어디선가 시체 냄새가 나는 것 같아서 잭은 얼굴을 찌푸렸다. 시선을 돌려 방을 둘러보았다. 이렇게 서 있기만 해도 이 방이 결코 평범하지 않은 광기 어린 장소라는 것이 분명하게 느껴졌다. 하지만 피 웅덩이를 제외하면 어디에나 있을 법한 평범한 아이방 같기도 했다. 책장에는 화집과 소설, 전문 서적과 학문서 등 장르를 불문하고 많은 책이 진열되어 있었다. 어느 것이나 어려워 보여서 집어 볼 생각도 들지 않았다. 어차피 자신은 못 읽는다.

하지만 이곳이 정말로 레이의 방이라면…… 그 녀석은 이 책을 전부 읽은 걸까.

'진짜냐……'

잭은 솔직하게 감탄했다.

방 중앙에는 뚱뚱한 브라운관 TV가 우두커니 진좌하고 있었다. 그것은 유난히 의미심장하여 이 방에서 유일하게 붕 떠 있는 느낌이었다.

TV라니, 안 본 지 대체 얼마나 오래됐을까…….

'그 영화를 본 이후로 처음인가…….'

잭은 이끌린 듯 TV 앞에 앉았고, 그 형태를 어딘가 그립게 여기며 브라운관의 전원을 켰다.

지지지지직— 하고 노이즈 화면이 비친 후, 지글거리는 영상이 나오기 시작했다.

그것은 **어떤 사건**을 알리는 뉴스였다.

ㅇㅇㅇ주 ㅇㅇㅇ의 민가에서 가드너 부부의 시신이 발견되었습니다.

시신에는 날붙이에 베인 흔적과 권총 탄흔이 있어 살해된 것으로 여겨집니다.

시신은 사후 일주일 이상 지나 손상이 심하고, 부자연스럽게 꿰매져 있는 상태였습니다.

그 근처에 있던 가드너 부부의 딸 레이첼 가드너는 무사히 보호되었으나…… 언동에서 혼란이 보이기에 현재 자세한 사정을 청취하고 있습니다.

"뭐야…… 이거."

갑작스러운 영상에 뇌 처리가 쫓아가지 못했다.

가드너는 레이의 성이지 않았나……?

생각이 정리되기도 전에 TV에는 마치 누군가의 꿈을 투영하는 듯한 새하얀 방이 나타났다.

거기에 비친 것은 부드럽게 미소 짓는 흰 가운 차림의 **대니**와, 마주하는 형태로 놓인 의자에 앉은 **레이**였다.

"……레이첼, 너는…… 부모님이 미웠니……?"

"……아뇨."

"그럼 어째서 자르고 꿰맨 거니?"

영상 속에서 이루어지는 대니와 레이의 기묘한 대화를 들으며 잭은 묘한 감각에 사로잡혔다.

이 영상을 계속 보기 망설여지는 기분이 치밀었다.

그러나 가위에 눌린 것처럼 몸이 움직이지 않았다.

눈에 녹아드는 것처럼 비치는 브라운관 속 레이는 대니가 재촉하는 대로 자신의 과거에 일어났던 일을 이야기하기 시작했다—.

RACHEL'S MEMORY

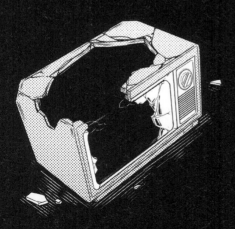

"레이첼, 너는…… 부모님이 미웠니……?"

"……아뇨."

몇 번째인지 알 수 없는 물음에 레이는 작게 고개를 저었다. 사건 후, 담당 정신과 의사가 된 대니와의 면회는 하루에 한 번 이루어지고 있었다. 레이가 보호된 시설은 생활시간도 규칙적이라, 레이는 매일 똑같은 날이 반복되고 있는 기분을 느끼고 있었다.

하지만 이날은 달랐다. 평소와 다른 대니의 질문이 계기였다.

"그럼 어째서 자르고 꿰맨 거니?"

그 말과 함께 레이의 눈앞에 그 아름다운 모습과 어울리지 않게 썩은 내를 풍기던 새하얀 화원이 펼쳐졌다.

"……가족을 가지고 싶었어요."

희미하게 미소 지으며 레이는 대답했다.

아빠와 엄마가 싸우지 않고, 생글생글 웃으며 애정을 담아 자신의 이름을 부른다―. 어릴 때부터 레이가 바란 것은 그저 그것뿐이었다.

손을 맞잡은 부모님 옆에서 그날 밤 레이가 처음으로 편안히 잠든 것은 마침내 꿈에 그리던 이상적인 가족이 되었기 때문이었다.

▲
▼

"……그렇구나. 계기는 뭐였니?"

그 대답을 음미하듯 대니는 고개를 끄덕이고서 온화하게 물었다.

레이의 대답은 대니의 마음 깊숙한 곳에 있는 것과 어딘가 비슷했다.

"……계기……? 뭐였더라……."

레이의 머릿속에 애달프게 낑낑거리는 강아지의 동그란 눈이 되살아났다.

집에 있기 불편할 때, 레이는 때때로 집 주변을 정처 없이 떠돌았다.

그날은 회색 구름이 하늘을 덮고 거리에 가랑비가 내리고 있었다. 빗발은 점차 굵어졌다.

레이는 비를 잠시 피하려고 평소에는 다니지 않는 좁은 골목에 들어갔다. 그때 작게 낑낑거리는 울음소리가 들렸다. 발밑을 보니 태어난 지 얼마 안 된 강아지가 지저분한 박스 속에 버려져 있었다.

"집 근처 골목에서 강아지를 발견했어요. 작고 귀여웠지만 무척 약해져 있었어…….”

강아지는 레이의 얼굴을 올려다보며 재차 도움을 구하듯 낑낑
거렸다.

레이는 그 자리에 쪼그려 앉아 강아지를 살며시 안아 올리고
비에 젖은 부드러운 털을 쓰다듬었다. 장난감처럼 작은 그 몸은
떨리고 있었고 아주 차가웠다.

‘정말 귀여워.’

레이는 품속에서 떠는 강아지를 바라보며 지금껏 느낀 적 없는
감정에 사로잡혔다.

“그 강아지를 가지고 싶었어요……. 하지만 멋대로 집에 데려가
면 혼날 테니까…… 먼저 집에 가서 강아지 얘기를 꺼내려고 했어
요—.”

고막 안쪽에서 쏴아아아아 하고 모든 것을 덮을 듯 쏟아지는
빗소리가 울렸다.

레이는 아프게 느껴지는 그 환청 속에서 조용히 눈을 감았다.

그날, 비는 약해질 줄을 몰랐다.

레이는 이따금 비를 피하며 빠른 걸음으로 집에 돌아갔다.

조금 전에 사명처럼 느낀 「강아지를 **가지고 싶다**」는 감정은 이미 레이에게 절대적인 것이 되어 있었다.

현관문 정면에 있는 거실에는 현기증이 날 만큼 강한 알코올음료의 잔향과 숨 쉬기도 꺼려지는 무거운 공기가 평소처럼 소용돌이치고 있었다. 잘못 건드리면 죽어 버리는 톱니바퀴의 끝과 같은 선율을 레이는 이 집에 있을 때 마음속으로 늘 느끼고 있었다.

"—아아, 어째서 너는 그렇게 내게…… 대드는 거야!"

"그야…… 알코올 중독 환자의 말 따위 누가 듣겠어?"

"나는 일하고 돌아왔어……. 돌아오고 싶지도 않은 이 집에……."

"우후후후…… 뭘 잘났다고 큰소리야? 당신 같은 알코올 중독 경관 따위 누구도 원하지 않는데……."

거실 안쪽에 있는 넓은 부엌에서 평소처럼 술에 취한 아빠의 호통과 엄마의 히스테릭한 목소리, 그리고 제대로 설거지되지 않은 식기류가 딱딱한 타일 바닥에 낙하하여 — 혹은 내던져져서 — 호쾌하게 깨지는 소리가 뒤섞여 울렸다.

하지만 레이에게 그런 소란은 이상한 일이 아니었고, 언제부터인가 익숙한 일상의 일부가 되어 있었다.

'얘기, 들어주려나······.'

부엌 입구에 선 레이는 독침 끝에서 흘러나오는 듯한 말들을 귀에 담으며 가만히 이야기할 타이밍을 기다렸다. 아무튼 빨리 강아지 이야기를 하고 싶었다.

"아아, 시끄러워······! 술보다도 네 말이 더 독이야······!"

부엌 안쪽에서 아빠가 야수처럼 고함치며 엄마를 때리는 것이 소리로 전해졌다. 하지만 그 악몽 같은 둔탁한 소리를 아무리 들어도 레이의 표정은 조금도 움직이지 않았다. 동요조차 없었다.

가지고 싶다······. 강아지를 가지고 싶다. 그렇게 마음속으로 외며 레이는 가만히 그 자리에 서 있었다.

거실에 방치되어 시든, 언제 꽂았는지도 확실하지 않은 흰 꽃이 당장에라도 뚝 떨어질 것 같은 상태로 레이를 지그시 바라보고 있었다.

"너 같은 정신 장애자를 아내로 맞은 나는 불행해······. 그건 틀림없이 네 존재가 불행하기 때문이야······. 어째서 너는 이렇게나 불행한 걸까······?!"

"당신이 날 이렇게 만들었어! 너 때문이야, 너 때문이야······!"

말싸움에 넌더리가 난 아빠가 엄마로부터 도망치듯 혼자 거실

쪽으로 성큼성큼 걸어왔다.

아아, 마침내 이쪽으로 왔다.

부엌 입구에 유령처럼 서 있던 레이는 아빠를 올려다보고 입을 열었다.

"……아."

강아지 이야기를 하려고 했다. 하지만 그것은 바로 차단되었다.

"너…… 늦게까지 어디를 싸돌아다니다 온 거야?"

어디를? 자신이 하고 싶은 이야기는 그런 것이 아니다. 강아지 이야기를 하고 싶었다.

"변함없이 침묵인가……. 머리는 돌아가고 있는 거야?"

강아지 말고는 할 이야기가 없었다. 레이는 다시 입을 열었다. 강아지를 가지고 싶어, 그렇게 말하기 위해.

"……저기."

하지만 그 말은 형태조차 이루지 못했다.

아빠는 증오스럽게 레이를 노려보았다. 그 눈에는 무서우리만큼 빛이 없었다.

레이는 아빠의 눈을 지그시 바라보며 칠흑 같은 어둠 속을 보고 있는 것 같다고 느꼈다.

"아아, 너도 내게 불만이 있는 건가?"

'불만?'

대체 무슨 말을 하고 있는 걸까. 나는 강아지를 데려와도 되는지 묻고 싶을 뿐인데.

레이는 무심코 얼굴을 찡그리고서 다시 한번 제대로 이야기하려고 했다.

그러나 그럴 새도 없이 엄마가 히스테릭하게 언성을 높이며 재차 끼어들었다.

"기다려. 당신, 돈 들고 어디 가려는 거야⋯⋯? 술? 아니면 여자? 우후후⋯⋯ 또 나를 불행하게 만드는 거구나?"

"웃지 마⋯⋯ 듣기 싫어. 난 내 행복을 사러 갈 거야."

"어머, 그럼 내 행복도 사다 줄래? 불행한 내게도 행복이란 것을 가져다줘!"

"불행할 뿐만 아니라 넌 돈까지 처먹는 건가?! 정신병 때문에 집안 살림도 제대로 못 꾸리면서!"

불행이나 행복이라는 얄팍한 말을 레이는 이 집에서 수없이 들었다.

하지만 레이는 지금 자신이 놓여 있는 상황을 불행하다고도 행복하다고도 여기지 않았다. 그런 무의미한 것은 생각한 적조차 없었다.

그저 꿈꾸었다.

언제나, 언제나 꿈꾸었다.

이상적인 가족을—.

레이의 귀에 또 평소와 같은 외침이 들려왔다. 그러나 그것도 레이에게는 이미 익숙한 일상일 뿐이었다.

"아아아아아아아아! 그렇게 전부 내 탓으로 돌려……. 나한테 떠넘겨……! 더러운 남자! 더러운 손으로 내 인생을 더럽혔어! 머리도 몸도 근성도, 술에 절었어!"

아아, 하지만 이 상태로는 아무리 기다려도 강아지 이야기를 꺼낼 수 없다…….

레이는 당장에라도 엄마를 때릴 듯 주먹을 떨고 있는 아빠 옆으로 다가가 두 사람의 이야기를 막고 강아지 이야기를 꺼내려고 했다.

"……저기, 아빠, 있지……."

아빠는 레이를 내려다보았다.

깊은 숲속에 숨은 호수와 같은 레이의 파란 눈동자는 엄마를 닮았다. 아빠는 그 파란 눈을 언제부터인가 불행의 상징처럼 느끼고 있었다.

아빠는 심각한 한숨을 쉬었다.

"아아, 한없이 불행밖에 없는 집이야……! 내게는 술이 필요해……."

"혼자만 도망치지 마……! 당신이 이 집을, 나를 엉망으로 만들

고 있어! 내 잘못이 아니야! 전부, 전부 당신 탓이야! 이 무능력한
남자!"

"시끄러워! 미친!"

인내의 한계를 느낀 아빠는 가차 없이 엄마를 때렸다.

레이는 평소와 다름없는 그 광경을 멍하니 바라보고 있었다. 어
딘가 영화 속 일을 보고 있는 것처럼. 빨리 끝나면 좋겠다. 그렇
게 남의 일처럼 느끼며—.

지금 레이의 마음을 지배하고 있는 것은 비에 젖은 강아지, 강
아지를 가지고 싶다, 그것뿐이었다.

"아파, 아파……! 당신과 결혼한 탓에 내 인생은 끝났어!"

"아아…… 나도 때리고 싶진 않아……. 하지만 네가 날 때리게
만들어……. 제정신이 아닌 여자와 무슨 생각을 하는지 알 수 없는
꺼림칙한 딸……. 너희가 내 인생을 망치고 땅에 떨어뜨렸어……!"

아빠는 그렇게 내뱉더니 언제나처럼 혼자 밖으로 나가기 위해
성큼성큼 현관 쪽으로 향했다.

머지않아 무시무시한 빗소리가 일순 집 안에 울렸다. 하지만 이
내 모든 것을 차단하듯 현관문이 쾅 닫히자 그것은 곧장 그쳤다.

―겨우 조용해졌다.

이제 강아지 이야기를 할 수 있다.

레이는 살며시 엄마에게 다가갔다. 엄마는 소파에 앉아 레이와 똑같은 색깔의 머리를 싸매고서 주먹을 떨고 있었다.

"……엄마."

레이는 등 뒤에서 중얼거렸다. 하지만 엄마의 귀에 레이의 목소리는 들리지 않는 것 같았다.

"아아…… 언젠, 가― 언젠가 난…… 죽…… 거야……."

알코올 냄새가 감도는 가운데, 엄마는 중얼중얼 소름 끼치는 말을 내뱉더니 무슨 생각을 떠올렸는지 벌떡 일어나 거실에서 이어지는 복도를 걸어갔다.

레이는 담담히 그 뒤를 쫓았다.

복도 끝의 어둠 속에서 엄마는 검게 빛나는 무언가를 움켜쥐고 유쾌하게 입꼬리를 히죽 올리고 있었다.

"만약 내게 무슨 일이 생기면…… 반대로 이걸로…… 이 **비장의 카드**로 그 녀석을……쏴 죽여 버리겠어……. 얼마나 꼴이 우스울까……."

엄마는 그 비장의 카드를 꽉 움켜쥔 후, 거의 쓰이지 않는 전화기가 놓인 키 작은 서랍장의 서랍에 숨겼다.

'비장의 카드……'

레이는 그 말이 유난히 신경 쓰였다.

"그러면 그 녀석은 후회하여 울부짖겠지……. 내게 머리를 숙이고『네가 옳았다』고 말할 거야. 내 탓이, 아니야…… 이렇게 만든 그 녀석 잘못이야……."

레이의 존재를 눈치채지 못하고 혼자 계속 중얼거리는 엄마는 확연하게 무언가를 꾸미고 있는 모습이었다.

평소와 다르게 심각하다는 것은 이해할 수 있었지만, 그것은 지금 레이가 생각해야 할 일이 아니었다. 아무튼 마음에 걸리는 것은 강아지였다.

"……엄마."

"레이, 여기서 뭐 하는 거니……."

존재를 알아차린 엄마는 퍼뜩 놀라 돌아보았다.

"……엄마, 있지, 내 얘기를 들어 줬으면 좋겠어."

레이는 소녀다운 음성으로 말하고 엄마를 올려다보았다.

마침내 강아지 이야기를 할 수 있다. 그 강아지를 봤을 때, 레이가 가지고 싶다고 느낀 것은— 무의식적으로 이상에 다가가려 했기 때문일지도 모른다.

"레이…… 나는 지금 너를 챙길 여유가 없어. 엉망진창이 된 부엌을 정리해야 하고, 네 이야기를 얌전히 듣고 있을 마음의 여유 따위 없단다……."

"……들어 줘. 멋대로 굴면 화낼 거잖아?"

하지만 레이가 말한 순간. 엄마는 입 다물라는 듯 레이의 생기 없는 하얀 뺨을 힘껏 때렸다.

"아하하하하하! 굉장해! 왜 너도 내 말을 안 듣는 거야……!?"

레이가 멍해진 것을 보고 엄마는 치를 떨면서 웃었다.

"나는 네가 있어서 이 지옥에 발이 묶여 있는 거야. 네 존재가 밉다고. 그 녀석과의 관계를 보고 있는 것 같아서 참을 수 없이 기분 나빠……."

그것은 몇 번이나 들었던 말이었다. 레이는 작게 눈을 깜박였다. 맞은 뺨이 조금 뜨거웠다.

"2층에 있는 네 방으로 가."

엄마는 계단 위를 가리켰다. 악몽 같은 관계의 결정체를, 레이라는 존재를 더는 1초도 눈에 담고 싶지 않다—.

언제부터인가 엄마는 레이와 그다지 눈을 맞추지 않았다. 무슨 생각을 하는지 알 수 없는 그 눈을 보는 것이 무서웠을지도 모른다.

"엄마 말을 들으면, 내 이야기를 들어 줄 거야……?"

엄마는 레이의 반응에 기막히다는 얼굴로 깊게 한숨을 쉬고서 만악의 근원을 보듯 귀신 같은 형상을 했다.

"빨리 가지 못해?! 이 이상 나를 불행하고 지독한 엄마로 만들지 마……!"

미친 것 같은 목소리로 그렇게 내뱉은 엄마는 「부엌을 정리해야 해…….」 하고 헛소리처럼 중얼거리며 일방적으로 레이에게서 멀어졌다.

─불행하게 만든다…….

혼자 남은 레이는 복도 안쪽의 어둠 속에서 움직이지 못하고 있었다.

네가 나를 불행하게 만든다는 엄마의 말이 짙은 안개처럼 몸에 휘감겨 있었다.

하지만 레이의 뇌는 그에 관해 생각할 기능을 이미 잃은 상태였다.

─강아지 이야기를 못 했다.

그저 그것만이 마음속을 휘젓고 있었다.

"아무도 누군가의 말 따위 듣지 않아……. 왜일까……."

생각대로 되지 않는 것은 항상 있는 일이었다. 그런데도 레이의 마음은 속수무책으로 술렁였다.

마음이 어수선한 가운데, 문득 레이는 엄마가 서랍장에 무언가 넣었던 것을 떠올렸다.

'**비장의 카드**…….'

그 말이 매우 신경 쓰였다.

레이는 서랍장 앞에 서서 살며시 서랍을 열었다. 레이의 무표정한 시선 끝에 나타난 것은 무디게 빛나는 검은 권총이었다.

'이런 게 여기 있었구나…….'

—이것이 말을 듣게 만들기 위한 **비장의 카드**……?

레이는 조금 놀라면서도 그것을 지그시 관찰하며 확인했다.

어째서일까. 기분이 조금 진정되었다. 하지만 이제 엄마의 말을 따라야 한다.

레이는 권총이 든 서랍을 가만히 닫고 2층에 있는 자기 방으로 뛰어 올라갔다.

—결국 누구도 내 이야기 따위 들어 주지 않았어.

쌓이고 쌓인 절망감을 마침내 느끼기 시작했던 것일지도 모른다.

그날 한밤중에 엄마가 잠드는 것을 기다려 밖에 나간 레이는 강아지의 상태를 보러 그 골목으로 갔다. 비는 그친 상태였다.

레이의 존재를 알아차린 강아지는 도움을 바라듯 끼잉 하고 희미한 울음소리를 냈다.

큰비가 계속 내린 탓인지 척 보기에도 강아지는 약해져 있어서 당장에라도 죽어 버릴 것 같았다.

"집에 데려가 줄게."

그렇게 말하며 레이는 강아지에게 손을 뻗었다. 아까처럼 품에 안으려고 했다.

하지만 부드러운 몸에 손이 닿으려던 그 순간 강아지는 이제 막 난 이빨로 레이의 손을 콱 물었다. 그리고 무언가에 겁먹은 눈빛을 레이에게 보냈다.

"……아파."

레이의 투명하고 하얀 손에서 선혈이 흘러나왔다. 고독과도 닮은 불쾌한 아픔이 욱신욱신 느껴졌다.

하지만 레이는 강아지를 빤히 내려다보며 그 파란 눈을 크게 뜨고 생긋 미소 지었다.

"부탁이야, 내 것이 되어 줘."

—그 뒤로 강아지를 어떻게 **자신의 것**으로 삼았는지는 잘 기억나지 않는다. 다만 레이의 발밑에 펼쳐진 작은 웅덩이는 지옥 같은 빨간색으로 물들어 있었다.

레이는 피투성이가 된 강아지를 끌어안고 박스에 넣은 다음, 신나게 집으로 돌아갔다.

되도록 발소리를 내지 않도록 살그머니 자기 방으로 올라가 방 중앙에 박스를 내려놓았다.

그리고 항상 인형을 꿰매는 데 사용하는 재봉 도구가 든 상자를 가져와 빨간 실과 굵은 바늘을 꺼내 양손에 들었다.

"**고쳐 줄게.**"

귀여운 내 강아지로—.

다음 날, 눈부시게 큰 보름달이 빛나는 밤이었다.

나는 박스 속에서 착하게 잠든 강아지를 쓰다듬으며, 방에 있는 커다란 창문으로 그 보름달을 보고 있었다.

"옳지, 착하다······. 정말 귀여워."

강아지는 조금 딱딱해져 버렸지만, 옆에 있어 주는 것만으로도 무척 귀여웠다. 어제 그렇게 겁먹고 약해져 있었던 것이 거짓말이었던 것처럼 강아지는 새까만 둥근 눈으로 나를 바라보며 기뻐하고 있었다.

"쭉 옆에 있어도 돼. 괜찮아, 무섭지 않아······."

거실 쪽에서 들려오는 아빠와 엄마의 목소리는 매우 요란하고 시끄러웠다.

오늘은 나에 관해 이야기하고 있는 것 같았다. 멋대로 강아지를 데려와서 화난 듯했다.

나는 얼음처럼 차가운 강아지의 몸을 계속 쓰다듬으며 멍하니 그 대화를 듣고 있었다─.

"네 탓이야! 네가 미쳐서 저 녀석이 이상한 거야!"

"아니, 저 애가 이상한 건 당신 탓이겠지······!"

"아아…… 더는 못 참아!!"

"……뭐 하려는 거야……!!"

아빠는 평소보다도 한층 큰 목소리로 고함치고 있었고, 엄마의 목소리는 거의 절규 같았다.

'오늘은…… 심하네…….'

—모습을 살피러 부엌에 가 볼까…….

그렇게 생각하고 나는 천천히 일어나 경직된 강아지를 내려다보았다.

"착하게 기다리고 있으렴."

그리고서 축축한 박스를 살며시 닫고 1층으로 내려갔다.

부엌에서 본 광경은 선명하게 기억한다—.

아빠는 마치 인형처럼 움직이지 않는 엄마 위에 올라타, 피로 이루어진 새빨간 웅덩이 속에 있었다. 언젠가 영화 속에서 본 적 있는 듯한 장면이었다.

그리고 이상하게도 오늘 이렇게 될 것을 나는 예전부터 알고 있

Rachel's
Memory

었던 느낌이 들었다.

나를 알아차린 아빠는 휙 뒤돌더니 지금껏 들은 적 없는 무시무시한 목소리로 말했다.

"……거기서 뭐 하는 거지."

시끄럽길래 모습을 보러 왔을 뿐 그렇게 말하려고 했지만 어째서인지 목소리가 나오지 않았다.

아빠는 몹시 험악하게 말을 쏟아 내며 천천히 내게 다가왔다.

손에는 칼이 쥐어져 있었고, 살아 있는 무언가를 조리한 듯 피가 잔뜩 묻어 있었다.

"봤구나, 본 거구나? 난 처음부터 필요 없었어……. 여기 있는 모든 게 날 불행하게 해……."

아빠는 섬뜩할 만큼 눈에 핏발을 세우며 내게 칼을 겨눴다.

―불행.

내가 있어서 아빠도 엄마도 불행해진다. 그렇기에 살해당한다…….

나를 이상적인 나로 만들기 위해―?

"그러니, 너도, 죽어 줘!!"

멍하니 생각하고 있으니, 칼을 치켜든 아빠가 버럭 소리치며 내게 다가왔다.

도망쳐야 해. 본능적으로 그렇게 생각했다. 아직 죽고 싶지는 않았으니까.

어떻게 하면 죽지 않을 수 있을까. 그렇게 생각했을 때, 퍼뜩 떠 올렸다.

'맞아, **비장의 카드**······.'

그때 엄마가 권총을 숨겼던 것은 틀림없이 이때를 위해서다. 말을 듣게 만들기 위해······, 엄마는 그렇게 말했다.

그렇다면—.

'······내가 가지고 있어도 괜찮겠지?'

나는 거실을 빠져나가 계단 아래에 놓여 있는 서랍장에서 재빨리 권총을 꺼내고 2층으로 뛰어 올라갔다.

내 방문에는 「레이첼 가드너」라고 적힌 간소한 문패가 붙어 있었다. 나는 방에 들어가 문을 닫았다.

잠겨 있지는 않으니 아빠가 오는 것은 시간문제였다.

'강아지, 괜찮을까······.'

걱정이 된 나는 빨간 반점이 튄 박스를 열고 안을 살폈다. 강아지는 떨고 있었다. 나는 강아지를 끌어안고 천천히 쓰다듬어 주었다.

"괜찮아, 무섭지 않아······. 아무것도 걱정할 필요 없어······."

하지만 그렇게 말하자마자 아빠가 계단을 뛰어 올라오는 소리가 들렸다.

이대로 강아지를 안고 있으면 아빠가 강아지를 죽일지도 모른다······. 나는 무서워서 굳어 있는 강아지를 다시 박스 속에 넣고 일어났다.

"그치만, 이렇게 할 수밖에 없는걸."

권총을 꽉 움켜쥐고 나는 기다렸다.

얼마 지나지 않아 마치 좀비처럼 온몸에 피 칠갑을 한 아빠가 노크도 하지 않고 방에 들어왔다.

아빠는 파랗게 질린 얼굴로 빠르게 말을 토했다.

"아빠가 미쳤다고 생각해? 레이. 하지만 레이, 너도 똑같아. 방에 도망쳐서 **그딴 것**에게 말을 걸고 있는 너는 제정신이 아니야. 그런 구질구질한, 여기저기 꿰맨 자국투성이인 사체에!"

그딴 것······. 아빠는 역시 내가 멋대로 강아지를 주워 와서 화내고 있는 것 같았다.

"어차피 그 개, 네가 죽였겠지. 갈라놓은 배를 꿰매고, 입을 꿰매고, 그래, 좋았나······?!"

'죽였다고······?'

그것은 뭔가 위화감이 드는 말이라고 생각했다. 그래서 나는 정정했다.

"······아니야. 이 애는 **내 것**이 되었을 뿐. 이상적인, 나의 강아지······."

나는 쥐고 있던 권총을 양손으로 고쳐 들었다. 총구는 아빠의 심장을 겨누었다. 고통스러워하지 않기를 원했으니까.

"있지, 아빠. 나의…… 나의…… 이상적인 가족이 되어 줘."

그저 이상적인 아빠가 되어 주길 원했을 뿐이다.

▲
▼

아빠의 신음이 잠잠해질 때까지 나는 멍하니 창밖의 달을 보고 있었다. 이상하리만큼 푸르스름한 달이었다. 그렇게 보였을 뿐일지도 모른다. 그날 나는 많이 지쳐 있었으니까.

머지않아 아빠의 몸은 꿈쩍도 하지 않게 되었다.

달빛 속에서 나는 아빠가 들고 있던 칼로 열심히 아빠의 팔을 잘랐다. 이 팔은 나쁜 팔이니 다른 것으로 바꿔야만 했다.

"괜찮아……. 내가 **고쳐** 줄게."

그 후 나는 아빠와 엄마를 각각 1층 거실로 옮겨 소파에 앉혔다. 그리고 빨간 실과 바늘로 아빠와 엄마의 몸을 꿰매어 붙여 주었다. 이제 싸우지 않도록 사이좋게 딱 붙여 주었다.

아빠의 나쁜 팔은 내가 좋아하는 인형의 팔로 바꾸었고, 언제나 일그러져 있던 엄마의 입은 생긋 웃는 것처럼 꿰맸다.

"아아……."

마침내 내가 꿈에 그리던 이상적인 아빠와 엄마가 되었다.

이렇게 충족된 기분을 느낀 것이 얼마 만일까……. 모르겠다.
떠올릴 수 있는 것은 어릴 적 생일, 엄마가 귀여운 오르골을 사
줬을 때, 이렇게 기뻤던 것 같다.

새벽, 꿈에 그리던 이상적인 가족에 둘러싸여서 나는 지쳐 잠
들었다.

"레이, 이리 오렴—."

꿈속에서 새까만 눈을 한 아빠와 생글생글 미소 짓는 엄마가
나를 부르는 소리가 들린 것 같았다.

"……그 뒤로 계속 셋이서 강아지랑 놀아서 즐거웠어요. 그래서
경찰이 모두를 데려갔을 때는 슬펐어."

대니에게 이야기하는 동안 레이는 그때의 모습을 어제 일처럼
생생히 떠올릴 수 있었다.

태어나서 그렇게 즐겁고 편안한 시간은 맛본 적이 없었다. 그토
록 깊이 잠든 것도 처음이었다.

"그렇구나. 레이첼, 너의 슬픔은 잘 알았어."

대니는 진심으로 그렇게 공감했다.

"하나 더 물어봐도 될까? 그 후, 네가 들어간 보호 시설에서도 작은 동물이 죽었지……. 왜 죽었는지 아니? 혹시 네가 그런 거니?"

"……네."

레이는 작게 고개를 끄덕였다. 대니는 놀라지 않았다.

"어째서 거기서도 그런 일을 했니? 귀여워했다고 하던데……."

"귀여워했다…… 응, 맞아요…… 정말 좋아했어. ……하지만 부족했어."

자신의 그림자를 바라보듯 눈을 내리뜨고서 레이는 말했다.

"부족했다고?"

"응…… 가지고 싶어졌어. 가족이 되면 좋겠다고, **내 것**이 되면 좋겠다고. 하지만 왜일까…… 전부 뜻대로 안 돼."

레이는 쓰게 웃었다. 결국 고생해서 자기 것으로 만들어도 그것들은 전부 다른 사람들이 데려가 버렸다.

"뜻대로 안 된다라……. 너는 좀 더 **자기 것**을 가지고 싶은 거니?"

'자기 것을 가지고 싶냐고……?'

레이는 고개를 갸웃했다.

그것은 카운슬러로서 물은 것이 아니라 무언가를 유도하는 느낌의 질문이었다.

레이가 곤혹스러워하자 대니는 공주를 모시는 왕자처럼 그 발치에 무릎 꿇고 레이의 손에 살며시 자기 손을 올렸다. 그리고서 천천히 온화하게 이야기하기 시작했다.

"레이첼, 우리 엄마는 자살했단다……. 내 눈이…… 엄마를 죽인 거지. 너의 눈은 마지막으로 본 엄마의 눈과 빼닮았어……. 어둡고, 고요하고, 무엇보다도 아름다운 그 눈과……."

레이에게 그것은 그다지 관심 없는 정보였다. 하지만 대니는 무언가를 채우듯 계속해서 말했다.

아무런 감정도 느끼지 못한 채 레이는 싫어도 시야에 들어오는 대니의 가짜 눈을 바라보았다.

"……나는 네 눈이 좋아. 너의 눈에 담긴 그 어두운 빛이 영원하기를 원해. 네 소망을 무엇이든 이루어 줄 수 있을 만큼 말이야……."

대니는 잔혹하리만큼 어둠을 간직한 그 눈으로, 마치 마법에 걸린 것처럼 행복해지는 파란 눈을 세계에서 유일한 빛을 바라보듯 칭송하며 생긋 미소 지었다.

"무엇이든 이루어 줘."

—텅 빈 레이의 마음에 그 말만이 천천히 가라앉았다.

UNTIL DEATH DO US PART

브라운관 속에서 대니는 레이 앞에 무릎 꿇고 그 손을 잡더니 기분 나쁘게 자신의 성장 배경을 이야기하기 시작했다. 잭은 말없이 일어났다. 그리고 화면을 조용히 노려보며 한 걸음 다가갔고, 길게 찢어진 눈을 부릅뜨고서 충동이 이끄는 대로 낫을 내리찍었다.

쨍그랑!

레이의 방에 요란한 파괴음이 울렸다. 부자연스럽게 방에 놓여 있던 TV는 화면이 깨져서 이제 아무것도 비추지 않는 단순한 기계가 되었다.

아까 브라운관 속에 나왔던 상담실 같은 곳에서 담담히 사건을 — 혹은 꺼림칙한 과거를 — 이야기하던 레이는 어딘가 쓸쓸해 보였다.

지금까지 잭에게 레이는 레이였고, 그 이상도 이하도 아니었다. 하지만 화면 속 소녀는 잭이 모르는 레이였다.

"……기분 나빠……."

희미하게 숨을 몰아쉬며 중얼거렸다.

이딴 영상을 보여 주는 것에 무슨 의미가 있지?

레이가 이 방에서 아빠를 죽인 것에 잭은 놀라지 않았다.

사람을 죽이는 것은 그렇게 대단한 일이 아니다. 그런데 왜 레이는 그토록 귀기가 감도는 얼굴로 자신을 닦달했던 것일까.

「부탁이야, 잭! 빨리, 날 죽여 줘. 아무것도 모른 채…….」

만약 그것이 자신에게 이 사건이 알려지는 게 무서워서 내뱉었던 말이라면…… 잭은 레이가 그렇게 죽음을 바랄 만큼 겁먹은 이유를 알 수 없었다.

그리고…… 이걸로 레이에 관해 안 것이 되는 건가?

잭은 눈썹을 찌푸리면서도 머릿속에 되살아나는 기억을 더듬었다.

어린아이가 준비한 듯 아니꼽지만 미친 함정들…….

거실 소파에 앉아 있던, 혹은 장식되어 있던 기분 나쁜 시체 두 구. 한쪽 시체의 팔은 뜯겨져 인형 팔이 꿰매져 있었다.

그리고 어린아이의 장난감 상자처럼 잡동사니들이 모여 있던 이상한 지하 공간에서 보았던, 팔이 뜯겨 있던 인형.

'그러고 보니…… 내 배를 꿰맸던 실은 인형에 꿰매져 있던 것과 똑같았어…….'

의미를 가지지 못했던 모든 점이 잭의 머릿속에서 선으로 이어
져 갔다.

뇌에 내려오듯 도출된 현실^답은 잭의 상상을 아득히 뛰어넘는 것
이었다.

동요를 감추지 못한 채 잭은 작게 심호흡하고서 파괴한 TV를
내려다보았다.

"……여기는, 그 녀석의 층이라는 건가……."

대니가 내뱉었던 「이 층은 **레이 그 자체**」란 말은 그런 의미였던
것이다.

즉, 이곳의 살인귀는…….

"……갈까."

혼란이라고도 표현할 수 없는 무언가가 잭의 마음속에 소용돌
이쳤다.

다만 다리는 망설임 없이 레이 곁으로 향하고 있었다.

어쨌든 확인부터 해야 한다.

레이의 방을 뒤로한 잭은 삐걱거리는 바닥을 밟아 빠른 걸음으로 왔던 길을 되돌아갔다.

1층에 도착하니 차단되어 있었을 터인 거실 문은 어느새 열려 있었다.

문을 열자 레이의 모습이 바로 눈앞에 보였다. 이 방을 나갔을 때와 똑같았다. 지저분해진 흰색 소파에 플라티나 블론드를 늘어뜨리고, 잠자는 공주처럼 잠들어 있었다.

그 천진난만한 얼굴을 보고 잭은 안도함과 동시에 가슴이 술렁거리는 것을 느꼈다.

방금 본 것이 진실이든 아니든 상관없다. 잭이 확인하고 싶은 것은 이 층의 주인이었다. 레이는 그 답을 알고 있을 터였다.

잭은 레이 앞에 서서 그 가냘픈 어깨를 흔들었다.

"어이, 일어나. 충분히 잤잖아! 일어나!"

"……잭?"

마법이 풀린 것처럼 레이는 천천히 눈을 떴다. 악몽에서 깨어난 얼굴을 하고 있었다.

하지만 눈이 딱 마주치자 레이는 심각한 표정을 하고서 고개를 숙였다.

"……미안해. 거치적거리는 짐짝은 안 되려고 했는데."

레이답지 않게 당장에라도 울음을 터뜨릴 것 같은 목소리였다. 하지만 잭에게 지금 그것은 중요하지 않은 말이었다.

"시끄러워. 그딴 건 어찌 되든 좋아."

잭은 어이없다는 목소리로 말했다. 레이는 작게 고개를 갸웃했다.

기절해서 잠들어 있는 동안 잭이 이 층에서 무엇을 보았는지 레이는 아직 몰랐다.

"알겠어……? 레이, 대답해."

어리둥절해하는 레이의 얼굴을 정면에서 내려다보며 잭은 작게 숨을 삼켰다. 이렇게 남에게 무언가를 묻는 것은 처음일지도 모른다. 바꿔 말하자면 지금껏 딱히 무엇도 알 필요가 없었다. 알고 싶다고 생각한 적도 없었다.

하지만 지금 묻는 것만큼은 다르다.

잭은 붕대에 덮인 눈을 날카롭게 곤두세우고 레이를 보았다.

"이 층에 온 인간은…… 네가 죽이는 거냐?"

그렇게 묻자마자 레이의 표정이 딱딱해졌다.

그 반응만 봐도 대답을 헤아릴 수 있었다. 하지만 레이의 입으로 직접 듣기 전에는 단정할 수 없었다. 아니, 하고 싶지 않았다.

잭은 레이의 어깨를 잡고, 얼버무리듯 피한 눈을 이쪽으로 돌렸다.

잭을 바라보는 레이의 눈은 버려진 강아지처럼 이 세계의 모든 것을 두려워하고 있었다.

"어이, 제대로 설명해!"

작게 떨리는 레이의 어깨를 꽉 붙잡고 잭은 호통쳤다.

하지만 그 순간 **탕** 하고 요란한 총성이 울렸다. 잭은 소리가 울린 쪽, 복도로 이어진 문 쪽을 재빨리 돌아보았다.

"레이첼에게 난폭하게 굴지 말아 줄래? 잭."

잭의 시야에 비친 것은 수상쩍게 히죽히죽 웃으며 망령처럼 선 창백한 안색의 대니였다.

레이는 그 웃음에 내포된 것을 본능적으로 알았다.

"대니 선생님……."

"안녕, 잘 잤니?"

대니는 레이를 향해 무서우리만큼 산뜻하게 미소 지었다. 카운슬러로서 레이 곁에 있었을 때의 대니를 연상시키는 표정이었다.

레이는 몸을 떨었다.

그레이가 준비했던 그 마녀재판에서 대니가 증언대에 섰을 때부터 줄곧 불길함 예감이 들었다. 레이는 대니가 무엇을 말하려고 하는지 알아차리고 손끝부터 온몸이 차게 식는 것을 느꼈다.

"레이첼…… 너 대신 내가 잭에게 전부 알려 줬단다."

대니는 새파래지는 레이의 얼굴을 들여다보며 자상하게 말했다. 조금 전에 보였던 카운슬러로서의 대니는 사라지고 그 표정은 범상치 않은 광기를 띠기 시작한 상태였다.

그 고백에 아연실색한 레이는 심장까지 얼어붙는 것을 느꼈다.

—잭에게…… 잭에게 알려지지 않기를 원했는데…….

"……아아……."

레이의 입술에서 흘러나온 것은 틀림없이 절망의 한숨이었다. 레이의 눈에 희미하게 켜져 있던 빛이 사라졌다.

천천히, 천천히, 깊은 바닷속으로 가라앉는 감각이 레이의 몸을 지배했다.

대니는 빛을 잃은 레이의 눈을 집어삼킬 듯이 바라보았다. 그것은 대니가 줄곧 추구했던, 본래 그래야 할 레이의 눈이었기 때문

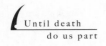

이다.

"아아, 그렇게 어두운 눈을 하고······. 당장에라도 빠질 것 같아."

대니는 흥분에 떨며, 처음 레이와 만났던 날을 떠올리지 않을 수 없었다. 마지막으로 봤던 엄마의 눈과 똑같은 색의 눈을 한 레이와 만났던 날을—.

시를 읊는 듯한 대니의 중얼거림을 들으면서 레이는 이제 숨조차 쉴 수 없는 기분이었다.

정말로 바닷속에 빠진 것 같았다.

"어떻게 된 거야! 이제 와서 여기가 너의 층이고······난 너한테 죽임당하는 건가?"

잭은 거칠게 물었다.

"아니야. 그건 아니야."

퍼뜩 놀란 레이는 바다 밑바닥에서 기어오르는 것처럼 힘껏 목소리를 높였다.

잭의 말에 확연히 당황하는 레이를 보고 대니는 짜증을 감출 수 없었다. 레이의 눈은 아무것도 비추지 않기에 아름다운 것이다—.

"레이첼, 더 이상 거짓말하면 못써. 이해해 주렴. 난 네 머리를 쏘고 싶지 않아."

입가를 일그러뜨리면서도 대니는 상냥하게 웃는 얼굴을 만들어

충고했다.

'거짓말……'

레이는 숨을 삼켰다. 지금 레이의 정신은 대니의 한마디에 간단히 붕괴될 것 같았다. 무거운 추가 몸에 묶여 있는 것처럼 바다 밑바닥으로 떨어져 갔다.

—잭은, 거짓말을, 싫어해.

그 사실이 레이의 마음 표면에 줄곧 막을 씌우고 있었다. 발버둥 치는 것조차 허락되지 않는 상황에 점차 인형으로 전락하듯 몸이 경직되었다.

▲
▼

"어이!"

지금 이야기하고 있는 것은 우리다 그렇게 말하듯 잭은 대니에게 따졌다.

하지만 레이의 모든 것을 알고 있는 대니는 완전히 이 장소를 지배하고 있었다. 자신의 말 한마디로 레이를 동요시키고 쥐락펴락할 수 있음을 간파하고 있었다.

"시끄러워, 닥쳐! 말했잖아, 나도 필사적이야! 여기서 그녀에게 알려 줘야 해……. 그리고 너도 알고 싶을 거 아니야?! 레이첼은 **이상적인 가족**을 원해서 부모를 죽인 여자아이야. 나는 그런 그녀의 카운슬러였지. 그리고 내가 부탁해서 그녀를 이 **층의 주민**으로 만들었어."

잭은 그 말에 한순간 공간이 요동치는 위화감을 느꼈다. 대니에게 그런 힘이 있었는지는 모른다. 하지만 그렇게 잘라 말하는 이상, 레이가 이 층의 주인이라는 것은 거의 틀림없으리라.

하지만 아직 레이의 입으로 듣지 못했다. 아무것도.

잭은 대답을 기다리듯, 혼이 빠져나간 것처럼 멍하니 선 레이를 바라보았다. 레이 역시 자신을 보고 있었다. 하지만 그 눈에는 이제 자신이 비치지 않는 것 같았다.

대니는 혼자 진지하게 말을 이었다.

"뭐, 신부님은 그다지 내키지 않는 것 같았지만, 나는 그녀라면 괜찮을 거라고 생각했어. 그리고 무엇보다도 그녀의 눈을…… 그녀의 영원한 고독을 꼭 지켜 주고 싶었어."

평소보다도 대니의 말투는 연극조였다. 그리고 도취해 있었다.

레이의 죽어 가는 눈에—

—전부 알려져 버렸다.

가차 없이 차례차례 잭에게 던져지는 진실에 레이는 마음이 죽어 가는 것을 느꼈다.

"하지만 그녀의 마음은 망가져 버렸어. 모르는 사이에 이 방에 놓여 있던 성서 한 권 때문에 말이지⋯⋯. 층의 인간으로서 제구실하지 못하는 너를 배치하는 건 역시 신부님이 허락하지 않았어."

어둡게 일렁이는 공간 속에서 대니의 미친 소리를 들으며 레이는 떠올렸다. 이 방에서 성서를 발견하고 다 읽었을 때, 죽어야만 한다고 생각했다. 이 층에서 쫓겨난 뒤의 기억은 없다. 이어서 떠오르는 것은⋯⋯ B7층에서 깨어난 일이었다.

층 주인으로서 제구실을 하지 못하게 되어 제물이 된 것일까.

문득 그런 생각이 떠올랐으나 레이는 이제 모든 것이 어찌 되든 좋다는 기분이었다.

잭은 거짓말을 싫어하고, 나는 거짓말쟁이이며⋯⋯ 이 세상에 더는 살면 안 되는 인간이다.

모든 것을 잃고 힘이 빠진 레이는 기분 나쁜 대니의 눈을 그저 지그시 바라보았다. 이렇게 대니와 마주하고 있으니 마치 예전처

럼 상담실에 있는 것 같았다. 하지만 모든 것이 그때와는 달랐다.

"레이첼, 냉정한 네가 어째서 그렇게나 이성을 잃었던 거니……?"

대니는 천천히 레이에게 다가가며, 잭을 대하는 것과는 다른, 카운슬러의 어조로 물었다.

"……나는, **나**의 이상적인 것을 가지고 싶었어. 그게 아니면 **용납할 수 없었어.**"

레이는 느릿하게 대답했다.

과거의 레이와 달리 그것은 질문받았기에 대답한 것이 아니었다. 거의 자포자기였다.

"하지만 성서에는 적혀 있었어……. 정말로…… **용납될 수 없는** 건 나였어."

그 밤, 눈부시게 파란 달빛 속에서 읽었던 성서, 레이는 그 글자 하나하나를 넌더리가 날 만큼 기억하고 있었다.

용서받을 수 없다 그렇게 느꼈던 것도—.

"아하하, 그래서 평범하고 무구한, 깨끗한 인간인 척하며 죽으려고 한 거구나!"

레이의 의도를 파악하고 대니는 미친 듯이 웃음을 터뜨렸다.

두 사람 사이에 있었던 것은 유대 따위가 아니었다.

결국 레이는 죽기 위해 잭을 이용했던 것에 불과하다—.

그렇게 마음속으로 단정 지은 대니는 잭을 손가락질하며 비웃었다.

"잭, 레이첼은 너라면 그게 가능하다고 생각한 거야! 멍청한 주제에 신에게 맹세하고, 심지어 그녀의 신이 된 너라면!"

유쾌하게 외치는 대니와는 대조적으로 잭은 잠자코 레이를 바라보고 있었다.

—이제 예전의 두 사람으로는 돌아갈 수 없다.

잭의 싸늘한 눈을 멍하니 바라보며 레이는 재차 그렇게 생각했다.

아니, 틀렸다……. 줄곧 이때를 두려워하고 있었다. 잭이 신에게 맹세해 준 그때부터—.

"하지만 레이첼, 너도 이제 눈치챘겠지. 아무리 성서를 읽어도, 자신의 잘못을 깨달아도, 본심은 바뀌지 않는다는 것을!!"

'……바뀌지 않아—.'

대니의 지적에 레이는 입을 다물었다.

그렇다. 모든 것이 알려진 지금, 이제 잭에게 무슨 말을 해도 늦었다.

이 절망적인 상황에서 레이는 그렇게 생각할 수밖에 없었다. 그리고 그런 레이의 마음을 한층 더 닫아 버리듯, 혹은 비난하듯 대니는 계속해서 크게 외쳤다. 대니는 그 눈에서 더더욱 빛을 빼

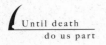

앗고 싶었다.

"마음 한편으로 잭을 **자기 것**으로 만들고 싶다고 생각하고 있 겠지!"

레이는 그것을 부정할 수도, 긍정할 수도 없었다.

그치만 필요했다.

신이, 나의 신이.

그리고 불합리한 재판의 판결이 내려진 뒤, 피부를 활활 태우 는 불길 속에서 마침내 발견했다. 잭의 단검을…….

나의 신을—.

그런데 어째서 이렇게 됐을까.

잭을 나의 신이라고 믿는 것…… 그것조차도 이제 **용납되지 않 는다**—.

"아아, 최악으로 최고야!!"

흥분에 떨며 대니는 눈을 부릅떴다. 당장에라도 그 눈에서 의 안이 튀어나올 것 같았다.

"이제 진실은 뒤엎을 수 없어. 레이첼은 이제 돌아갈 수 없고, 어디로도 가지 못해. 결과적으로 그녀는 널 속인 거야. 자, 잭, 길 을 택할 시간이야. 이대로 여기서 살해당할 것인가, **레이의 신**을 그만두고 혼자 이곳을 나갈 것인가 어떻게 할 거지?"

대니는 이겼다는 듯 의기양양하게 곁눈질로 잭을 보며 물었다.

"……레이, 대니가 한 말이 사실이야?"

잭은 똑바로 레이의 눈을 보고 있었다.

이제 거짓말은 할 수 없다.

아아, 아니다. 거짓말은 이미, 했다…….

레이는 미소 지었다.

"……응. 맞아, 잭."

잭은 꿀꺽 숨을 삼켰다. 레이의 그 미소는 만난 지 얼마 되지 않았을 무렵과 같은 무감정한 인형처럼 보였다.

이 층에 온 뒤로 머리가 돌아 버릴 것 같다―.

잭은 자신이 소파에서 걷어차 바닥에 떨어뜨린, 부자연스럽게 붙은 시체 두 구를 보았다.

이것들이 레이의 부모이리라는 것은 잭도 알 수 있었다. 상처를 꿰맬 때 바느질을 잘한다고 했던 것은 즉, 그런 뜻이었던 거다.

하지만 지금, 그런 것은 어찌 되든 좋았다. 술렁이는 잭의 마음에 마치 화상처럼 새겨진 사실. 레이는 이 **층의 주민**. 즉 레이는

자신과 마찬가지로 이 빌딩의 **살인귀**.

그런데도 레이는 B5층에서 다시 만났을 때, 내게 죽여 달라고 소원했다.

여기 오기까지 있었던 일은 전부 함정이었나?

알 수 없다. 잭은 몸속 깊숙한 곳이 작게 떨리는 것을 느꼈다.

"나한테, 거짓말한 건가."

잭은 조용히 물었다.

"……응, 맞아, 잭……. 잭 있지, 그래도 나의 신으로 있어 줄래?"

'신…….'

그것이 레이에게 어떤 의미를 가지는지 잭은 모른다. 알 필요도 없었다. 이제 와서 모조리 영문을 모르겠다. 어쩔 도리가 없는 짜증이 온몸을 휘감았다.

"너는 자기 일을 전부 나한테 맡기려는 거냐. 나는…… 나는 너의 신 같은 게 아니야……!"

신이 아니다. 그렇게 단언한 순간, 레이의 뺨이 굳었다.

순식간에 수면이 얼어붙듯 공기가 팽팽해졌다. 대니만이 그 공기 속에서 즐거워 보였다.

"훌륭해, 명답이야! 자, 레이첼, 이걸로 너는 평소의 너야! 소망은 내게 말하렴, 뭐든 준비해 줄게. 아아, 잭, 너는 이만 가도 돼."

잭은 마치 아까 본 비디오 화면 속에 들어온 듯한 기분이었다.

새하얀 상담실 안, 레이와 대니가 마주 앉아 대화하던 그 모습을 보고 있는 것 같았다.

잭은 얼굴을 찌푸렸다.

혼자만 따돌림 당하는 건 이제 사양이다.

그리고 이건 레이와 나, 두 사람의 문제다. 타인이 개입할 여지 따위 없었다.

"……어이, 멋대로 지껄이고 말이야."

끓어오르는 짜증을 느끼며 잭은 대니에게 덤벼들려고 했다.

하지만 그런 잭을 레이가 조용히 제지했다.

"기다려, 잭. ……내가 한 일은 더러워. 죄를 저질렀어. 그건 나도 알아."

그리고서 레이는 모조리 포기한 표정으로, 모든 것을 깨달은 것처럼 이야기하기 시작했다.

레이는 몸에서 피를 흘리듯 조금씩 말을 꺼냈다.

"하지만 모르겠어……. 죄임을 알고 있을 뿐……왜 그게 나쁜 건지 모르겠어."

B5층에서 이 층까지 둘이 협력하여 올라왔다. 그러나 언제나

잭은 레이가 무슨 생각을 하고 있는지 알 수 없었다. 어째서 자신에게 죽여 달라고 부탁했는지도.

지상에 올라갈 수만 있다면 그런 것은 어찌 되든 좋았다.

하지만 그 이유를 좀 더 제대로 물어봤어야 했던 걸지도 모른다. 그러나 잭은 지금껏 함께 올라온 레이가 그저 자신을 이용하기 위해 움직였다고는 생각할 수 없었다.

'모르겠어……'

잭은 지금 이 기분이 혼란인지조차도 알 수 없었다. 아니, 이해하는 것이 오히려 부자연스러운 일이었다.

"있지, 잭…… 안 될까? 아니야? 잭은, 나의 신이 아닌 거야?"

점차 열기를 띠는 것처럼 레이에게서 나오는 말이 강해졌다. 잭이 아무런 대답도 하지 못 하고 있으니 레이는 살포시 웃었다. 어딘가 광기가 담긴 웃음이었다.

"하지만 가지고 싶어, 잭…… **나의** 신이."

그리고 레이의 표정이 일변했다.

절망과도 무감정과도 다른 그 표정은 뻔뻔하게 돌변한 것처럼도 보였다. 잭은 그런 얼굴을 하는 인간이 사실 무슨 생각을 하는지 잘 알고 있었다.

"……"

레이를 향해 잭이 뭐라고 말하려고 한 그때—

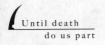

탕—!

그것을 막듯 돌연 메마른 총성이 층에 울려 퍼졌다.

빠르게 엎드려 날아오는 총탄을 피하긴 했지만 잭의 심장은 무언가에 붙잡힌 것처럼 통증을 호소했다. 그것은 이제껏 맛본 적 없는 정체 모를 감각이었다.

총탄은 눈앞에 있는 레이가 쏜 것이었다.

믿기 힘든 그 사실에 잭은 몇 초 동안 넋이 나가 버렸다.

그런 잭의 모습을 무표정하게 바라본 후, 레이는 천진난만한 소녀처럼 휙 몸을 돌렸다. 그리고 다음 순간, 잭에게서 도망치듯, 혹은 도발하듯 달려 나갔다.

"레이!!"

아무것도 이해하지 못한 채 붙잡듯이 그 이름을 부른 것은 반사적이었다.

"아아, 레이첼, 너의 눈은 그 순간이 가장 아름다워!"

반면 대니는 기쁨에 잠긴 표정을 지으며 그야말로 행복하게 외쳤다.

"잭, 너를 내보내 주겠다고 했지만 안 되겠어! 내가 우선해야 할 건 지금 그녀의 소망이야! 자, 죽든 살든 레이첼을 쫓는 것 말고

길은 없어!"

하지만 잭은 대니의 존재도 그 충고도 이제 어찌 되든 좋았다. 잭은 레이를 쫓지 않을 수 없었다. 이런 상태로 끝날 수는 없다.

　—아아, 왜 일이 이렇게 된 거야!

"젠장, 기다려!!"

▲
▽

"어디로 간 거야……."

거실에서 2층으로— 2층에서 부엌으로—.

대체 어디에 그런 체력이 남아 있었는지 날렵하게 달려가는 레이를 잭은 숨을 헐떡이며 쫓아갔다.

그리고 그 작은 등을 쫓으며 잭은 여기 오기까지 몇 번인가 레이를 쫓았던 일을 떠올렸다. 첫 번째는 처음 만난 레이를 죽이기 위해, 그리고 두 번째는 약물 때문에 정신이 회까닥 돌아서 죽이고 싶다는 충동을 억누르지 못한 채 레이를 쫓았다.

　―그때 레이는 나를 거짓말쟁이로 만들지 않기 위해 필사적으로 달렸다.

　그렇다면 지금 나는 거짓말쟁이가 되지 않기 위해 달리고 있는 건가?

　즉, 레이와 한 약속을 이루기 위해―.

　과거를 보고 있던 잭의 눈에 레이가 재빨리 부엌 안쪽의 욕실로 도망치는 것이 비쳤다. 제정신으로 돌아온 잭은 서둘러 그 뒤를 쫓았다.

　욕실 안을 둘러보며 잭은 인상을 썼다. 어디로 갔는지 레이의 모습은 보이지 않았다.

　'레이 녀석, 어디 숨은 거야?'

　잭은 욕실 안쪽으로 걸음을 옮겼다. 아까 마개를 뽑았을 터인 욕조에 물이 가득 담겨 있었다.

　'설마 이 안에 있는 건 아니겠지?'

　자신의 손을 물었던 건방진 톱니 물고기를 떠올린 잭은 살짝 의심스러운 표정을 지었다. 그러나 잭은 주저하지 않고 재차 욕조 물에 팔을 집어넣었다.

　하지만 그 순간, 온몸에 파괴적인 충격이 퍼졌다. 평범한 사람이라면 간단히 기절하거나 죽음에 이를 만한 격렬한 전기 쇼크였다.

"아파아아아아아아!"

가차 없이 찌릿찌릿 몸을 휘도는 전류의 충격에 잭은 크게 소리치며 재빨리 팔을 빼고 펄쩍 뛰었다.

그러나 이 감각을 잭은 이미 알고 있었다. B3층, 캐시의 층에서 실수로 전기의자에 앉았을 때 받았던 그때의 아픔을 방불케 하는 것이었다.

레이 녀석, 지금 이게 뭐 하자는 짓이지?

"웃기지 말라고……."

괴악한 함정에 짜증을 내며 잭은 이를 악물었다.

'……함정.'

하지만 한 가지 신경 쓰이는 것이 있었다. 레이가 이 층의 살인귀인 것은 아마 틀림없다. 그렇다면 레이는 나를 죽일 셈인가?

그때, 아직 조금 아득한 잭의 시야에 찾고 있던 레이의 모습이 잡혔다.

"역시 이건 잭에게 통하지 않는구나."

망령처럼 생기를 잃은 레이는 담담하게 무표정으로 말했다.

역시?

잭은 등골이 오싹해지는 것을 느꼈다. 레이의 그 대사가 무엇을 시사하는지 멍청한 잭도 이해할 수 있었기 때문이다. B3층의 전기의자에 앉은 잭이 죽을 뻔하면서도 격렬한 전류를 견뎠던 것을

141

레이는 바로 옆에서 보았을 터였다. 그리고 그때 레이는 냉정하게 자신이 가진 지혜를 동원하여 잭을 살렸다. 둘이서 지상에 나가 약속을 완수하기 위해.

그럼에도 불구하고 레이는 지금 잭에게 격렬한 전류를 선사했다.

즉, 이것은 역시 레이가 잭을 노리고 준비한 고의적인 함정—.

—레이는 진심으로 나를 죽이려 들고 있다.

잭은 어쩔 도리가 없는 감정에 사로잡혔다. 하지만 이럴 때 어떻게 하면 좋을지도 알 수 없었다. 다만 잭은 레이에게 죽어 줄 마음 따위 없었다. 레이의 손에 죽을지도 모른다는 두려움도 없었다. 그렇게 두지 않을 것이다.

잭의 마음속에 소용돌이치는 것은 둘이 했던 약속뿐이었다.

그리고 이런 상황이 된 지금, 레이가 무슨 생각을 하고 있는지 잭은 알 필요가 있었다.

"레이."

잭은 정신을 추스르고 레이에게 다가갔다.

하지만 레이는 또다시 잭에게 등을 돌리고서 엄청난 속도로 달려 나갔다.

"어이…… 기다려!!"

"기다리라고 하잖아……!"

그렇게 외치며 잭은 욕실에서 부엌 쪽으로 이동하는 레이의 모습을 쫓았다. 하지만 부엌에 들어간 순간, 끔찍한 광경을 본 잭은 숨이 멎을 뻔했다.

—부엌 곳곳에서 불이 타오르고 있었다.

조금 전까지 불씨 따위 없었을 터였다.

'……이것도 그 녀석이 한 건가.'

잭의 마음에 암운이 드리워졌다.

어릴 적, 몸에 불이 붙었다는 이야기는 했을 터였다. 그리고 과거 이야기를 듣고 싶다고 한 것은 레이였다.

조금 전의 전류도 그렇고 나를 죽이기 위한 거였나?

전방을 보니 싱크대 앞에 선 레이의 모습이 있었다. 잭을 바라보는 레이의 얼굴은 변함없이 무표정했다. 하지만 잭에게는 어딘가 초조한 표정처럼도 보였다.

"어이, 레이. 작작 좀 해!"

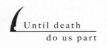

잭은 이번에야말로 레이를 붙잡으려고 했다. 하지만 잭이 가스 레인지 앞을 지나가려고 했을 때, 레이는 갑자기 불온한 카운트 다운을 시작했다.

"3······ 2······ 1······."

그 후에 일어난 것은 폭발······이라고 할 수 있는 현상이었다.

돌연 부엌에 울려 퍼진 폭발음과 함께 열풍에 휩싸인 잭은 저 도 모르게 몸을 굳혔다. 하지만 이 정도는 몸에 직접 불이 붙는 것과 비교하면 애들 장난에 불과했다.

"······빌어먹을······! 웃기지 마!"

그러나 목소리가 떨리는 것은 제어할 수 없었다. 바보처럼 동요 했다.

"아아······ 굉장해. 이것도 소용없네. ······하지만 역시 불은 싫 어하는구나······."

희미하게 목소리를 떨며 레이가 확인하듯 말했다.

살인귀, 지금 레이의 모습은 그야말로 그것이었다.

가스실에서 중독되었을 때와는 또 다른 광기가 그 무표정에 내 포되어 있었다. 아까 「신은 없다」고 말한 순간부터 레이의 안색은 확연하게 달라졌다. 분명 무언가 마음에 안 들었을 것이다. 하지 만 그 말의 무엇이 레이를 그렇게 만드는지 잭은 알 수 없었다. 다만 신에게 휘둘리고 있는 레이는 **기분 나빴다.**

한순간의 틈을 타 레이는 또 도발하는 것처럼 달려 나갔다.

"어이, 기다려. 진짜……!!"

불길 속에서 잭은 레이의 가냘픈 등을 향해 외쳤다.

정체 모를 감정에 휩싸이며 잭의 머릿속에 둘이 했던 약속이 스쳤다. 아니…… 줄곧 소용돌이치고 있었다.

'그 약속은, 그런 거, 였던 건가?'

지금까지 레이가 보였던 언동이 전부 거짓이었다고는 생각할 수 없었다. 생각하고 싶지 않았다.

잭에게서 도망친 레이는 자신의 방에 와 있었다. 이미 잭에게 **전부 알려져 버렸다.**

레이는 말로 표현할 수 없는 상실감에 사로잡혀 있었다.

문득 서랍장에 놓여 있는 오르골이 눈에 들어왔다. 레이는 그 옆으로 걸어가 살며시 오르골을 집어 들고 열었다. 하지만 망가졌는지, 아니면 가짜와 바꿔치기 되었는지, 소리는 나지 않았다.

'이 소리, 좋아했는데.'

오르골을 원래 위치에 되돌린 레이는 천천히 눈을 감았다. 그 순간, 찰칵하며 문이 열렸다. 잭이 쫓아왔으리라는 것은 확인하지 않아도 알 수 있었다.

레이는 느릿하게 눈을 뜨고 방문 쪽을 돌아봄과 동시에 포셰트에서 재빨리 총을 꺼내 들었다.

"……어이. 어디까지 도망칠 작정이야."

잭은 심하게 숨을 몰아쉬고 있었다.

명백하게 잭을 죽이려 들고 있는데 어째서 쫓아오는지 레이는 이해할 수 없었다.

"……쏠 거냐?"

심지어 권총을 겨눈 레이를 향해 잭은 씩 미소 지었다.

"그럼 잭은 죽어?"

레이는 의사가 없는 꼭두각시처럼 고개를 갸웃했다. 그러자 잭은 이런 말을 던졌다.

"……너한테 죽을 바에야 먼저 죽여 주마."

레이에게 그것은 줄곧 바랐을 터인 말이었다. 하지만 지금, 레이는 더 이상 그것을 바라지 않았다. 잭이 모든 것을 알기 전과는 모조리 달라져 버렸다.

레이는 작별 인사를 하듯 천천히 입을 열었다. 그 파란 눈에 빛은 담겨 있지 않았다. 전부 잃어버리고 말았다.

"그건 이제, 소용없어. ……잭, 소용없었어. 처음부터 소용없었던 거야……. 나, 지금도, 난 죽어야 한다고, 살해당해야만 한다고 생각하고 있어. 하지만 나는 더러우니까, 분명 신께서는 그것조차 바라지 않아 나는 필요 없어."

잭은 조용히 레이를 바라보고 있었다. 웬일로 진지하게 이야기를 듣고 있는 것 같았다. 아니면 잭은 언제나 그랬을지도 모른다.

비가 내리기 시작할 때처럼 레이는 뜨문뜨문 이야기를 계속했다.

"그걸 있지, 『죽여 주겠다』며 신에게 맹세해 준 건 잭이었어. 하지만, 신은 안 계신다는 걸 알았고…… 그랬더니, 잭이 나의 신이 되었어."

레이는 말을 마쳤다. 그것은 마치 옛 추억을 이야기하는 듯한 어조였다.

그렇게 레이가 뻔뻔한 태도를 취하자 잭은 어이없다는 얼굴이 되었다. 잭이 보기에 레이는 아무것도 모르고 있었다. 아니, 모른다기보다 자기 혼자 전부 단정 짓고 있는 것처럼 보였다. 잭은 크게 소리쳤다.

"레이, 잘 들어! 몇 번이고 말하지만, 나는 신이 아니야!"

레이는 잭의 말에 당황하면서도 마음속으로 「역시나.」 하고 생각했다.

모든 것을 알아 버려서 잭은…… 나를 싫어하게 됐다.

"응, 알고 있어, 잭."

득도라도 한 것처럼 레이는 작게 고개를 끄덕였다. 자신을 몰아 세우는 잭이 지금 무슨 생각을 하고 있는지, 레이는 전부 알 것 같았다.

피해망상에 사로잡힌 것처럼 계속 일방적으로 단정 짓는 레이 의 모습에 잭은 크게 한숨을 쉬었다.

"뭘 알고 있다는 거야!!"

그리고 웃기는 태도를 고수하는 레이에게 진심으로 짜증을 내 며 잭은 낫을 움켜쥐고 그렇게 호통쳤다.

하지만 레이는 잭이 화난 이유가 자신의 태도 때문이라고는 생 각도 하지 못했다.

―아아…… 역시 잭은 화났어. 내가 거짓말을 했으니까―.

멋대로 그렇게 생각하며 잭을 바라본 레이는 한심한 얼굴로 웃 으려고 했다.

"거짓말은 밝혀지고…… 나의 신은…… 죽어 버렸어."

그러나 제대로 웃을 수 없었다. 레이는 울먹이는 목소리로 그렇 게 말했다.

▲
　▼

　……이제, 됐다.

　전부 대니 선생님이 말한 대로다.

　사실은 아무것도 알려지지 않은 채 잭의 손에 죽고 싶었다. 신께 용서받고 싶었다.

　하지만 이제 소원은 이루어지지 않는다.

　레이는 아랫입술을 꼭 깨물고서, 잭을 겨누고 있던 총구를, 창 너머에서 이곳을 엿보는 파란 가짜 달로 돌렸다—.

　부모님을 죽인 그 밤, 레이는 확실히 행복했다. 마침내 이상적인 가족이 된 기분이었다. 이런 온화한 밤이 쭉 계속되면 좋겠다고 생각했다.

　그러나 지금은 다르다.

　모조리, 전부, 저 달처럼 가짜고, 모조품이라면 좋았을 텐데—. 그렇게 생각하지 않을 수 없었다.

　푸르스름한 빛이 비추는 방 안에서 레이는 기도하듯 눈을 감았다.

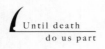

*Until death
do us part*

—이제 끝.

끝내고 싶어.

레이는 눈을 뜨고 파란 가짜 달을 노려보았다. 그리고 숨을 삼킨 후, 그 파란 가짜 달을 겨냥하고서 익숙한 손놀림으로 **탕** 총알을 쐈다.

꺼림칙한 파란빛을 내뿜고 있던 달은 유리 같은 소재로 만들어져 있었는지 쨍그랑하고 큰 소리를 내며 부서졌고, 달의 파편은 어딘가로 떨어졌다.

빛이 사라지면서 한순간 방은 어둠에 휩싸였다.

—아아, 이것으로 이제 아무것도 보이지 않아. 보이지 않아도 돼.

바꿀 수 없는 과거와 절망적이 된 미래에서 도망치듯 레이는 다시 달려 나갔다.

그렇다…… 전부 늦었다.

이제 잭의 옆에는 있을 수 없다.

그때 약속을 맺었던 두 사람으로는, 돌아갈 수 없다—.

"레이 녀석, 사람 말도 안 듣고서 멋대로 떠들고, 멋대로 도망치고 말이야……."

발포로 무서우리만큼 깜깜해진 방 안에서도 잭은 레이가 방을 나갔음을 바로 알아차렸다.

―아아, 젠장.

둘이 했던 약속 때문에 지금 귀찮은 일에 휘말린 것은 틀림없다. 하지만 이제 뒤로 물러날 수는 없었다. 그리고 여기까지 올 수 있었던 것은 레이와 함께였기 때문이다. 한숨을 쉰 잭은 가짜 집 안에서 사명처럼 레이를 쫓아갔다.

처음 대치했을 때와는 달리 그저 충동적으로 죽이는 대상이 아니라, 빌딩에서 나간 후 반드시 자신이 죽이겠다는 의식 속에서 잭은 계속 달렸다.

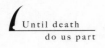

그렇게 레이의 뒤를 쫓아 잭이 다시 거실에 달려오니, 마치 그린 것처럼 바닥에 퍼진 피 웅덩이 안에 레이는 우두커니 서 있었다.

거실 창문으로 보였던 달은 레이의 방에서 보였던 것과 똑같은 달이었는지 섬뜩한 파란 달빛은 이제 없었다.

어디선가 비쳐 드는 고요한 빛만이 두 사람을 비추고 있었다.

"……너, 계속 도망만 치고 있잖아……."

부드럽게 말한 잭은 레이에게 천천히 다가갔다. 피 웅덩이 속에서 레이는 새파랗게 질린 얼굴로 건전지가 다 된 인형처럼 멈춰 있었다. 긴장되고 겁먹은 표정이었으나 잭에게는 레이가 무언가를 기대하고 있는 것처럼도 보였다.

"뭐라고 말 좀 해 봐."

먹지도 마시지도 않아서 이제 체력도 한계에 달한 모양이었다. 살짝 숨을 헐떡이며 잭은 레이의 눈을 내려다보았다.

망가진 장난감처럼 말하지 않는 레이를 보고 잭은 의아한 표정을 지었다.

'……응?'

그때, 이상한 기척을 느낀 잭은 뒤돌았다.

거실 문 앞에 총을 든 대니가 서 있었다.

"너한테 할 말 따위 더는 없다는 거지."

득의양양하게 그렇게 고한 대니는 레이에게 휘둘리는 잭을 조소하듯 히죽히죽 웃고 있었다. 잭은 그 꺼림칙함에 얼굴을 찌푸렸다. 이 층에 온 뒤로 대니는 전에 없이 이상하고 미쳐 있었다.

"레이첼…… 시간이 너무 오래 걸렸어. 너답지 않아……. 하지만 괜찮아. 이 거리에서 머리를 뚫어 버리면 아무리 괴물이라도 죽을 거야."

대니는 잭을 더욱 도발하는 것처럼 부자연스러운 눈으로 윙크하더니 새빨간 혀를 장난꾸러기처럼 내보였다.

—아아 이놈이고 저놈이고 제정신이 아니다—.

잭은 이 이상한 공간에 넌더리가 났다. 하지만 자신도 그 일부이리라. 레이의 모든 것을 안다는 얼굴을 하고서 이 장소를 지배하는 대니가 잭은 참을 수 없이 짜증 났다.

"너 이 자식……!!"

내씹으면서도 잭의 얼굴은 굳어 있었다. 대니가 말한 대로 이 거리에서 총탄을 쏜다면 죽지 않는 게 이상했다.

▲
▼

—이겼다, 나의 승리다.

레이첼의 눈은 나의, 나만의 것이다—!

대니는 크게 웃었다.

"아하하하하!"

이제 방해꾼은 사라진다. 그렇게 생각하니 웃음이 멈추지 않았다. 대니는 얼굴을 굳힌 잭을 응시하며 방아쇠에 손을 걸었다.

탕!

그러나 그 순간, 생각지도 못한 날카로운 총성이 대니의 고막에 울려 퍼졌다. 그와 동시에 뜨거운 것이 몸에 박혔고, 잠시 후, 서 있을 수조차 없는 격통이 대니의 온몸에 퍼졌다.

"으아아……."

노인 같은 신음과 함께 대량으로 피를 토한 대니는 그 자리에 쓰러졌다.

무슨 일이 일어났는지, 자신이 지금 어떤 운명에 있는지 대니는 아직 알 수 없었다. 혼돈에 빠지기 시작한 의식으로 상황을 파악하고자 어떻게든 얼굴을 들고 총성이 난 곳을 올려다보았다. 그 순간, 대니는 악몽을 꾸는 건가 싶었다.

"레이……첼……."

잭의 등 뒤에서 정한한 얼굴로 권총을 들고 있는 레이의 모습이 시선 끝에 있었기 때문이다. 그리고 레이가 들고 있는 권총의 총구는 잭이 아니라 명백하게 대니의 가슴을 겨누고 있었다.

'……어째, 서—.'

이렇게 배신당한 기분이 든 것은 처음이었다.

한편 레이는 아무 일도 없었던 것처럼 태연한 얼굴을 하고 있었다.

"……미안해요, 선생님."

그 말은 도저히 사죄로는 들리지 않았다. 단순한 말, 단순한 소리일 뿐이었다.

아아, 레이첼…… 너는 그런 말을 하면서도 죄책감 따위 조금도 느끼지 않는 거야. 대니는 혼탁해지는 세계 속에서 그렇게 무자각적으로 분석했다.

"대니 선생님…… 잭은 내가 죽이고 싶어."

빛이 담기지 않은 눈으로 — 대니가 줄곧 추구했던 그 눈으로 — 레이는 담담히 고했다. 세계의 끝을 비추는 그 눈동자에 빨려 들어가듯 대니의 의식은 아득해졌다.

하지만…… 「잭은 내가 죽이고 싶다」는 레이첼의 말은 진심이리라…… 대니는 그렇게 느꼈다.

"……아아…… 그렇구나, 그러네."

이윽고 생각하기도 피곤해져서 대니는 힘없이 고개를 끄덕였다.

"그리고 나는 이제 지쳤어. 이걸로 끝내고 싶어. 대니 선생님…… 미안해요. 함께 살아갈 수는 없어."

평소와 다름없이 무표정으로 말하는 레이가 한순간 희미하게 슬픈 표정을 지은 것을 대니는 놓치지 않았다. 하지만 그것도 분명 그냥 변덕일 것이다. 레이첼이 원하는 것은 신이고, 잭…….

어째서…… 어째서 내가 아니라 잭이지……!

"아아…… 아아…… 아아……!!"

차츰 눈앞이 어둠에 지배되었고 더는 몸에 힘이 들어가지 않았다. 대니는 차가운 바닥과 점점 동화되는 감각을 느꼈다.

그렇게 터무니없이 깊은 흑색 세계에서, 대니는 이 세상에서 가장 사랑한 그 눈을 떠올렸다.

△
▽

그리고 찾아온 정적 가운데— 독한 냄새를 풍기는 조화에 둘러싸인 어두운 방에서 레이와 잭, 두 사람의 숨소리만이 희미하게 울렸다.

이 세상에 서로만이 존재하는 듯한 느낌을 두 사람은 받고 있었다.

레이는 똑바로 잭을 응시했다. 그 눈은 평소처럼 무감정한 눈이 아니었다. 대니가 사랑한, 아무것도 비추지 않았던 레이의 파란 눈은 지금 확실하게, 터질 듯 격앙되는 감정을 내포하고 있었다.

레이는 떨리는 목소리로, 울먹이며, 평소의 냉정함은 전혀 없이, 감정이 이끄는 대로, 잭에게 호소했다.

"이미, 죽여서, 가족을 만들었으니까, 어차피 용서받을 수 없으니까…… 이제 됐어. 나의 신이 아니라면 뭐든 상관없어. 어찌 되든 좋아……."

그날 밤, 아빠를 죽이고 이상적인 가족을 만들었다. 대니 선생님도 쐈다. 성서에 나오는 신을 거역하고 사람을 죽였다. 자신이 저지른 모든 죄가 잭에게 알려져 버린 지금, 이제 천국에는 갈 수 없다. 방금 입이 움직인 대로 레이는 이제 모조리 어찌 되든 좋다고 느끼고 있었다. 하지만 그런 부패한 마음속에도 딱 하나 절대 양보할 수 없는 생각이 샘솟았다.

"하지만 잭, 마지막으로 잭만큼은 내 손으로, **내 것**으로 삼고 싶어."

그렇게 말하면서 레이는 자포자기한 모습으로 작게 웃었다. 그러나 분명 이 미소는 잭이 바라는 얼굴과 다르리라.

"……하고 싶으면 해."

레이의 그 작위적인 미소를 노려보며 잭은 날카로운 음성으로 내뱉었다. 그리고 레이에게 한 걸음 다가갔다.

"죽고 싶다고? 날 죽이고 싶다고? 끝내고 싶다고? 애초에 넌 엉망진창이야!"

"그런 건…… 알고 있어!"

마치 떼쓰는 어린아이처럼 레이는 외쳤다. 잭의 말이 옳고 타당함을 레이도 알고 있었다. 하지만 어쩔 수 없다. 모든 것이 알려지기 전과는 모조리 달라져 버렸다.

잭은 짜증스럽게 한숨을 쉬고 레이를 노려보았다.

"그럼 바보 같은 소리 하지 마."

"바보 같은 소리가 아니야! 진심이야! 진심으로 잭을⋯⋯!"

감정이 혈액처럼 온몸을 휘돌아 현기증이 났다. 소리치면서 레이는 당장에라도 다시 기절해 버릴 것 같았다.

그러나 돌연 두 사람 사이에 침묵이 내려앉았다. 레이는 전율했다.

"⋯⋯그러냐."

잭은 한순간 포기한 것처럼 눈을 내리뜨더니 조용히 중얼거렸다.

레이는 잭의 그 냉정한 목소리를 듣고 역시 이제 돌아갈 수 없다고 느꼈다. 예전의 두 사람으로는⋯⋯ 돌아갈 수 없다고.

고개를 숙이고 눈을 내리뜬 레이는 총을 든 손에 꽉 힘을 주었다.

―모조리 끝⋯⋯ 끝내자⋯⋯.

피 웅덩이를 담은 레이의 눈은 더욱 깊이 가라앉아 갔다.

그러나 레이가 총을 겨누려고 한 그 순간 잭이 순식간에 몸을 날렸다. 그리고 레이가 반응할 틈도 주지 않은 채 그 가냘픈 몸을 바닥에 넘어뜨렸다.

격렬한 충격과 함께 레이는 바닥에 눌렸다. 한순간 레이는 무슨 일이 일어났는지 알 수 없었다. 차가운 바닥 감촉을 느끼며 자

신을 누르고 있는 것의 정체를 보니, 전에 없이 진지한 표정을 한
잭이 레이를 지그시 바라보고 있었다.

맛본 적 없는 강한 힘에 눌리며 레이는 잭의 감정을 피부로 느
꼈다.

지그시 자신을 내려다보는 잭의 진지한 표정을 올려다보자 왠
지 눈시울이 뜨거워졌다. 잭의 눈은 물속에서 달을 올려다볼 때
처럼 예쁘게 일렁이고 있었다. 그것은 마치 이 세계에서 보이는
달처럼 가깝고도 멀었다.

평범한 소녀같이 당장에라도 울음을 터뜨릴 것 같은 레이의 눈
을 바라보며 잭은 픽 웃었다. 그리고서 레이의 희고 투명한 목에
낫을 댔다.

"내가 너 같은 꼬맹이한테 죽을 리가 없잖아."

처음 느끼는 공포가 온몸에 전해졌다. 자신의 두 배는 될 잭의
체중에 깔린 레이는 손발을 버둥거리며 물에 빠진 것처럼 몸부림
쳤다.

그러나 레이의 양팔을 누른 잭의 손은 꿈쩍도 하지 않았다. 성인 남성의 압도적인 힘에 소녀인 레이가 반항할 방도는 없었다. 레이는 눈을 질끈 감았다. 아무것도 비추지 않았던 파란 눈을 지키는 긴 속눈썹이 눈을 덮었다.

'싫어…… 이런, 이런 나인 채로…… 잭에게 살해당하고 싶지 않아.'

이제 예전의 두 사람으로는 돌아갈 수 없다…… 그렇게 느끼면서도 레이는 몇 번이고 자신을 도와줬던 잭에게 매달리듯 외치기 시작했다.

"싫어, 싫어, 잭—."

"끝내고 싶다면 내가 해 주겠어!!"

"싫어, 싫어, 싫어!"

외치면서 레이는 기도했다.

아아…… 아아…… 신이시여 지금만큼은 잭에게 살해당하고 싶지 않아.

이런 것은 바라지 않았는걸.

이런 방식으로 끝나는 건—.

속절없이 가슴이 죄어들어서 레이의 파란 눈에서 투명한 눈물이 한 방울 떨어졌다. 이렇게 자연스럽게 눈물이 난 것이 대체 얼마 만인지 알 수 없었다.

슬픈 것은 아니다. 다만 지금껏 느낀 적 없는 무언가를 레이는 느끼고 있었다.

"왜 싫은데!! 네가 바라던 일이 이루어지잖아!!"

고함치면서 잭은 레이의 어깨를 잡고, 그 완전히 약해진 몸을 가차 없이 바닥에 눌렀다.

"싫어, 날 죽이지 말아 줘!"

어째서일까, 어째서 살해당하고 싶지 않은 걸까. 알지 못한 채 레이는 힘껏 저항하며 그저 죽고 싶지 않다고 소원했다.

하지만 아무리 소리 높여 말해도 잭이 죽이고자 한다면 순식간에 이 목숨은 끝난다. 레이는 입술을 깨물고 울상이 되어 잭을 올려다보았다. 잭의 얼굴에는 붕대가 둘둘 감겨 있어서 피부는 보이지 않았다. 하지만 붕대 너머로도 불에 탄 잭의 피부를 레이는 느꼈다. 불바다 속에서 잭이 몸부림치는, 어떻게 할 수도 없는 정경이 떠올랐다.

레이는 그렇게 어린 시절의 잭을 생각하며 자신의 과거를 떠올리고 있었다.

언제나 어떻게도 할 수 없었다. 누구도 이야기를 들어 주지 않았다. 강아지를 키우고 싶었을 뿐이다. 이상적인 가족이 되고 싶었을 뿐이다. 그런데 아무도 이야기조차 들어 주지 않았다.

아아…… 하지만 죽은 것은 살아 돌아오지 않는다.

—분명 잭도 이런 나를 죽이고 싶지는 않을 것이다. 이런, 더러운 나를…….

그래서 레이는 그것을 바랄 수밖에 없었다.

"부탁이야…… 잭…… 지금 이대로인…… 나를 죽이지 말아 줘!"

"뭐?!"

레이의 발언이 의미 불명이라 잭은 무심코 얼굴을 찡그렸다.

"하지만 이제 **나의 신**이 아닌걸. **나의 신**은…… 이제 나 같은 거 필요 없어! **나의 신**은 죽어 버렸어!"

레이는 조금 남아 있는 체력을 모두 동원하여 외쳤다.

분명 신이 아니라고 잭이 말한 건 모든 것을 알았으니까. 내가 거짓말쟁이니까. 더러우니까.

그때 맹세해 준 것은 전부 사라져 거품이 되어 버렸으니까.

—대체 이 녀석은 무슨 말을 하는 거야.

잭은 깊이 한숨을 쉬었다.

그리고서 당장에라도 울음을 터뜨릴 것 같은 레이의 눈을 지그시 응시하며 대답했다.

"……아아, 그래. 너의 신은 죽였어. 내가, 죽였어!"

줄곧 마음속이 오싹하게 불쾌했다. 나를 신이라고, 그렇게 생각하고 있었다면, 나는 신 따위가 아니다.

"……아아……!!"

레이는 마음이 찢어진 듯한 소리를 흘렸다. 잭은 눈을 살짝 찌푸렸다. 이런 말을 하고 싶은 것이 아니다. 신이 어떻게 됐는지는 어찌 되든 좋다.

잭은 할 말이 얼른 떠오르지 않아서 답답한 마음에 뒤통수를 벅벅 긁었다. 남한테 뭘 가르치는 것에는 서툴렀다. 그러나 지금이 그것을 해야만 하는 때라는 것은 알고 있었다.

"하지만 난 죽지 않았어. 너도 알 거 아니야……?"

전하고 싶은 것은 있는데 도저히 말이 제대로 나오지 않았다. 잭은 답답함을 부딪치듯 바닥에 누르고 있는 레이의 팔을 한층 세게 움켜쥐었다.

"너를 죽여 주겠다고 말한 건 누구지?!"

"……나의, 신……!"

레이는 기도하듯 단언했다.

잭은 재차 치미는 답답함에 저도 모르게 입술을 깨물었다.

어째서 그렇게 되는 거야?

나는 신 따위가 아니다. 어째서 전해지지 않는 거지.

내가 바보라서?

아아아아아아— 젠장!

"틀렸어!!"

잭은 짜증과도 다른, 마음 깊숙한 곳에서 치미는 것을 참지 못하고 낫을 세게 내리쳤다.

낫은 레이의 뺨 옆에 아슬아슬하게 꽂혔다.

하지만 이상하게도 레이의 얼굴에 공포는 떠올라 있지 않았다.

분명 레이도 알고 있을 것이다. 지금 여기서 내가 레이를 죽이고 싶어 하지 않는다는 것 정도는—.

잭도 지금 레이를 죽일 마음은 없었다. 레이가 이대로 죽기 싫다고 바라는 것처럼, 잭도 이런 레이는 죽이고 싶지 않았다.

그리고 레이를 죽이는 것은, 약속한 대로 빌딩^{이곳}에서 나간 뒤다.

잭은 자신을 믿는 것처럼 바라보는 레이의 눈을 지그시 응시했다.

'……이 녀석은 아직 아무것도 모르고 있어.'

그리고 타이르듯, 혹은 고치듯 망가진 장난감 같은 레이를 향해 맹세하는 것처럼 분명하게, 힘차게 외쳤다.

"나야 나라고……. 다른 누구도 아니고, 너의 신도 아닌…… 내가, 너를 죽일 거란 말이다!"

　몸속의 모든 것을 내보이는 것 같은 잭의 기백에 레이는 몸을 작게 떨었다. 그리고 소녀에게는 어울리지 않는, 이 세상의 모든 불행을 짊어진 것 같은 표정을 보였다.

　"하지만, 나는 이상해…… 더러워."

　잭은 소파에서 걷어찬 시체를 보고 픽 웃었다.

　'부모를 죽인 걸 말하는 건가……?'

　이딴 것은 잭에게 아무것도 아니었다. 레이가 죽었든 아니든, 아무려면 어떤가. 그저 모르는 시체에 불과하다.

　"지금 그거 누굴 보고 하는 소리야……?"

　잭은 자랑스러운 얼굴로 레이를 보며 단언했다.

　"나는 살인귀야. 사람을 죽이는 걸 좋아해서 몇 명이나 죽였어. 하지만 나는 너나 대니처럼 구질구질하게 고민하고 도망치지 않아."

　레이는 잭에게 압도되어 공기 속에 삼켜진 것처럼 꼼짝도 하지 못했다. 그저 그 파란 눈으로 한결같이 잭을 바라보고 있었다.

　"부모니 신이니 모르겠지만…… 그딴 걸 핑계로 움직이다니 웃기지도 않는다고!! 나는 내가 원하는 걸 스스로 정하고서 움직이고 있단 말이다……!"

그렇게 말을 마친 잭은 레이의 멱살을 잡고 강제로 끌어당겼다.

"내가 나라면…… 너도 너잖아? 아니야?!"

—딸랑.

레이의 귀에 맑은 방울 소리가 울렸다.

내가 너를 죽인다.

잭은 지금 그렇게 말했다. 하지만 잭은 신이 아니라고도 했다.

그러나 잭이 신이 아니라는 것에, 잭이 신인 것에 지금 무슨 의미가 있을까.

"……나는, 나……?"

"그래! 네가 너라면, 자기 일은 스스로 정해!"

▲
▼

—자기 일은, 스스로, 정해……?

　레이의 머릿속에 언젠가 큰비가 왔던 날 주운 강아지가 떠올랐다.

　그러고 보니 그 강아지를 키우고 싶다고 생각했을 때, 스스로는 정할 수 없었다. 꼭 허락을 받고 싶었다. 키워도 된다고 말해 주길 원했다.

　그리고…… 과거를 하나하나 돌이켜 보면 레이는 스스로 무언가를 정한 적 따위 없었다. 잭은 다를까.

　「나는 살인귀야. 사람을 죽이는 걸 좋아해서 몇 명이나 죽였어.」

　레이의 귀에 방금 잭이 했던 말이 메아리쳤다.

　'어째서 아빠를 죽였을까…….'

　정말로 이상적인 가족을 가지고 싶었으니까……?

　레이는 되돌아보았고 떠올렸다.

　'……아아, 맞아. 그것 말고는 방법이 없었으니까…….'

　그저 그것뿐인 일이었던 것 같다…….

　그리고 그 후 보호 시설에 들어가니 주위 어른들은 레이를 「불쌍한 아이」로 보게 되었다.

　아주 불쌍한 사정이 있어서 이렇게 망가져 버린 소녀……. 시설 직원들은 항상 그런 눈길을 보내며 레이에게 말을 걸었다.

　시설에서 키우던 작은 동물을 죽였을 때도 그랬다. 특별히 혼내지 않았고, 역시 다들 「가엾은 아이」로 레이를 인식했다.

철들었을 무렵부터 레이는 항상 느끼고 있었다. 어째서 자신은 모두에게 미움받고 전부 뜻대로 안 되는 걸까. 어째서 이렇게밖에 못 사는 걸까…… 하고.

그래서 레이는 자신의 존재를 누군가에게 인정받고 싶었다. 인정받고, 살고 싶었다.

"아…… 아아……."

레이는 북받치는 과거를 셧다운하듯 눈을 찡그렸다.

파란 가짜 달 아래에서 우연히 성서를 읽은 그 날부터 용서받을 수 없다고 계속 생각해 왔다. 하지만 그것은 계기에 불과했을지도 모른다.

레이는, 인정받고 싶었다.

누군가에게…… 아니, 신인 잭에게…… 인정받고 싶었다. 자신을, 진정한 자신을 인정해 주는 존재가 있다면 그것은 이 세상에 잭뿐이라고 레이는 생각하고 있었다.

그래서, 그렇기에……잭에게만큼은 아무것도 알려지고 싶지 않았다. 모든 것이 알려지고, 잭에게 미움받고, 내쳐지고, 한 번도 누군가가 원하는 대상이 되지 못한 채 죽는 것이, 레이는 참을 수 없이 무서웠다. 하지만 전부 레이가 혼자 마음속으로 단정 지은 것이었다. 고독을 두려워한 나머지, 모든 것이 알려지면 잭이

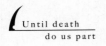

자신을 싫어할 거라고 혼자 그렇게 믿었던 것뿐이었다.

잭은 무엇을 알아도, 알지 못해도 변하지 않는다.

잭이었다.

잭은, 잭이었다.

눈앞의 잭은 북받치는 눈물로 글썽거리는 레이의 눈을 지그시 응시하고 있었다. 그러더니 레이의 뺨에 손을 대고 조용히 물었다.

"야, 레이…… 눈앞에 있는 나는 누구지……?"

시야가 부예지는 가운데, 레이는 다시 똑바로 잭을 바라보았다.

그렇게 시선이 포개졌을 때, 절망만을 비추던 레이의 파란 눈에 한 줄기 빛이 비쳐 들었다. 레이는 분명하게 그 이름을 대답했다.

"……잭."

그 순간, 잭은 의기양양하게 씩 웃었다.

"맞아. 신 따위가 아니지?"

아아, 아아―. 눈에 비치는 빛이…… 잭이 너무 눈부셔서 레이

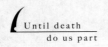

의 두 눈에서는 끊임없이 눈물이 흘러나왔다.

마치 뇌에서도 모든 것이 흘러나오는 것처럼 레이는 대니와의
만남을 주마등같이 떠올렸다.

살인 사건이 알려진 후 보호된 시설에서 고독하게 지내던 어느
날, 멍하니 하늘을 올려다보던 레이의 눈앞에 대니가 나타났다.
그때부터 대니는 무기질적인 인형처럼 그저 우두커니 있는 레이
를 연일 찾아오며 자상하게 미소 짓고 「너의 눈을 좋아한다」고 말
했다.

대니가 레이를 만나러 시설에 오게 된 지 한 달쯤 지났을 무렵
일까 마치 최면술에라도 걸린 것처럼 레이는 대니를 따라 이 빌딩
에 오게 되었다.

빌딩에는 집이 있었다. 레이가 살았던 집이 그대로 본떠 만들어
져 있었다. 그래서 레이는 그때부터 살인 사건이 일어났던 그 날
의 풍경 속에서 살아가게 되었다.

그런 환경 때문인지 레이의 시간은 완전히 멈췄다.

하지만 곤란하지는 않았다. 기본적인 생활은 전부 대니가 돌봐
주었다. 있는 그대로의 자신을 대니는 한없이 인정해 주었다. 바
라는 것은 뭐든 해 주었다.

어느 날, 레이의 눈앞에서 꽃이 시든 일이 있었다.

"선생님…… 꽃이."

레이가 애달프게 그것을 호소하자 대니는 다음 날부터 부지런히 조화를 가져와 거실에 장식했다.

"자, 이제 꽃이 시들 일은 없을 거야."

온 방에 향수를 뿌린 것 같은 강한 향기 속에서 대니는 그렇게 말하며 레이를 향해 상냥하게 미소 지었다.

"응."

날 때부터 레이는 언제나 레이인 채였다. 하지만 레이는 언제나 주위 사람들에게, 부모에게조차 기피되었다.

그런 레이를, 있는 그대로의 레이를 인정해 준 것이 대니였다. 절망조차 비추지 않는 눈으로 죽고 싶다고 기도하며 살아 있는 레이를, 그래도 된다고 허락해 주었다. 그리고 레이가 그대로 있기를 간절히 원해 주었다.

하지만 어째서일까…….

레이의 마음은 아무리 시간이 지나도 외로웠다. 대니가 아무리 가까이 있어도 레이는 미치도록 고독했다. 빛이 없는 세계에 홀로 남겨진 것 같았다.

그래서 그날, 우연히 성서를 읽고 「용서받을 수 없다」는 것을 안 날, 레이의 마음은 망가졌다. 살아 있는 것을 견딜 수 없었다. 유리가 깨지듯 마음이 산산이 부서졌다.

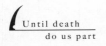

레이의 마음은 싸늘하게 식어서 수복 불가능한 상태에 빠진 것
같았다.

그러던 때 잭과 만났다. 잭과 함께 행동하면서부터 레이의 마
음은 다시 열기를 띠기 시작했다. 그리고 정신이 들고 보니 신기
할 정도로 외로움에서 해방되어 있었다.

레이는 잭 같은 사람을 본 적이 없었다. 무엇에도 현혹되지 않
고, 망설임 없이 자기 자신으로 있는 사람을―.

레이는 달 조각 같은 잭의 눈동자를 바라보며 고개를 끄덕였다.

"……응…… 잭은 처음부터 잭이었어……."

픽 웃고서 잭은 그 투박한 손으로 레이의 머리카락을 부드럽게
흩뜨렸다.

"너는 미쳤으면서 너무 진지해."

변함없는 잭의 미소가 피폐한 레이의 마음을 채워 갔다.

함께 행동하기 시작한 지 얼마 안 됐을 무렵, 잭은 레이에게
「네 눈은 재미없다」고 난폭하게 말했었다. 절망조차 비추지 않는
레이의 눈을 사랑했던 대니와 달리 잭은 아무런 감정도 담지 않
은 그 눈이 수상쩍어서 아주 싫어했다.

그리고 돌이켜 보면 잭의 그 말은 예전에 아빠가 증오하는 표정
을 지으며 레이에게 내뱉었던 말과 같았다.

그런데 어째서일까. 잭의 꾸밈없는 말이 그때 레이는 **기뻤다.** 아니, 그때뿐만이 아니다. 잭의 거짓 없는 말들은 레이의 마음에 언제나 기쁘게 울렸다.

그 의미를 레이는 마침내 알 것 같았다.

잭은 이 세상 어디에 있는지조차 알 수 없는 먼 존재인 신 따위가 아니다. 이렇게나 가까이 있고, 그렇기에 나를…… **진정한 나를 언제나 봐 준다—.**

"어이, 레이. 눈앞에 있는 건 나야. 그걸 알았으면 나를 원해! 죽고 싶으면 내 손에 죽겠다고 맹세해!! 너 자신에게. 그리고 내게 맹세해!"

잭이 마음 한가운데에 부딪친 말이, 세찬 비처럼, 단검처럼 심장에 꽂혔다. 하지만 그것은 레이에게 맛본 적 없을 만큼 행복한 아픔이었다.

"응. 응!"

마침내 — 혹은 태어나 처음으로 — 감정이 담긴 레이의 눈에서는 끊임없이 눈물이 흘렀다. 이렇게 감정적이 된 것도, 눈물을 흘리는 것도, 레이에게는 처음 있는 일이었다.

"……맹세할게! 잭에게, 맹세할게!"

캄캄한 어둠 속에 차례차례 불꽃이 쏟아지는 것처럼 심장이 세

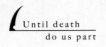

차게 뛰었다. 레이는 손끝에서 온몸으로 피가 휘도는 것을 느꼈다.

"그래, 나도 너한테 맹세해 주겠어……!"

잭이 웃었다. 그 얼굴은 처음 만났을 때와 다름없는, 레이가 무의식적으로 좋아한다고 느꼈던 잭의 표정이었다.

레이는 잭이 자신에게 여러 번 보여 준 이 표정을 이제 못 볼 것이라고 생각하고 있었다. 모든 것이 알려지면 모조리 무너져 버릴 것 같았다. 예전으로는 돌아갈 수 없다고, 그렇게 생각했다. 그리고 함께 위로 올라오면서 언제부터인가 잭에게 미움받는 것이 미치도록 두려웠다.

하지만 잭은 무엇을 알아도 잭이었다.

그 이하도 그 이상도 아닌, 잭이었다.

"아아……!"

레이는 잭에게 무릎 꿇는 것처럼 고개를 숙였다. 그리고서 신에게 기도하듯 가슴 앞에서 손을 꽉 맞잡았다.

분명, 분명, 이것을 **가지고 싶었던** 것이다.

약속을 맺고 이곳에 도달하기까지, 줄곧 마음 깊은 곳에서 믿고 있었다. 바라고 있었다.

신이 아닌, 잭을—.

ANGEL OF DEATH

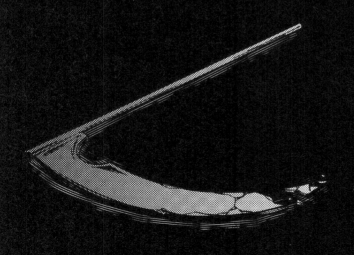

"어이, 코 좀 그만 훌쩍거려."

"······하지만 코에서 멋대로 흘러나오는걸······."

잭의 말에 레이는 코를 훌쩍이며 말했다.

"바보야, 그런 말은 안 해도 돼."

잭은 레이의 머리를 손등으로 가볍게 툭 쳤다.

잭은 처음으로 레이의 소녀다운 일면을 — 근본은 미쳤지만 — 보고 있었다.

그렇다고 해도 잭에게 레이라는 존재는 처음부터 레이일 뿐이었다. 누구를 죽였던, 그것이 부모여도, 그것은 **그저 레이의 과거** 일뿐이다. 그리고 과거는 그저 과거일 뿐이었다.

하지만 이렇게 감정을 따라 우는 모습을 보니 역시 레이는 아직 혼자서 산 적이 없는 열세 살 소녀였다. 성인은 이해할 수 없는 행동을 하는 것도 납득이 갔다. 그리고 부모를 죽인 후 천애 고아가 된 레이가 신이라는 실체 없는 존재에 매달릴 수밖에 없었던 것도 대충 이해할 수 있을 듯했다.

그러나 그런 것은 역시 존재하지 않는다. 나는 신이 아니고, 레이가 바라더라도 그런 것이 되고 싶지는 않았다.

잭은 픽 웃은 후, 다소 진지한 표정이 되어 방 안을 둘러보았다.

"그보다 빨리 여기를 나가자. 아, 여기 네가 담당하는 층이잖아? 출구 어디 있는지 알아?"

그 물음에 잠시 침묵한 후, 레이는 눈썹을 찡그렸다.

"……실은 여기서 위로 올라간 기억이 없어. 하지만 저기가 현관이었던 건 기억해."

레이는 여전히 눈물이 멈추지 않는지 아까와 마찬가지로 코를 훌쩍이며 거실의 오른쪽 벽을 가리켰다.

하지만 레이가 가리킨 곳은 어떻게 봐도 벽이지 현관이 아니었다. 잭은 성큼성큼 다가가 벽에 시선을 집중해 보았다.

"벽으로만 보이는데."

"하지만…… 잘못되지 않았다면 거긴 현관이야."

그렇게 잘라 말한 레이는 콧물을 흘리고 있기는 했으나 평소의 어른스러운 레이였다.

"그런가."

레이는 이곳에 ─ 정확히는 아마 이 층과 똑같은 구조의 집에 ─ 살고 있었다. 그런 레이가 그렇게 말한다면 그러할 것이다.

그리고 레이를 의심할 필요는 없었다. 잭은 벽을 마주 보고서 낫을 들었다.

"그럼 확인해 볼까."

찔끔찔끔 궁상맞게 구는 것은 성격에 안 맞았다. 잭은 지금껏 제물을 죽였을 때와 마찬가지로 낫을 치켜들었다. 그리고 레이가 가리킨 벽을 향해 힘껏 내리쳤다. 와르르 벽이 무너지며 파멸 같은 소리가 거실에 울렸다.

갈라진 벽 너머에는 어둑한 공간이 펼쳐져 있었다.

—역시 열렸다.

기억이 틀리지 않은 것에 안도하며 레이는 의기양양한 표정을 짓고 있는 잭에게 다가갔다.

"잭, 딱히 벨 필요는 없었어."

"시끄러워! 열렸으면 된 거야."

"……그런가, 열렸으면 된 거구나."

레이는 묘하게 납득하고 갈라진 벽 너머를 응시했다. 어둑한 공간이 눈에 들어왔으나 그곳은 현관이 아니었다. 레이가 모르는 풍경이었다. 어째서 이곳에 있는 동안 문 너머를 한 번도 보려고 하지 않았을까. 레이는 과거의 자신을 조금 신기하게 여겼다. 하지만 지금은 생각해 봤자 별수 없는 일을 고민하고 있을 때가 아니었다.

레이는 자신도 모르는 그 공간을 수상하게 여기면서도 잭을 따라 갈라진 벽 안쪽으로 나아갔다.

하지만 그곳은 역시 현관이 아니었다.

"어이, 레이. 막다른 곳이고…… 아무것도 없어."

공사 현장을 연상시키는 기구가 놓여 있는 썰렁한 공터 같은 방을 걸어 다니며 잭이 불만스럽게 중얼거렸다. 확실히 특별한 것은 전혀 없었다. 레이가 생각하기에도 이곳은 출구가 아니었다. 층의 공간이 남아서 만든 장소 같았다.

"여기 말고 이 층에서 간 적 없는 곳 더 없어?"

잭은 멈춰 서서 나른하게 머리를 긁적였다.

레이는 명탐정처럼 턱에 손을 대고 다시 기억을 더듬었다.

'이 층에서……'

"모르겠어……. 여기 외에는 함정을 설치하려고 구석구석까지 조사했으니까."

이 층에 관해 떠올리려고 하면 이 층의 주인이었을 때의 기억이 싫어도 되살아났다. 대니가 무엇이든 준 탓에 재미있어져서 함정은 잔뜩 설치했다. 하지만 제물이라고 불리는 사람들을 직접 죽이지는 않았다.

"……역시 굉장하네, 너."

잭은 질렸다는 얼굴로 말했다.

여기까지 와서 그다지 도움이 되지 않는 것이 한심스러웠지만, 레이에게는 정말로 짚이는 것이 없었다. 자신이 어떻게 여기 왔는지도 레이는 **기억나지 않았다.**

"누군가 위에서 내려온 적은 없어?"

"아니…… 그건 없었어. ……잭이 아니고서야 금방 함정에 걸려 죽으니까 눈치채."

여기서 지냈을 때의 기억을 더듬으며 레이는 평소처럼 담담히 대답했다.

그 말에서는 살인귀로서의 일면이 엿보였다. 그리고 잭에게 상당히 실례되는 말을 하고 있음을 레이는 깨닫지 못했다.

"그럼 아무도 밑으로 안 내려온 거네. ……역시 영문을 모르겠어!"

하지만 잭도 딱히 신경 쓰지 않는 모습이었다. 레이의 언동을 받아들이고 있었다.

이렇게 두 사람이 나누는 대화는 평소와 다름없이 무덤덤했다. 그러나 어느 때보다도 강한 신뢰감이 싹터 있었다.

—아무도 안 내려왔어……?

잭이 별생각 없이 한 말이 신경 쓰여서 레이는 무기질적인 배관

파이프가 설치된 천장을 확인하듯 올려다보았다.

"그건…… 이상해."

그리고 심각하게 중얼거리더니 작게 고개를 흔들었다.

"대니 선생님은 밖에 드나들었는걸. 이 방의 함정과 가구는 선생님이 밖에서 사 온 거니까……."

"뭐? 무슨 뜻이야."

'……무슨 뜻일까.'

레이는 살짝 멍한 얼굴이 되어 고개를 갸웃했다.

"……이곳은 이미 지상……?"

그러자 뱀처럼 날카로운 잭의 눈이 사냥감을 발견한 것처럼 번뜩 빛났다.

"진짜냐?! 그럼 당장 벽을 깨부수고 나가자고!"

이곳이 지상이라면 긴말할 필요 없다는 듯 잭은 기대고 있던 벽으로 몸을 돌리더니 힘껏 벽을 허물어뜨렸다. 하지만 그것은 헛수고로 끝났다. 벽 너머에는 아무것도 없었다. 무기질적인 콘크리트가 가로막고 있을 뿐이었다.

"벽만 무너지고 아무것도 없잖아!!"

기대가 피로로 바뀌어서 잭은 짜증을 냈다.

"……미안, 틀렸나 봐."

레이는 조금 시무룩해진 얼굴로 고개를 숙였다. 하지만 이렇게 잭과 대화를 나누는 상황에 일찍이 맛본 적 없는 이상한 기분이 들었다.

—알고 있다. 이런 농담을 주고받고 있을 여유는 없다. 하지만 대니나 가족과 살면서도 결코 느낀 적 없었던 이상한 기분, 어딘가 간질간질한 감정에 레이는 한없이 이렇게 있고 싶은 마음이 들었다.

그래서 레이는 조금 장난스럽게 짐짓 손뼉을 짝 치고서 방금 막 떠올렸다는 듯 말해 보았다.

"대니 선생님은 혹시 워프로 드나들었나……?"

"어이, 워프라니…… 그 녀석, 인간이잖아?!"

"아니면 통기구로 꿈틀꿈틀 드나든 걸까?"

"기분 나빠! 그 녀석 인간이 아니잖아!! 아니, 그보다 그럴 리가 없잖아! 그런 건 나도 안다고, 멍청아! 제대로 생각해!!"

잭은 레이의 머리를 쿡 찔렀다. 아무리 잭이 바보여도 이 정도는 알았다.

기분을 다잡은 레이는 살짝 눈을 감고 재차 머리를 굴렸다.

'아무도 이곳에는 안 내려왔어…….'

—아무도…….

문득 잭을 보니 잭은 주머니에 손을 넣고서 콩콩 뛰고 있었다. 그 태평한 모습에 레이는 눈을 동그랗게 떴다.

Angel
of death

"어이, 뭔가 떠오를 것 같아?"

사고가 멈춰 버린 레이에게 잭은 평소와 같은 어조로 물었다.

그 순간, 「아아, 그렇구나.」 하고 레이는 생각했다. 잭은 나를 의지하고 있다—.

그리고 레이도 항상 마음 한편으로 잭을 의지하고 있었다. 레이는 태어나 처음으로 자신이 아닌 누군가에게 지탱받으며 살아 있다는 기분을 맛보고 있었다.

만약, 만약 자신의 인생의 무언가가 아주 조금 달랐다면, 이런 기분을 매일같이 맛볼 수 있는 나날도 자신에게 있었을까. 이대로 빌딩에서 나가면 바로 끝나 버릴 자신의 인생에도…….

레이의 머릿속에 한순간 그런 생각이 스쳤다.

하지만 지금은 그런 생각을 하고 있을 때가 아니었다. 레이는 곧장 그런 두서없는 생각을 떨쳐 내고 머리를 굴렸다.

그때, 하늘의 계시처럼 머릿속에 해답이 번뜩였다.

▲
▼

"이 층이 아닌 다른 층에 출구가 있어……!"

레이는 확신을 가지고서 소리 높여 단언했다. 이번에야말로 확실한 해답일 터였다.

"뭐? 그게 무슨 말이야?"

잭은 영문을 모르겠다는 표정을 지었다. 레이가 도출한 답을 사고가 쫓아가지 못했다.

한편 레이는 해답을 확실한 것으로 만들기 위해 잭에게 물었다.

"잭이 여기 왔을 때…… 캐시나 에디는 이미 이 빌딩에 있었어?"

"그래…… 있었어. 기분 나빠서 거의 얘기는 안 했지만 말이지."

―역시나. 레이는 추리를 심화하며 고개를 끄덕였다.

그렇다면 나는 이 빌딩에 마지막으로 왔다는 뜻이다. 혼돈한 뇌속에 흩어져 있던 것이 별자리가 완성되듯 연결되었다.

"……잭, 아래로 내려가자. 아래층…… 아마 B2층에 출구가 있어."

아름다운 호수를 응고시킨 듯한 파란 눈으로 잭을 보며 레이는 단언했다.

"뭐? 영문을 모르겠어! 어떻게 아는 거야!"

하지만 잭은 여전히― 레이의 뜬금없는 추리를 납득하지 못한 채였다.

어린아이처럼 얼굴을 찡그린 잭을 타이르듯 레이는 말하기 시작했다.

"이 방에 출구는 **필요 없었어.** 즉…… 내 층은 제일 나중에 만들어졌을 거야. 그렇다면 이 방이 만들어졌을 때, 밖으로 나가는 출구는 **이미 있었다**는 뜻이야. 잭도 나도 분명 그리로 들어왔어…… 내려오는 사람을 **내가 한 번도 못 본 것**이 그 증거야."

잭은 하나하나 정중하게 해설하는 레이의 추측을 어떻게든 이해하려고 했지만 역시 전부를 파악할 수는 없었다. 「그 증거야」라고 말해도 뭐가 뭔지 알 수 없었다.

잭은 입가를 벅벅 긁었다. 하지만 여기 오기까지 줄곧 그랬다. 이제 와서 무언가를 이해해 봤자 의미도 없을 터였다.

그리고 레이도 잭이 이해할 수 있을 것이라고는 생각하지 않았다. 다만 이야기하는 것에 의의가 있다는 기분이 들었다.

"레이, 난 바보라서…… 그런 어려운 건 잘 몰라. 하지만 네가 말한다면 그럴 거라고 생각해."

잭은 레이를 내려다보고 어째서인지 득의양양하게 웃었다.

'아아…… 잭은, 잭이야.'

그렇게 느낌과 동시에 이렇게 잭에게 신뢰받을 수 있게 된 것에 레이도 살짝 미소 지었다.

"……응!"

B2층에 내려가기 위한 엘리베이터 스위치가 이 층의 어디에 있는지는 확실히 기억하고 있었다. 지하의 인형들 방에 있는 오르골 안이다.

공사 현장처럼 생긴 무의미한 공간을 뒤로한 두 사람은 피 웅덩이가 퍼진 거실과 어둑한 복도를 지나 2층으로 올라갔고, 부엌으로 이어진 계단을 내려갔다.

이제 곧 이제 곧 출구에 도달할 수 있다. 잭에게 도움이 될 수 있다. 하지만 그렇게 기쁨을 느끼면서도 레이는 왠지 조금 쓸쓸한 기분에 사로잡혀 있었다.

"어이, 왜 그래? 이 아래에 있는 거잖아? 내려가자."

1층 부엌에 도착하여 지하로 내려가는 계단이 바로 눈앞에 있는데 레이는 부엌 입구에 우두커니 선 채 움직이려고 하지 않았다.

잭은 의아해하며 레이의 얼굴을 들여다보았다. 레이가 유도해 주지 않으면 스위치가 어디 있는지 알 수 없다. 그리고 혼자만 먼저 가 봤자 무의미했다.

잭이 고민하고 있으니 레이가 또 성가신 말을 꺼냈다.

"……잭, 지하에는 나 혼자 가도 될까?"

그 이해할 수 없는 발언에 잭은 무심코 인상을 썼다.

"뭐?! 왜!"

"여기 오는 건 이게 마지막이니까…… 이곳에 작별 인사를 하고 싶어서."

아까 필사적으로 쫓았을 때 레이가 보였던 광기는 대체 뭐였는 지. 몸에서 힘이 쭉 빠질 만큼 레이는 평범한 소녀로 전락하여 새 가 지저귀듯 중얼거렸다.

"그렇다고 왜 혼자 가는데."

잭은 명백하게 언짢은 음색이 되었다.

레이는 무안해하면서도 잭에게서 시선을 돌렸다. 그리고서 작 게 고개를 갸웃하더니 또 잭을 아연하게 만드는 대사를 뱉었다.

"……남이 보는 게, 왠지 조금 부끄러워서? 일까……."

'……그게 뭐야.'

영문을 모르겠다.

최상급으로 답답한 기분을 억누른 잭은 자신을 진정시키듯, 혹 은 치솟는 짜증을 달래듯, 후우— 하고 얇게 한숨을 쉬었다.

레이가 한번 말을 꺼내면 굽히지 않는 성격이라는 것을 잭은 이 미 넌더리가 날 만큼 이해하고 있었다.

"여기서 망보고 있을 테니까 얼른 갔다 와."

잭은 포기한 모습으로 말하며 재촉했다. 스위치가 어디 있는지 는 레이만이 알고 있다. 둘이서 가 봤자 짐짝이 될지도 모른다.

술렁거리는 마음을 그렇게 타일렀다.

"응, 바로 돌아올게."

레이는 고개를 끄덕이고 계단으로 걸어갔다.

하지만 지하로 내려가는 가냘픈 등을 지켜보던 잭은 레이를 정말 혼자 보내도 괜찮을지 한순간 불안해졌다.

아까도 느닷없이 미친 모습을 보였고, 콧물을 줄줄 흘릴 정도로 울었다. 아무리 열세 살 꼬맹이라고는 하지만, 무사히 지상으로 나갈 때까지 한시도 떨어지지 않고 같이 있는 편이 당연히 더 좋을 것이다.

그러나 여기서 기다리고 있겠다고 했으니 거짓말은 하고 싶지 않았다. 그래도 잭은 무의식적으로 레이에게 뭔가를 말하려고 했다. 무슨 말을 하려고 했는지는 모른다.

왜냐하면 그때 레이가 뒤돌아 부드럽게 말했기 때문이다.

"기다려 줘."

왜? 어째서일까. 잭과 함께 행동하는 편이 좋다는 것은 잘 알고 있다. 잭이 자신을 **걱정**하고 있다는 것도 알고 있다.

하지만 레이는 꼭 혼자 가고 싶었다. 아니, 혼자 가야만 할 것 같았다.

빠른 걸음으로 지하에 내려와 오르골이 있는 방으로 가는 길에, 세 마리 개가 어둠 속에 싸늘히 누워 있는 것이 레이의 시야에 들어왔다.

그러고 보니 부엌으로 내려오면서 잭이 「미안하지만 개는 처리했어.」라고 했었다.

이 개들은 가지고 싶어서 키웠던 것이 아니다. 함정으로 쓰기 위해 사 달라고 한 것이었다. 하지만 지금 생각해 보면 그것은 몹시 잔혹한 짓이었던 것 같다고 레이는 문득 느꼈다.

"······미안해. 이제······ 꿰매 줄 시간도 없어."

레이는 상냥한 손길로 세 마리 개를 쓰다듬었다. 그때, 강아지가 죽었을 때와 똑같은 감촉이 손바닥에 전해졌다. 그것은 지금껏 시체를 대상으로 한 번도 느낀 적 없었던, 무척 슬픈 감촉이었다.

하지만 그때는 강아지가 자기 것이 되어서 기뻤었다. 슬프지 않았다.

그러나 지금, 어째서인지 가슴이 죄어들었다. 참회가 레이의 마음을 찔렀다.

그때 문득 안쪽 방에서 오르골 소리가 들려왔다.

뚜껑이 열려 있는 것일까. 저 오르골은 레이의 방에 있던, 소리가 나지 않게 된 오르골 대신이라며 대니가 멋대로 사 온 것이었다.

그 소리 나지 않게 된 오르골이 처음이자 마지막으로 엄마에게 받은 생일 선물이라는 것을 선생님은 알고 있었을까. 레이는 멍하니 생각하며, 과거로 향하듯 그 그리운 소리를 따라갔다.

"레이첼 가드너인가."

돌연 귀에 울린 그 낮은 목소리를 듣고 레이는 어깨를 움찔했다.

—그레이.

그리운 소리를 내는 오르골을 든 남자가, 이 빌딩의 지배자인 신부가 전방에 버티고 서 있었다.

"……어째서."

레이의 뇌리에 잭의 존재가 스쳤다. 레이는 순간적으로 권총을 겨누려고 했다. 하지만 포셰트에 손을 넣어도 아무것도 잡히지 않았다.

'권총이, 없어……?!'

레이는 몹시 동요한 표정을 지었다. 그리고 불길한 예감이 소용돌이치는 가슴을 안고서 B1층에 도착한 이후의 일을 회상했다.

'아아…… 선생님을 쏘고 나서 거실에 떨어뜨렸어……!'

갑작스러운 위기 상황에 레이는 조금 파리해졌다.

어쩌지. 혼자 가고 싶다고 괜히 고집을 부려서……. 잭에게 바로 돌아가겠다고 했는데…….

그러나 레이의 반응과는 반대로 그레이는 어째서인지 공격적인 모습이 아니었다.

"진정하게. 그저…… 나는 너에게 조금 물어보고 싶은 게 있을 뿐이야."

공격은커녕 레이를 달래며 그레이는 평소보다 살짝 부드러운 어조로 그렇게 말했다.

'물어보고 싶은 것……?'

"뭘……."

레이는 작게 숨을 삼켰다.

레이는 더 이상 그레이에게 용건이 없었다. 어찌 되든 좋았다. 듣고 싶은 것도 없다. 그런데 어째서 그레이가 자신에게 계속 집착하는지 레이는 알 수 없었다.

하지만 이것도 함정일지 모른다. 아니, 그렇게 생각하는 것이 자연스러웠다. 그리고 아무런 무기도 없는 지금, 섣불리 떠날 수도 없었다.

레이는 도망치기를 포기하고 그레이와의 대화에 응하기로 했다.

"레이첼 가드너, 잭은 너의 신이 아니었군."

"응…… 하지만 이제 그건 제대로 알고 있어."

역시 함정인가. 레이는 짜증스럽게 그레이를 바라보며 대답했다.

"그래, 그런 것 같군. 하지만 너는 그것을 진심으로 이해하고 있는 건가?"

"……나랑 잭은 신이 아니라 서로에게 맹세했어."

책망하는 것 같은 질문에 레이는 조금 언짢은 음색으로 대답했다.

대체 왜 그레이의 질문에 대답해야만 하는 것일까. B2층에서 열렸던 집요한 재판이 계속되고 있는 것 같아서 레이는 진절머리가 났다.

"그렇지. 잭은 이제 신이 아니야. 절대적인 것이 아니게 되었네. 너는 잭을 천사도 신도 아닌 존재로 만들었어. 즉, 너의 소원을 **반드시** 이루어 주는 존재는 사라졌지."

그레이는 레이의 마음을 꿰뚫어 보듯, 두 사람 사이에 일어난 일을 담담히 말했다.

이해하고 있을 터인 현실을 그저 제시하고 있는 것에 불과한데 레이의 마음은 조금 술렁였다.

"……어?"

레이는 눈썹을 찡그렸다.

"신도 아닌 존재에게 한 맹세이니 배신당할 수도 있겠지. 그럼에
도 너희의 맹세를 절대적인 것으로 믿는다면, 그건 신과 다를 바
없지 않나?"

그레이가 하고 있는 말은 이해가 갔다.

하지만 레이는 더 이상 그것을 — 신을 — 절대적인 존재라고는
생각하지 않았다.

"……딱히 절대적이라고 생각하고 있진 않아."

레이는 무표정으로 고했다.

확실히 레이는 여태껏 신이라는 존재를 자기 좋을 대로 생각하
고 있었다. 그러나 지금은 달랐다. 신은 모든 것을 용서해 주는
존재가 아니고, 맹세를 이루어 주는 존재도 아니었다.

그렇게 잭이 알려 주었다.

그리고 자기 일은 스스로 정해도 된다고, 그런 당연한 사실을
처음으로 알았다.

그래서 레이는 잭과 — 신도 아니고 그 이외의 존재도 아닌 잭
과 — 맹세했다.

설령 그것이 절대적인 것이 아니어도 좋았다.

레이는 그 약속을 믿고 싶었다.

"확실히 난 잭을 믿고 있어. 그건 정말이야. 하지만 맹세도, 믿는 것도, 잭과 내가 각각 마음으로 정한 일. 그러니까 만약······ 그것이 배신당하더라도, 믿은 것은 내 마음이니까······ 내 마음은 내가 짊어질 거야. 신과는 다르다는 것 정도는 각오하고 있는걸."

레이는 당당히 단언했다.

더는 어떤 함정에도, 말에도, 현혹되지 않을 것이다.

이 맹세는 스스로 정한 것이니까. 잭과, 둘이서.

"······그럼에도 너는 여전히 자신의 죽음을 바라는 건가?"

그레이는 뭔가 이상하다는 듯한, 혹은 무언가가 마음에 들지 않는 듯한 안색이었다.

하지만 레이는 아랑곳하지 않고 신념을 가지고서 고개를 끄덕였다.

"응."

"왜지. 너는 이렇게까지 생각을 변화시켰어. 그런데도 그 소망은 바뀌지 않는 건가?"

무언가를 확인하듯 그레이의 추궁은 계속되었다.

—왜······ 나는 죽어야만 하는가.

그 물음에 레이는 작게 숨을 들이쉬며 눈을 감았다.

"딱히 나 자신이 변한 건 아니니까. 자신을 받아들였을 뿐. 그게 다야. 그리고 나는 그런 자신을 **용서해 줬으면 좋겠다**고 더 이

197

상 바라지 않고…… 용서해 줄 사람도 이제 없어."

그것은 잭에게도 말할 생각이 없었던 지금 레이의 본심이었다.

설령 잭이 신이 아니더라도, 이 세계에 신이 없더라도, 역시 레이는 자신을 **끝내야만 한다**고 생각했다.

용서받을 수 없는 짓을 했다. 그것이 레이의 결론인 것은 변함없었다. 오히려 지금 레이는 그 감정을 예전보다도 강하게, 마음에 사무치도록 느끼고 있었다.

그리고 레이는 자신이 어떤 인간인지도 알아 버렸다. 그런 자신의 인생이 레이는 괴로웠다.

"그래서 역시 나는 죽고 싶어……. 살아 있을 수는 없어……."

그렇게 그레이를 향해 어른스럽게 말한 레이는 공허하게 미소지었다. 그리고 문득 이런 슬픈 얼굴은 절대로 잭에게는 보이고 싶지 않다고 느꼈다.

"그렇게 스스로 정했다는 거로군……?"

"응."

레이는 다시 한번 고개를 끄덕였다.

"마지막으로 하나만 더 묻겠네. ……레이첼 가드너, 너는 어떤 존재지?"

"그거, 몇 번이고 묻지 말아 줘."

어떤 존재…….

레이는 작게 한숨을 쉬었다.

"나는, 나. 그 이상도 이하도 아니야."

그것은 B7층을 배회하고 있을 때, 벽에 적혀 있던 그 꺼림칙한 문자열을 봤을 때부터 줄곧 느꼈던 것이었다. 하지만 그 말의 의미는 잭과 함께 이 층에 올라오기까지의 시간 속에서 크게 바뀌어 있었다.

"그런가……. 너의 이야기는 마치 잭과 자신이 대등한 존재라고 말하는 것 같군. 하지만 그것도 틀린 말은 아닐지도 모르지. 천사가 되지도 못했고 마녀도 아니었던 소녀……너는 틀림없이 레이첼 가드너다."

레이는 그레이가 무슨 말을 하고 있는지 잘 이해할 수 없었다. 하지만 그레이 안에서는 뭔가 결론이 난 모양이었다. 그리고 레이는 그것이 무엇인지 궁금하지 않았다.

그저 슬슬 이 재판 비슷한 것에서 해방되고 싶었다.

"……응. 이걸로 끝? 이제 볼일 없으면 방해하지 말아 줘."

레이는 차갑게 내뱉었다.

"방해할 생각은 없다고 맨 처음에 말했잖은가. 그보다 레이첼 가드너……너는 좀 더 귀염성을 갖추는 편이 좋겠어."

그렇게 말한 그레이는 들고 있던 오르골을 레이에게 건넸다.

귀염성이란 단어에 레이는 고개를 갸웃했다. 그것이 무엇인지 모르지는 않았다. 하지만 레이는 잭 이외의 다른 사람이 자신을 어떻게 생각하든 상관없었다.

레이는 건네받은 오르골 바닥에 있는 스위치를 눌렀다.

쿠구궁 하고 층 어딘가에서 중저음이 울렸다. 기억대로 엘리베이터가 기동했을 것이다.

빨리 잭에게 돌아가야 해.

"신부님…… 이만 갈게."

"그래, 마음대로 하게."

"출구는…… B2층에 있어?"

"대답할 거라고 생각하나?"

그레이는 표정 하나 바꾸지 않고 되물었다. 레이는 의연한 눈으로 그레이를 응시했다.

"나는 당신의 질문에 잔뜩 대답했어. 신부님도 대답해 줘도 된다고 생각해."

잭이 빈사 상태라 서두르고 있을 때도 레이는 그레이의 질문을 함부로 무시하지 않았다.

확실히 맞는 말이라는 것처럼 그레이는 살짝 웃었다.

"……그렇군. 대성당. 스테인드글라스를 조사하게."

그것이 거짓말이 아니라는 확증은 없었다. 하지만 레이는 똑바로 그레이를 보고 고개를 끄덕였다.

"알겠어."

레이는 여전히 무표정했으나 의심이 담기지 않은 순진무구한 소녀의 대답을 했다.

귀염성이 없진 않을지도 모르는 그 반응에 그레이는 재차 미소지었다.

레이는 그레이의 그 반응을 의아하게 여기며 발길을 돌렸고, 뒤돌아보는 일 없이 잭 곁으로 달렸다.

하지만 1층 부엌으로 가는 계단 앞에서 문득 멈춰 선 레이는 이곳에 혼자 온 이유를 떠올렸다.

그랬다. 작별 인사를 하러 왔다.

레이는 제대로 작별 인사를 하고 싶었다. 이 장소에, 이 장소에 있는 모든 것에. 주어졌던 불행과 행복에. 자기 자신에게. 그리고…… 자신을 만들어 낸 것과 자신이 만들어 낸 것에.

이제 돌아올 일은, 없으니까.

"미안해."

레이는 무언가를 속죄하듯 고하고서 마음속으로 「안녕…….」하고 중얼거렸다.

'레이 녀석, 뭐 하고 있는 거야―.'

역시 혼자 보내면 안 됐던 걸까?

―뭔가 또 묘한 마음을 먹지 않았으면 좋겠는데……,

엘리베이터 스위치가 어디 있는지 짚이는 곳이 있다고 레이는 말했다.

그런데 시간이 너무 오래 걸리고 있었다. 잭의 가슴속에서 콜라의 탄산이 부글부글 터지고 김이 빠지는 듯한 작은 짜증이 치솟았다.

기다리고 있겠다고 했지만, 이토록 안 온다면 쫓아갈 수밖에 없다.

지하에 내려갈까 잭이 그렇게 생각한 그때, 붕대에 감긴 좁은 시야에 레이가 지하에서 올라오는 것이 잡혔다.

무사한가 그렇게 안심함과 동시에 잭은 말을 걸고 있었다.

"너, 상당히 늦었네."

하지만 걱정했다고 여겨지기도 싫었다. 잭은 평소처럼 말했다.

"응…… 지하에 신부님이 있어서."

"뭐?!"

잭은 맥 빠진 얼굴을 했다.

그러고 보니 지하에 그레이가 있다는 것을 까맣게 잊고 있었다. 아니, 이미 다른 곳으로 갔을 줄 알았다. 이제 용건은 없을 터였다.

대체 이 이상 무엇을 꾸미고 있는 걸까. 아니면 아직도 시시한 관찰이란 것을 계속하고 있는 걸까.

잭은 어이없어하며 말했다.

"그 녀석, 아직도 있었던 거냐……."

"응, 하지만 괜찮아. 이제 B2층에 돌아갈 수 있어."

그러나 잭이 걱정하든 말든 레이는 여유롭게 말했다. 그 목소리는 약간 들떠 있었다.

잭은 입가를 일그러뜨렸다.

이 녀석이 말하는 **괜찮다**는 말은 믿을 수가 없었다. 정말로 아무 일도 없었던 건가 잭이 수상쩍다는 얼굴을 하고 있으니 레이가 갑자기 「아!」 하고 외쳤다.

"뭐야?!"

반사적으로 잭도 비슷한 음색이 되었다. 동시에 잭은 레이에게 무슨 말을 하고 싶었는지 잊어버렸다.

"거실에 가야 해! 거기에 권총을 떨어뜨린 것 같아!"

'권총이라고?'

기분 나쁘게 웃는 대니의 얼굴이 잭의 뇌리에 떠올랐다.

일순 닭살이 돋으며 울컥 화가 치밀었으나, 생각해 보면 이제 그럴 필요는 없었다.

아무리 바보여도, 짜증스러울 만큼 새하얀 가운을 레이가 무언가에 사로잡힌 듯한 표정으로 쐈던 것을 확실하게 떠올릴 수 있었다.

"아…… 그때인가……."

빨리 아래에 내려가고 싶다는 기분이 앞섰지만, 권총은 레이의
^{그것}
소중한 물건이리라—.

"그럼 냉큼 줍고 B2층에 내려가자고."

그렇게 헤아리면서도 잭은 역시 귀찮다는 얼굴로 말했다.

▲
▼

—대니 선생님이, 없어……?

가짜 달빛이 사라진 거실에 권총을 주우러 돌아온 레이는 아연 실색했다.

대니의 모습이 어디에도 보이지 않았기 때문이다.

하지만 아까 레이는 확실히 그 가슴을 총으로 쐈을 터였다. 생각지도 못한 상황을 목도한 레이의 얼굴은 순식간에 새파래졌다.

이 느낌은 그레이와 함께 약을 찾으러 아래층에 내려갔을 때— B5층에 내려갔을 때와 비슷했다. 그때도 잭이 죽였을 터인 대니의 모습은 홀연히 사라져 있었다.

레이와 잭은 긴박한 표정으로 마주 보았다.

"어이, 설마 그 녀석…… 밑에 내려간 건가?"

"……아마도, 그럴 거야……."

레이는 그것을 손금 보듯 환히 알 수 있었다.

그리고 레이의 층에서 쓸 물건을 사러 여러 번 빌딩 밖에 나갔던 대니는 확실히 출구를 알고 있다. 아직 살아 있다면 그냥 보내지 않을 가능성은 차고 넘쳤다.

잭은 인상을 쓰고서 발을 굴렀다.

"젠장, 두 동강을 냈어야 했는데…… 그 녀석이야말로 괴물이잖아!!"

날뛰는 잭 옆에 있던 레이의 눈에 문득 바닥에 떨어져 있는 권총이 들어왔다.

쪼그려 앉아 권총을 살며시 집어 든 레이는 상태를 확인하고 애달프게 중얼거렸다.

"……방아쇠도 망가져 있어……."

이래서야 쓸모없을 것이다. 뭔가 안타까운 마음이 북받쳐서 레이는 조금 풀이 죽은 얼굴을 했다.

"어쩔 수 없잖아. 가자."

위로해 봤자 의미 없다. 잭은 무덤덤하게 내뱉었다.

"응."

작게 고개를 끄덕인 레이는 더는 권총을 줍지 않았다.

잭은 서둘러 거실을 뒤로했다. 그 등을 천천히 쫓으며 레이는 피 웅덩이 속에서 잠든 시체에 시선을 주었다. 시체 두 구는 불만스럽게 손을 잡고 있었다.

레이에게 이 시체는 줄곧 부모였다.

―이상적인 가족이었다.

전부 환상이었음은 이제 알고 있다.

하지만 그 밤, 처음으로 이상적인 가족이 되어서 기뻤다.

자신이 만든 이상적인 가족과 함께 몇 날 밤을 보내며 태어나 처음으로 꿈을 꾸었다. 꿈속, 작은 꽃이 끝없이 피어 있는 하얀 초원에서 레이는 웃고 있었다.

가족은 매일 미소 지으며 내 이야기를 들어 주었다.

이상한 냄새 소동이 일어나 경찰에게 발견되기 전까지 레이의 마음은 행복으로 가득 차 있었다. 다른 것들이 거짓이고 환상이었더라도 그것만큼은 정말이었다.

레이는 입술을 꼭 깨물었다.

이제 이곳에는 오지 않는다—.

아빠를 쐈을 때, 레이는 그것이 이별이라고는 생각하지 않았다.

아빠와 엄마의 시체를 정성스럽게 꿰매며 이걸로 마침내 가족이 된다고 생각했다.

그래서 지금 이때가 진정한 작별이라는 기분이 들었다.

그렇기에…… 작별 인사를 하고 싶었다.

……안녕히 아빠, 엄마.

▲
▼

B1층에서 두 사람이 올라탄 엘리베이터는 지상으로 가기 위해 B2층으로 하강했다.

"너, 작별 인사를 하고 싶으니 어쩌니 했는데…… 하긴 한 거냐."

덜컹덜컹 진동하는 엘리베이터 속에서 뭔가 생각하는 얼굴로 그저 앞을 빤히 응시하는 레이에게 잭이 물었다. 딱히 신경 쓰인 것은 아니었다. 왠지 물어보는 편이 좋을 것 같았다.

"간단해져 버렸지만…… 응, 괜찮아."

레이는 잭을 올려다보고 고개를 끄덕였다.

처음 만났을 때도, 죽여 달라고 부탁받았을 때도, 모든 것을 안 지금도, 잭은 레이가 무슨 생각을 하고 있는지 역시 완전하게는 파악할 수 없었다.

하지만 B1층에서 일어났던 일을 되돌아보면, 콧물을 흘리며 펑 펑 울거나, 이곳에 작별 인사를 하고 싶다는 말을 꺼내기도 했으 니, 레이에게도 인간다운 감정이 조금은 있을 것이다.

"그 층에 있던 건 전부 네 거야?"

솔직히 잭에게는 그 층에 있었던 모든 것이 잡동사니와 어린아 이의 장난감으로만 보였다.

"음…… 글쎄. 꿰매거나 고쳐서 내 걸로 삼으려고 했지만…… 인형은 대답해 주지 않으니까…… 내 거였는지 모르겠어. 하지만 나는…… 소중히 여겼으니까…… 작별 인사를 한 거야."

레이의 대답에 잭은 얼빠진 얼굴이 되었다.

—만약 그 기분 나쁜 인형들이 대답을 했다면 레이의 것이었다

는 건가?

솔직히 잭은 잘 이해할 수 없었지만 이 이상 캐물을 마음은 들지 않았다. 전부 그냥 물어본 것에 불과했다.

"아아, 하지만 내 방에 있었던 오르골은 원래 가지고 있던 거야. 그건…… 어릴 적에……마지막으로 선물 받은 거였던가. 그 소리, 정말 좋아했어."

그렇게 말하며 레이는 매우 소녀다운 얼굴을 보였다. 마치 생일 선물이라도 받은 것처럼 황홀해하는 음색이었다.

"좋아하는 거였으면 들고 오지 그랬어."

좋아하는 소리……그런 감각은 잭에게 없었다. 애초에 소리나 음악이란 것을 접한 적이 없었다. 문화적인 무언가를 접한 것은 시설에서 봤던 영화가 처음이자 마지막이었다.

그래서 레이에게 그런 소중한 것이 있다면 가지고 있는 편이 좋지 않을까 잭은 생각했다.

하지만 레이는 작게 고개를 저었다.

"……괜찮아, 이제. 소리도, 추억도, 내가 전부 알고 있으니까. 그것만 있으면 나머지는 없어도 괜찮아."

전에 없이 부드러운 목소리였다.

그리고 레이의 그 기분은 잭도 조금이지만 알 것 같았다.

물건 따위는 아무리 많아도 소용없다. 그날 먹을 것과 입을 옷,

사람을 죽일 수 있는 날붙이가 있으면 잭은 그 밖에 아무것도 필요 없었다.

"……네가 괜찮다면 괜찮은 거겠지."

지금 바라는 것이 있다고 한다면 그것은 지상으로 나간 후에 레이가 웃는 것이리라.

"……응."

덜컹 큰 소리가 울리며 무기질적인 바닥이 진동했고, 엘리베이터가 B2층에 도착했다.

B2층에 도착한 엘리베이터 문이 열리자, 확실히 몇 시간 전까지 여기 있었을 텐데 왠지 그리운 감각에 사로잡혔다. 그러나 층에 충만해 있던 그 독특한 단내는 사라진 상태였다.

이곳에 도달하기까지 떠올릴 수 없을 만큼 많은 일이 있었다. 하지만 이제 떠올릴 필요도 없을 것이다.

"가자."

평소처럼 레이에게 말한 잭은 앞을 보았고, 스테인드글라스 창문이 늘어선 복도를 걷기 시작했다.

▲
▼

　그레이가 말했던 대성당에 도착하여 레이는 거대한 스테인드글라스를 올려다보았다.

　그것은 숨을 삼킬 만큼 아름다워서, 이곳이 그저 사람을 죽이기 위해 존재하는 교회라면 그것은 뭔가 아깝다는 생각이 들었다.

　"스테인드글라스를 조사하라고 신부님이 그랬는데……."

　"뭐? 진짜 이런 데 출구가 있는 거야?"

　잭은 미심쩍다는 음색으로 말했다.

　지금까지 수없이 배신당한 잭이 덮어놓고 그레이를 신용하지 못하는 것은 무리도 아니었다.

　그러나 이것이 함정일지도 모른다는 의심은 레이의 마음에 없었다.

　"모르겠지만…… 그 신부님은…… 거짓말은 안 할 것 같아. 아래층에 돌아갈 때도 제대로 데려가 줬고."

　그리고 B1층의 지하에서 대치했을 때, 질문은 잔뜩 했으나 결코 죽이려고 하지는 않았다.

　거짓말할 바에야 그 자리에서 나를, 그리고 잭을 죽였을 것이다―.

레이는 그렇게 생각하며 마치 길을 막듯 스테인드글라스 앞에
진좌한 중후한 피아노를 응시했다.

이곳을 조사하는 데 이 피아노는 방해된다…… 레이는 문득 그렇
게 생각했으나, 자신 혼자서 이 피아노를 움직이는 것은 어려우리라.

레이는 「잭.」 하고 그 이름을 불렀다.

하지만 용건을 전달할 것도 없었다.

"이 피아노를 치우면 되는 거지?"

시선이 마주친 순간, 잭은 씩 웃더니 득의양양하게 말했다.

말하지 않았는데 어떻게 통한 걸까. 레이는 왠지 기뻐졌다. 마
치 자신과 잭의 마음이 하나가 된 것 같았다.

"응……!"

잭처럼 장난스럽게 입꼬리를 올린 레이는 들뜬 목소리로 말하
며 고개를 끄덕였다.

▲
▼

잭이 피아노를 옆으로 치우자 거대한 스테인드글라스가 그 전
모를 드러냈다.

이곳이 천국인가 하는 착각이 들 만큼 아름다울 터인 광경이었
지만 그것은 더 이상 레이의 마음을 움직이지 못했다.

그저 이 너머로 가는 것만을 생각하며 레이는 확신에 찬 표정
으로 스테인드글라스를 조사했다.

"열쇠 구멍이 있어……! 분명 출구는 이 너머야!"

그리고 그곳에서 그레이가 말한 대로 출구로 가는 단서를 발견
한 레이는 무심코 기뻐하며 외쳤다.

그러나 열쇠 구멍을 들여다보는 레이의 눈에 이내 흰 안개가
꼈다.

"하지만 잠겨 있어……."

"……잠겨 있단 말이지……."

예상했던 일이지만 잭도 힘이 빠진 모습으로 말했다.

체력적으로도 정신적으로도, 어디 있을지 모르는 열쇠를 찾을
여력은 이제 남아 있지 않았다. 레이와 마찬가지로 다소 울적한
음색으로 중얼거린 잭의 머릿속에 문득 빛이 비쳐 드는 것처럼
한 가지 생각이 떠올랐다.

그것은 잭이 할 수 있는 유일한 방법이었고, 아마 지금 이 자리
에 가장 어울리는 방법이었다.

"……어이, 레이."

잭은 레이에게 자신 있는 시선을 보냈다.

안개가 껴 있었을 터인 레이의 눈은 맑게 개어 있었다. 아무래
도 레이 역시 동시에 무언가를 떠올린 모양이었다.

"……잭. ……아마도 우리 지금 똑같은 생각을 하고 있을 거야."

그렇게 말하고 레이가 장난스럽게 웃었다.

그런 레이의 얼굴을 본 잭은 자연스럽게 레이와 비슷한 표정이
되어 있었다.

"오~! 잘 알고 있잖아!"

두 사람은 세계의 시작을 나타내듯 모든 색을 집약한 스테인드
글라스 앞에 나란히 섰다. 두 사람이 선 그 장소는 아무도 보지
못한 천국으로 가는 무지개 끝자락과 비슷했다.

잭은 그 형형색색의 유리를 향해 히죽 웃더니 낫을 겨눴다.

"어이, 물러나 있어!"

잭은 레이를 곁눈질로 보았다. 레이는 즐거워 보였다. 지금부터
시작될 일을 고대하고 있는 듯했다.

그렇게 레이가 바란다면 잭은 뭐든 할 수 있을 것 같았다.

"응!"

묘한 즐거움이 북받쳤다. 입꼬리를 올린 잭은 혼신의 힘을 담
아, 지금 살고 있는 이 보잘것없는 세계의 모든 것을 파괴하듯,
그 아름답게 이어 붙인 유리에 낫을 내리쳤다.

"이딴 건 부숴 버리면 돼—!"

낫이 유리에 닿은 순간, 쨍그랑하는 파괴음이 수없이 중첩되며 바닥에 그 파편이 흩어졌다. 그것은 파편이 되었으면서도 몇억 엔을 호가하는 보석처럼 아름답게 반짝였다.

"······굉장해."

레이는 반짝반짝 빛나는 파편을 바라보며 담백하게 중얼거렸다.

"······너, 이제 안 놀라네."

그 반응에 잭은 뭔가 조금 부족한 느낌을 받았다.

"익숙해졌어."

하지만 레이가 담담하게 말하니 단숨에 어깨에서 힘이 빠졌다.

"······그러냐."

잭은 왠지 맥이 빠져서 픽 웃었다.

부서진 스테인드글라스 너머에서 휘잉 하고 낮은 바람 소리가 들려왔다.

그러나 잭은 이 B2층에 내려온 뒤로 왠지 계속 마음이 어수선했다. 그것이 고양감 때문인지, 불안감 때문인지, 피로 탓인지는 알 수 없었다.

다만 지금 생각해야 할 것은 레이와 함께 지상으로 나가는 것, 그것뿐이리라.

레이는 깨진 스테인드글라스 건너편으로 잭을 따라 넘어갔다.
그리고 눈에 날아든 광경에 퍼뜩 놀라 숨을 삼켰다.

눈앞에 우뚝 서 있던 것은 끝이 보이지 않을 만큼 기나긴 계단
이었다.

끝이 보이지 않는 것을 봐도 다 오르려면 시간이 한참 걸릴 듯
했다.

하지만 이곳을 올라가면 분명 지상으로 나갈 수 있다. 그렇게
생각하자 레이의 심장은 아프도록 쿵쿵 뛰었다. 그때가 시시각각
다가오고 있는 것이 느껴졌다.

잭과 맺은 약속은 이제 누구도, 어떤 극약으로도 지울 수 없을
만큼 뇌리에 각인되어 있었다.

이곳을 나가게 되면 잭에게 살해당할 수 있다―.

다시 계단을 올려다본 레이에게는 이 계단이 천국으로 가는 계
단처럼 여겨졌다.

"갈까."

"응."

레이는 잭의 말에 평소처럼 대답했다. 그리고 두 사람은 각각

긴 계단을 오르기 시작했다.

▲
▼

"생각났다······."

스무 계단쯤 올랐을 때, 계단을 하나씩 오를 때마다 분명하게 되살아난 기억에 레이는 퍼뜩 놀라 중얼거렸다. 이 건조한 공기 빌딩 바람처럼 울리는 낮은 바람 소리····· 기억하고 있다.

"응? 또 뭐야."

앞서 걷고 있던 잭이 레이의 말을 듣고 돌아보았다.

"나, 여기 올 때 줄곧 눈가리개를 쓰고 있었어······. 희미하지만, 아주 긴 계단을 내려온 기억이 있어. 그러니까 여기를 오르면 정말 지상으로 나갈 수 있는 거야······!"

잭에게 말하자 더욱 기억이 선명하게 되살아나서 레이는 흥분한 모습으로 말했다.

"그게 진짜냐······! 마침내 밖이구나!"

잭이 기뻐하는 얼굴이 레이의 눈에 반짝였다.

잭에게 살해당하는 순간, 자신이 대체 무슨 생각을 할지 스스로도 알 수 없었다.

다만 지금은 그런 것을 생각하기보다도 먼저 잭과 함께 이 계단을 뛰어 올라갈 뿐이다. 레이는 아직 성장 중인 하얗고 작은 주먹을 꽉 움켜쥐었다.

"응! 잭, 가자!"

"그래~!"

레이의 말이 박차를 가해서 잭은 피곤한 것도 잊고 계단을 의기양양하게 뛰어 올라갔다. 점점 멀어지는 잭의 등을 바라보며 레이는 한순간 멈춰 섰다.

—잭은 지금 무슨 생각을 하고 있을까.

'지상으로 나가면, 잭과도 작별이야……'

—슬픈가?

그렇게 묻는다면 그럴지도 모른다.

하지만 슬프다는 말은 조금 틀렸다.

좀 더 다른…… 자신도 잘 알 수 없는 감정이다—.

레이는 무언가를 알리듯 빨라지는 심장 소리와 함께 계단을 뛰어 올라갔다.

"……근데 진짜 기네. 아무리 내가 체력이 좋아도 지쳤다고. 나가면 조금은 쉬고 싶어."

계단을 뛰어 올라가며 잭은 드물게도 푸념했다.

이 계단을 다 올라가면 지상인데 피로는 이미 한계에 달해 있었다. 만신창이인 데다가 먹지도 마시지도 못한 채 잠을 자지도 휴식을 취하지도 못해 감각이 마비되어 버린 상태지만, 지극히 당연한 일이었다. 하지만 그것은 레이도 마찬가지일 것이다.

바로 뒤에서 걷고 있던 레이가 비틀거리더니 넘어지는 것이 잭의 시야에 잡혔다.

"뭐야, 왜 넘어지고 난리야!"

"……계단에 발이 걸렸어. 아파……."

레이는 가냘픈 목소리로 말했다. 다친 무릎에서 미량의 피가 흐르고 있었다. 피는 자신과 마찬가지로 빨갰다.

이 녀석도 확실하게 인간이고 살아 있는 건가. 그렇게 생각하자 잭은 왠지 이상한 감각에 사로잡혔다.

누군가가 살아 있다는 것을 특별하게 생각한 적은 없었다. 하지만 레이에게만큼은 그 생사에 집착하고 있다고 해도 과언이 아닐

것이다. 잭도 그것은 자각하고 있었다.

어째서 이토록 레이와 한 약속을 중요하게 여기고 있는지 잭 자신도 알 수 없었다. 다만 레이와 한 약속은 어느새, 아마도 지금 무엇보다도 소중했다.

그리고 레이가 마음을 어지럽힐 때마다 지금껏 몰랐던 감정이 차례차례 솟구쳤다.

"너, 잘 자 놓고 피곤해하지 말라고."

내씹으면서도 잭은 레이를 걱정스럽게 내려다보았다. 겨우 여기까지 왔다. 거짓말이 싫다— 그렇게 생각하는 마음도 있지만, 잭은 레이와 한 약속을 어떤 상황에서나 한시도 잊은 적이 없었다.

"⋯⋯어이, 갈 수 있겠어?"

"응⋯⋯ 괜찮아."

레이는 몸을 일으켜 살짝 미소 지었다.

그 얼굴은 죽여 달라는 말을 들은 순간부터 잭이 줄곧 레이에게 바란 얼굴일지도 몰랐다.

"⋯⋯너, 사람다워졌네."

잭의 입에서 솔직한 감상이 새어 나왔다.

하지만 그것은 레이가 지금 미소 지었기 때문도 아니고, 아까 엉엉 울었기 때문도 아니었다. 비디오를 봤기 때문도, 과거를 알았기 때문도 아니다—. B6층에서 만나고, B5층부터 여기까지 함께 행동했기에, 무슨 생각을 하고 있는지 알 수 없었던 레이를 잭은 지금 마침내 이해하게 된 기분이 들었다.

"어?"

갑작스러운 말에 레이는 눈을 크게 떴다.

그 얼굴은 다시 평소처럼 인형 같은 표정이었다. 그 변함없는 모습에 잭은 픽 웃었다.

"아무것도 아니야. 결국 대니 녀석이랑 안 만났는데, 그 녀석을 찾아서 숨통을 끊어 두는 편이 좋지 않았을까?"

문득 그 존재를 떠올리고 잭은 험악한 표정을 지었다.

지금 이 세상의 무엇보다도 경계해야 할 것은 대니의 존재이리라. 마치 어둠 속에 숨어 있는 바퀴벌레처럼 어디서 튀어나와도 이상하지 않았다.

"하지만 어디 있는지 모르고…… 선생님은 이 빌딩을 잘 알고 있을 테니까 돌아다니는 건 위험해."

"……아~ 젠장. 어쩔 수 없지."

분하지만 레이의 말이 옳을 것이다. 잭은 뒤통수를 벅벅 긁었다.

그러나 역시 언제 대니가 나타나도 이상하지 않았다.

지금 레이를 노리고 권총이라도 겨눈다면 순간적으로 살릴 수 있을지 알 수 없었다.

"……너 아까 아무것도 필요 없다고 했지만……."

조용히 말하며 잭은 바지 주머니에 손을 찔러 넣었다.

그리고 그때부터 줄곧, 아마 자신도 무의식중에 소중히 가지고 있었던 그것을 꺼내 레이의 손바닥에 갖다 댔다.

"이거, 가지고 있어."

왜일까. 자신도 어째서 이런 기분이 드는지 알 수 없다.

하지만 잭은 그렇게 하고 싶었다.

레이에게 건네 두고 싶었다.

엉망으로 망가진 이 단검을─.

레이는 손바닥에 닿은 단검의 손잡이를 쥐었다.

"이거…… 잭의 단검…….."

레이는 망가진 단검을 그 파란 눈에 똑바로 담았다.

이러고 있으니 마치 주마등을 보는 것처럼 이 빌딩에서 일어났던 모든 일이 되살아났다.

그리고 어째서일까. 자신을 몇 번이고 지켜 준 단검의 무게는 이렇게 들고 있기만 해도 레이의 마음을 속절없이 안심시켰다.

"……또 빌려도 돼?"

레이는 당황하며 물었다.

분명 대니에 대비해 호신용으로 빌려주는 것이리라. 하지만 이
것은 잭의 소중한 물건이었다.

"줄게."

잭은 무뚝뚝하게 말했다.

레이는 한순간 심장에 직접 손길이 닿은 것처럼 가슴이 세차게
두근거리는 것을 느꼈다.

"……어?"

"이가 빠져서 쓸모가 있을지는 모르겠지만…… 아무것도 안 들
고 있는 것보다는 낫겠지."

무뚝뚝하게 레이를 내려다본 잭은 검지로 뺨을 긁적이며 중얼
거렸다.

"……고마워."

레이는 작게 고개를 끄덕이고, 환상이 만들었던 불길 속에서
그랬듯 다시 한번 단검을 꽉 움켜쥐었다.

손바닥에서 온몸으로 뜨거운 무언가가 전해졌다.

누군가에게 무언가를 받은 것이 얼마 만일까. 레이는 눈을 내리
떴다.

그래…… 어릴 적 생일, 엄마가 줬던 오르골…… 그때 이후로

처음이다.

잭의 단검을 손수건으로 싸서 포셰트에 넣는 레이의 마음에 기쁘다는 감정이 흘러넘쳤다. 그 감정이 아플 정도로 솟구쳤다.

"뭐, 그 녀석이 살아 있어 봤자, 일단 밖에 나가기만 하면 우리가 이긴 거나 마찬가지야."

잭은 씩 웃었다.

그 득의양양한 얼굴이 레이는 좋았다. 잭이 항상 이 얼굴로 있기를 원했다. 잭다운 잭으로 있기를 원했다.

"그럼 가자, 넘어지지 마!"

레이가 좋아하는 득의양양한 표정으로 잭이 크게 외쳤다.

"응!"

레이는 힘껏 고개를 끄덕였다. 이제 정말로 둘이서 밖에 나간다.

둘이 했던 약속이 되살아났다. 몇 번이고. 머릿속에서 반복되고 있었다. 정신 나간 약속일지도 모른다. 하지만 두 사람에게 그것은 무엇보다도 순수한 약속이었다.

나는 잭에게 맹세했다.

잭은 내게 맹세해 주었다.

서로 맹세했다.

신이 아닌…… 서로에게.

잭의 등을 쫓아 레이는 달리기 시작했다.

있는 힘껏 계단을 뛰어 올라갔다. 숨이 차올랐고, 이제 한 발자
국도 움직일 수 없을 만큼 몸은 피곤했다. 레이의 몸을 움직이고
있는 것은 맹세를 이루고 싶다는 생각뿐이었다.

이 계단이 어디로 이어져 있는지 아직 보이지 않았다.

하지만 이 끝에는 분명 출구가 있다. 두 사람 다 그렇게 확신하
고 있었다.

하지만 그때 온 빌딩에 요란한 안내 방송이 울려 퍼졌다.

자폭 장치가 기동했습니다. 지하층부터 폭발을 시작합니다.

폭발?

예상치 못한 그 소름 끼치는 안내 방송에 두 사람을 얼굴을 마
주 보았다.

혼란에 빠진 잭과는 대조적으로 레이는 그 울림을 순식간에 이

해했다.

"잭!! 빨리 나가야 해!! 아무튼 달려!!"

그렇게 외친 레이는 지옥에서 천국으로 기어오르듯 기나긴 계단을 전속력으로 달리기 시작했다.

분명 폭발은 제일 아래층 B7층부터 발생한다. 그렇다면 B2층이 폭발하는 것도 시간문제다.

"어이, 젠장! 무슨 일이 벌어지고 있는 거야!!"

잭은 상황을 파악하지 못한 채 레이의 지시대로 달렸다.

하지만 두 사람에게 유예 따위 주지 않고 머지않아 **콰광** 커다란 소리가 울렸다. 그것은 바로 아래층 B4층이나 B3층에서 울리는 폭발음이 틀림없었다.

아아, 아아—.

"아래층부터 순서대로 폭발이 일어나고 있어! 도망쳐야 해. 여기도 붕괴될 거야!"

레이는 달리면서 다시 외쳤다.

하지만 이미 늦은 상태였다. **콰광** 하고 두 사람의 눈앞에서 요란한 폭발이 일어났다. 동시에 계단이 일제히 타올랐다. 도망치는 것조차 허락하지 않는 사태에 레이는 창백해졌다.

"……그럴 수가!"

무기질적인 계단만이 보이던 시야가 눈 깜짝할 사이에 불바다

로 뒤덮였다. 폭발에 휘말리지 않은 것이 그나마 불행 중 다행인
최악의 상황이었다.

침몰해 가는 호화 여객선처럼 이 거대한 빌딩은 점차 무너지기
시작하고 있었다.

콘크리트 잔해가 머리 위에서 후드득 떨어졌다. 레이의 파란 눈
이 점점 불로 뒤덮였다.

이대로 가다가는 계단이 타 버린다. 빌딩도 무너져 없어진다.
몇 분을 더 버틸지 알 수 없었다.

하지만 여기까지 필사적으로 달려왔다. 지상까지의 거리를 생각
하면, 분명 조금만 더 가면 나갈 수 있다. 서두르면 살 수 있다……!

레이는 활활 타오르는 계단을, 불이 약한 곳을 찾으며 재차 달
리기 시작했다.

그러나 곧장 **위화감**을 느꼈다.

'잭……'

잭이 쫓아오지 않았다.

"……잭!!"

뒤돌아보니 잭은 불을 눈앞에 두고 우두커니 서 있었다.

"……잭?"

레이는 망연히 멈춰 서서 잭을 응시했다.

노린 것처럼 콘크리트 잔해가 와르르 떨어져 두 사람 주위를 메

웠다.

모든 것이 붕괴해 가는 소리가 여기저기서 울리기 시작했다—.

"잭, 이쪽으로 와 줘! 이 잔해를 부수면 나갈 수 있어!"

레이가 자신을 향해 필사적으로 외치고 있는 것은 아주 선명하게 들렸다.

하지만 활활 타는 불바다를 목도하자 엄청난 공포심이 잭의 마음을 지배했다.

불타 죽는 건 사양이라고……

움직이지 못한 채 잭은 그대로 서 있을 수밖에 없었다.

"잭……!"

레이가 몇 번이고 자신의 이름을 부르고 있었다. 지금 당장 뛰어야 한다는 것은 이해할 수 있었다.

하지만 그럴 수 없었다. 본 적도 없는 불의 대군을 눈앞에 두자

도저히 움직일 수 없었다.

전신에 불이 붙었던 것은 이제 과거에 불과했다. 그런데도 타오르는 불은 잭의 마음을 소년처럼 경직시켰다.

"……미안, 레이……. 다리가, 얼어붙어서 안 움직여."

잭은 레이를 향해 떨리는 목소리를 내는 것이 고작이었다.

그레이와 함께 B6층에 내려갔을 때, 잭이 지내던 방을 보고 레이는 잭을 알고 싶다고 생각했다.

그래서 물어봤다. 어떻게 살아왔는지를, 어쩌다 화상을 입었는지를ㅡ.

그렇게 잭의 과거를 안 레이는 그때, 그저 알게 되어 기뻤다. 그뿐이었다. 몸에 불이 붙었다는 이야기를 들었어도 잭의 아픔을 느끼지는 않았다.

하지만 레이는 지금 그 아픔을, 공포를, 자기 일처럼 느낄 수 있었다.

마녀재판으로 십자가에 묶여 화형에 처해진 것은 그레이가 보

여 준 환각이었지만, 당장에라도 죽어 버릴 듯 뜨거웠고, 고통스
러웠고, 아팠다.

잭은 어릴 적에 정말로 그런 일을 당했다……. 불을 무서워하는
것은 당연했다.

레이는 눈썹을 찡그렸다.

"……그렇구나…… 불이."

그리고 동시에 참을 수 없이 슬펐다.

이제 예전의 두 사람으로 돌아갈 수 없다 그렇게 생각하고 레이
는 잭을 죽이려 들었다.

그때 부엌에 불을 지른 것은 화상에 관해 알고 있었으니까. 고
의로 그랬다. 그리고 불 앞에서 주춤하는 잭을 보고, 잭은 역시
불을 무서워한다는 것을 알았다. 트라우마라는 것을. 하지만 그
것은 머리로 알았을 뿐이었다. 잭의 과거를 생각하지는 않았다.

그러나 이렇게 불바다 앞에서 움직이지 못하는 잭을 보니 레이
의 마음에 슬픔이 흘러넘쳤다. 마치 과거 영상이 파고드는 것처
럼 어린 시절의 잭이 가여웠고, 화상이 훨씬 슬프게 여겨졌다.

'아아, 잭…….'

하지만 출구가 목전인데 이대로 여기서 불타 죽을 수는 없었다.
잭도 그것을 바라지는 않을 것이다.

─어쩌면 좋을까.

불길은 가차 없이 거세졌다. 붕괴하는 소리가 났다. 그런 가운데, 무언가가 내려온 것처럼 레이는 퍼뜩 정신을 차렸다.

그리고서 뭔가를 결심하고, 포셰트 안에 소중히 넣어 뒀던 단검을 꽉 움켜잡았다.

그러자 재차 주마등처럼 기억이 펼쳐졌다.

이곳에 오기까지 항상 잭에게 도움을 받았다.

잭이 몸을 던져 지켜 주었다.

격렬한 전류에 감전되고, 망설임 없이 레이 것까지 극약을 주사했다.

그리고 이 잭의 단검이 나를 환상에서 깨워 주었다—.

—잭에게 도움이 되고 싶다.

레이는 그렇게 강하게 바란 후, 불에 달궈진 무거운 콘크리트 잔해를 들어 올리고 길을 만들려는 것처럼 옆으로 던졌다.

▲
▼

그 뜬금없는 행동에 잭은 눈을 동그랗게 떴다.

저렇게 불이 옮겨붙은 잔해를 직접 만지면 화상을 입을 것이 뻔하다. 잭은 넌더리가 날 만큼 그 아픔을 잘 알고 있었다.

"……너!! 뭐 하는 거야!!"

순간적으로 달려 나간 잭은 재차 다른 잔해를 들어 올리려고 하는 레이의 손을 덥석 잡고 고함쳤다.

"……확실히 뜨겁고 아파."

레이의 손바닥을 보니 역시 염증이 생겨 있었다.

"당연하지!!"

언쟁하는 두 사람 옆에서 불은 더더욱 거세졌다.

이제 불길은 한밤중의 거친 바다처럼 물결치고 있었다. 작열하는 태양이 바로 옆에 있는 것처럼 뜨거웠다. 그리고 어느새 계단에는 위층에서 떨어진 잔해가 절망적일 만큼 가득했다.

낫으로 잔해를 부수면 사람 한 명 정도는 지날 만한 길을 만들 수 있을 것이다.

―아직 시간은 있다.

잭은 분해서 얼굴을 일그러뜨렸다.

이런 곳에 멈춰 서 있을 때가 아니다. 알고 있다. 그런데 불이 눈에 보이기만 해도 움직일 수 없게 되었다. 마치 마녀가 묘한 마법을 건 것처럼 공포심이 사라지지 않았다.

—하지만 나는 레이에게 이런 일을 시키고 싶었던 건가?

잭은 입술을 꽉 깨물었다.
"잭, 들어 줘."
해저에 묻힌 보물 같은, 똑바로 올려다보는 레이의 파란 눈. 이렇게 다급한 눈빛은 본 적이 없었다.
달이 바다 밑바닥까지 비추듯 잭도 전에 없이 진지하게 레이를 마주 보았다.
"이 잔해, 잭이라면 부술 수 있어! 내가 반드시 길을 찾을 테니까…… 그러니까 여기를 부숴 줘!"
기도하듯 레이가 외쳤다.
잭의 심장이 한순간 크게 두근거렸다.

아아— 그래. 그렇지, 레이.
이런 곳에서 불타 죽는 건 사양이야.
그리고 약속했어.

둘이서 이곳을 나가서, 최고로 멋진 얼굴을 한 레이를 죽이겠다
고—.

잭은 가볍게 웃었다.

—나라면 부술 수 있다라.

레이가 그렇게 말한다면 그럴 것이다.

"……비켜. 해 주겠어!!"

왜일까. 레이가 던진 단 한마디에 무서웠던 불은 이제 과거의
환영에 불과했다. 잭은 각성한 것처럼 기세등등하게 낫을 들었다.

바다 밑바닥에 빛이 비쳐 들듯 레이는 눈을 크게 뜨고 고개를
끄덕였다.

"가자, 잭!"

눈을 마주 보고 서로의 뜻을 확인한 두 사람 사이에는 전에 없
는 신뢰감이 흐르고 있었다.

잭의 얼굴에 자연스럽게 웃음이 걸렸다.

"좋다 이거야!! 전부 박살 내 주겠어!"

—지하층은 앞으로 1분 후에 완전히 소멸합니다—

재차 귀청이 떨어질 듯한 음량으로 노이즈 섞인 안내 방송이 빌딩에 울려 퍼졌다.

뜨겁고, 아프고, 여기 있는 것만으로도 몸이 탈 것 같았다. 하지만 잭은 분명 더 아프다—. 레이는 그 고통을 이미 알고 있었다.

"잭! 여기 부술 수 있어!"

"여기란 말이지!"

레이는 잭의 아픔을 느끼며, 불이 번지지 않은 곳을 찾아 잔해를 부수라고 외쳤다.

"잭, 다음은 여기!"

"그래!"

그 지시대로 잭은 잔해를 파괴해 갔다.

남다른 그 신체 능력 덕분에 상식적으로는 생각할 수 없는 속도로 길이 만들어졌다.

그러나 애석하게도 제한 시간은 지척까지 다가와 있었다.

갑자기 **우르릉**— 하고 땅이 울리는 소리가 나더니 지진이 일어난 것처럼 발밑이 심하게 흔들렸다.

"어이, 비켜!"

그 순간, 무언가를 알아차린 잭은 후퇴하며 레이의 손을 잡아당겼다.

그러자— 두 사람이 조금 전까지 서 있던 계단 부분이 무너졌다.

간발의 차이란 이런 것이리라. 건너편 계단까지 3m쯤 거리가 생겨나 있었다.

"이럴 수가……."

레이는 잭에게 붙잡힌 채 숨을 삼켰다. 더 이상 냉정하게 있을 수 없었다.

"……이래서야 앞으로 갈 수 없어!"

출구까지 앞으로 조금, 조금만 더 가면 됐는데…….

레이는 저도 모르게 그 자리에서 고개를 숙였다.

하지만 잭을 보니 그 표정에는 평소와 다름없는 여유가 있었다. 잭은 득의양양한 얼굴로 레이를 내려다보았다.

다음 순간, 잭이 레이의 몸을 번쩍 들어 올렸다.

"어?"

"알고 있지?!"

잭이 씩 웃었다.

잭의 말대로 레이는 이제 무슨 일이 일어날지 알고 있었다.

"······기다려!"

레이는 반사적으로 말했다. 하지만 기다려 주지 않을 것도 알고 있었다.

"마음 단단히 먹어!"

잭이 외침과 동시에 몸이 허공에 떴다. 그러나 신기하게도 공포심은 없었다. 죽어도 좋다. 그 책을 읽었을 때부터 항상 그렇게 생각하고 있었다.

하지만 지금은 살아서 잭과 함께 이 빌딩을 나가고 싶었다.

▲
▼

레이를 건너편으로 날린 후, 잭은 그 뛰어난 신체 능력으로 간단히 골을 훌쩍 뛰어넘었다. 착지의 충격으로 계단이 후드득 떨어졌다.

계단이 전부 무너지는 것도 이제 시간문제였다.

주변을 둘러보니 두 번째 폭발 때문인지 아까보다도 더 많은 잔해가 계단을 뒤덮고 있었다.

이곳은 지옥일지도 모른다는 착각이 들 만큼 불길이 여기저기서 일렁였다.

"잭, 잠깐만……. 내가 불을 어떻게든 할게……!"

레이는 확연하게 동요한 목소리로 말했다. 생각지도 못한 사태
가 잇따라 일어나서 레이도 조금씩 냉정함을 잃고 있었다. 그리고
잭이 **걱정**되었다. 시야에는 이제 콘크리트 잔해와 타오르는 불길
밖에 안 보였다.

하지만 잭은 이제 아무것도 무섭지 않았다.

"시끄러워!! 이제 괜찮다고! 네가 「부술 수 있다」고 했어! 그렇다
면 내가…… 부수지 못할 리가 없잖아?! 안 그래? 레이!"

그렇게 외치며 잭의 심장은 크게 뛰었다. 잭은 왠지 이 상황이
조금 즐거워졌다.

그 말에 레이는 한순간 눈이 동그래졌으나 이내 고개를 크게
끄덕였다.

"응……!"

그리고 마침내 평소의 냉정함을 되찾았다.

"잭, 위험하니까 붙어서 가자……!"

"당연하지! 자, 꾸물거리지 마. 얼른 나가지 않으면 죽어!"

잭은 낫을 들고 미소 지으며 레이를 내려다보았다.

레이가 가능하다고 한다면 뭐든 할 수 있다.

그렇게 정해져 있었다.

"잭, 여기 부술 수 있어!"

레이의 적확한 지시대로 잭은 잔해를 부숴 갔다.

이제 남아 있는 것은 오기뿐이었다.

대체 이 계단은 어디까지 이어져 있는 것일까 기력이 다할 것 같아졌을 때, 앞만을 바라보던 레이가 뒤돌아 외쳤다.

"잭, 조금만 더 가면 계단이 끝나! 분명 출구가 있을 거야!!"

"마침내 끝인가!"

하지만 안도한 것도 잠깐. 위층에서도 폭발이 일어나기 시작했는지 아까보다도 심하게 건물이 흔들렸다. 그것은 몇 초쯤 계속되었고, 마침내 흔들림이 수습되었을 때는 발 디딜 곳도 없을 만큼 많은 잔해가 두 사람의 눈앞을 뒤덮고 있었다.

몇 번이고 닥쳐오는 시련에 레이는 아연하게 그 자리에 멈춰 섰다.

▲
▼

하지만 잭에게 불안은 없었다.

"……어이, 레이! 이 잔해, 내가 부술 수 있어?!"

단 하나의 말을 바라며 잭이 레이를 불렀다.

그러나 그 물음에 레이는 여전히 굳어 있었다. 이 절망적인 상황에서 빠져나가는 것을 반쯤 포기한 표정이었다.

"⋯⋯어⋯⋯ 아⋯⋯."

레이는 우물거렸다.

그러는 동안에도 두 사람의 머리 위에서는 빌딩의 붕괴와 함께 가차 없이 잔해가 떨어졌다. 남은 시간이 이제 30초도 안 되리라는 것은 멍청한 잭도 이해할 수 있었다. 이런 곳에서 주저하고 있을 여유는 1초도 없었다.

"나라면 부술 수 있어! 그러니까 너는 한마디만 하면 돼! 레이!"

폭풍처럼 휘몰아치는 바람 소리와 땅울림 속에서 잭은 힘껏 외쳤다.

레이는 그 목소리에 일순 깜짝 놀라더니 절망에서 해방된 것처럼 입을 열었다.

"잭이라면, 부술 수 있어!"

잭은 입꼬리를 씩 올렸다.

그 말만 있다면 무적이다―.

신기하게도 힘이 샘솟았다. 하지만 그렇게 오래 이어지지는 않을 것이다. 잭은 감각을 따라 눈앞의 잔해를 향해 낫을 치켜들었다.

"맡겨 둬, 뒤처지지 마!"

"응!"

잔해를 부술 때마다 웃음이 터져 나왔다.

무서운 것은 이제 과거 속에만 있었다. 그리고 잭은 그 과거조차도 이 잔해와 함께 파괴해 가는 기분이었다.

▲
▼

그렇게 얼마나 시간이 지났을까. 긴 것 같기도 하고 한순간 같기도 한 시간이 지나 두 사람은 마침내 계단의 정상에 섰다.

거칠게 숨을 몰아쉬며 선 두 사람의 눈앞에는 마치 지옥으로 가는 입구 같은 거대한 구멍이 뻥 뚫려 있었다.

"……위험했네."

잭은 굳은 표정으로 불쑥 말했다. 조금 전, 잭이 잔해 더미를 전력으로 가르고 돌진하여 두 사람이 지상층에 선 바로 그 타이밍에 마치 세계가 붕괴하는 듯한 소리를 내며 B2층고 지상을 연결하는 계단이 와르르 무너졌기 때문이다.

'늦지, 않았어…….'

레이도 안도하여 가슴을 쓸어내렸다.

감각이 마비된 것일까. 더는 피곤도 느껴지지 않았다.

그러고 보니 이 방에는 아직 불이 붙어 있지 않았다. 철벽을 둘러 튼튼하게 만든 공간이 두 사람을 에워싸고 있었다. 그리고 눈앞에 우뚝 선 거대한 문 그 앞에 틀림없이 바깥 세계가 있을 것이다.

빌딩 안의 답답한 공기와는 확연히 다른 지상의 공기가 느껴져서 레이는 기도하듯 중얼거렸다.

"출구야……."

"좋았어! 마침내 밖이네!"

잭은 천진하게 펄쩍 뛰었다.

그때 레이는 잭이 들고 있는 낫에 금이 가 있음을 퍼뜩 알아차렸다.

"하지만 잭, 낫이……."

레이는 무심코 목소리를 떨었다.

잭의 소중한 것을 또 망가뜨려 버렸다. 그런 생각이 솟아나서 슬퍼졌다. 이렇게 금이 가 버려서야 이제 자신을 죽일 만한 위력조차 없을 것이다.

하지만 잭은 위로하듯 레이의 머리를 툭 두드렸다.

"그래, 망가져 버렸어. 하지만 이 녀석은 여기서 주운 거야. 안심해, 밖에 나가서 다른 걸 찾으면 돼."

잭은 태연하게 그렇게 대답했다. 전에 없이 상냥한 잭의 눈길이 레이의 시야에 잡혔다. 누군가 자신에게 이런 얼굴을 보이는 것은 난생처음이었다.

"⋯⋯응."

레이는 왠지 부끄러워져서 눈을 돌리고 고개를 끄덕였다.

"하여간 이 빌딩은 마지막까지 영문 모를 짓을 한다니까⋯⋯ 뭐, 그래도 잘했어⋯⋯. 네가 없었으면 여기까지 올 수 없었을 거야."

잭은 진지하게 말했다. 레이는 살포시 웃었다.

"그건 나도 마찬가지야."

지금 잭이 한 말과 똑같은 생각을 레이도 하고 있었다.

여기까지 왔다는 흥분 때문인지 레이의 심장은 두근두근 작게 뛰고 있었다.

계속 부정되었던 약속이, 한번은 포기했던 약속이, 두 사람의 맹세가 이루어지는 순간이, 바로 코앞까지 다가와 있었다.

"⋯⋯잭."

레이가 불러서 잭은 돌아보았다.

"어? ⋯⋯왜?"

"⋯⋯밖에, 밖에 나가면 날 죽여 주는 거지?"

심각한 표정으로, 그러나 부드러운 어조로 물으며 레이는 잭을 올려다보았다.

잭의 찢어진 눈은 마치 꽉 찬 달처럼 예쁜 색을 띠고 있었다.

그날 본 슬픈 파란빛 달과는 달랐다. 날카롭지만 상냥한, 희망 같은 빛이었다.

"……새삼 뭐야."

굳이 묻지 않아도 이미 대답 따위 알고 있잖아. 그렇게 말하듯 잭은 작게 한숨을 쉬었다.

"있지, 잭도…… 그걸 바라고 있어?"

"뭐?"

"……죽고 싶다는 마음은 변함없어……. 하지만…… 하지만 가능하다면, 나를 원했으면 좋겠어……. 원해서, 죽였으면 좋겠어. 죽고 싶다고 바라지만, 만약 그것이 고독한 죽음일지도 모른다고 생각하면 왠지 갑자기 쓸쓸해서……."

지금껏 동결되어 있던 마음이 녹아내리는 것처럼 레이의 입에서 말이 흘러나왔다.

그리고 그것은 약속을 맺었을 때부터 줄곧 생각했던 것이었다.

"잭이 진심으로 원해서 나를 죽여 준다면 정말 기쁠 거야. 아까 단검을 받아 놓고, 너무 제멋대로라고 생각하지만……."

레이는 기도하듯 잭의 단검을 꽉 움켜잡았다.

이렇게 더러운 자신은 무엇도 바라서는 안 되는 입장이라는 것은 알고 있다.

하지만, 하지만, 가능하다면······ 잭이 자신을 원해서 죽였으면 좋겠다.

▲
▼

제멋대로······인가.

잭은 후우 하고 숨을 내쉬었다. 이 녀석은 똑똑한 주제에 정작 중요한 부분에서 머저리처럼 굴었다. 나도 뭔가를 전하는 일에는 서툴다.

"······내가 아까 너한테 단검을 준 건 **나한테 죽기 전까지 살아 있으라**는 뜻이야."

내가 하고 싶은 말은 아마 이런 것이리라—.

하지만 전해지지 않아도 좋았다. 억지로 전할 필요도 없다. 레이에게 그것을 말한 것만으로도 의미가 있었다.

"지금까지 나는······ 남한테 뭔가를 준 적 따위 없어. 내가 원하지 않는 일은 맹세하면서까지 안 해······."

잭은 그렇게 말하고 볼을 긁적였다. 그것은 역시 쑥스러워할 때의 동작이었다.

레이의 눈앞에 한순간 새하얀 꽃이 핀 초원이 펼쳐졌다. 그곳은 그 밤, 꿈에서 봤던 장소였다.

잭— 잭이 그곳으로 데려가 준다.

레이는 재판 중에 불 속에서 단검을 움켜잡았을 때처럼 주먹을 꽉 쥐었다. 그리고 잭을 올려다보았다.

"……정말?"

"너, 끈질겨! 몇 번이고 말했잖아, 나는……."

이어질 말은 이미 알고 있다. 레이는 잭의 말을 막으며 말했다.

"거짓말을, 싫어해?"

"아아, 그래."

잭이 씩 웃었다.

레이는 왠지 기뻐졌다.

이곳에 와서 마침내 마음이 통한 듯한, 그런 기분이 들었기 때문일지도 모른다. 이런 기분이 드는 것은 처음이었고, 아마 이것이 마지막이리라.

"야……그때는 괜찮은 얼굴을 하라고. 넌 원래부터 웃는 게 서툰 것 같으니까!"

─웃는다. 그래…… 이제 둘이서 지상에 나갈 거고 그때는 잭이 죽이고 싶다고 생각할 만한 얼굴로. 제대로 웃을 수 있다. 분명.

레이는 그럴 자신이 있었다.

살해당하는 순간만큼은 태어나 처음으로 누군가가 잭이 원하는 대상으로서 살 수 있으니까.

"……응!"

레이는 소녀다운 음색으로 말하며 고개를 끄덕였다.

하지만 그 희망은 돌연 산산이 조각났다─.

▲
▼

탕─!

느닷없이 잭의 고막에 총성이 날아들었다. 그것은 아까 일어났던 폭발보다도 요란하게 느껴질 만큼 고막을 진동시켰다.

잭은 한순간 자신이 총에 맞은 줄 알았다. 하지만 신경을 곤두세워 봐도 아무 데도 아프지 않았다.

총에 맞은 것은 자신이 아니다…… **레이**다.

순식간에 절망감이 온몸을 집어삼켰다. 무슨 일이 일어났는지 이해하고 싶지 않았다. 그러나 머리보다도 몸이 먼저 움직였다.

"……어이, 레이?"

잭은 바닥에 쓰러지는 레이를 안아 들었다. 피투성이가 된 레이의 가냘픈 몸이 당장에라도 힘이 다할 것처럼 품속에서 축 늘어졌다.

"뭐야! 어이! 이거 뭐냐고!"

생각지도 못한 사태에 노여움과 분한 마음이 치밀어 심장 소리로 바뀌었다.

어째서 왜. 기꺼이 죽여 주겠다고 약속한 참인데.

"……잭……?"

레이가 얼굴을 찡그렸다. 아까와는 달리 당장에라도 사라질 것 같은 연약한 목소리였다.

잭은 레이의 몸을 안고 있는 팔에 더욱 힘을 주었다.

'이런 데서, 죽게 둘 순, 없단 말이다―.'

잭은 눈을 질끈 감았다.

그때 전방에서 무언가 꿈틀거리는 소리와 동시에 살의가 느껴지는 웃음소리가 들려왔다.

"아하하하하하!!"

그 목소리의 정체를 잭은 보지 않아도 알 수 있었다. 그리고 이 빌딩을 폭파한 사람이 누구인지도.

그때, 아니, B5층에서 대치했을 때 누구인지 알아볼 수 없을 정도로 갈가리 찢어발겼어야 했다.

그렇게 생각했지만 후회해도 이미 늦었다.

―너무 늦었다.

비통한 표정을 짓는 잭과는 대조적으로 대니는 피투성이가 된 레이의 복부를 바라보며 기쁘게 얼굴을 일그러뜨렸다. 그 오른쪽 눈은 망가진 장난감처럼 대굴대굴 움직이고 있었다.

"……너 이 자식!"

참을 수 없이 분한 마음이 치솟아서 잭은 말로 표현할 수 없는 목소리를 냈다.

"아하하, 잭. 이제 모조리 끝이야! 아쉽게 됐구나! 너희의 약속은 이루어지지 않아!"

레이를 쏴서 자기 것으로 삼았다고 생각이라도 하는 것인지 대니는 흥분한 상태로 웃었다.

하지만 어째서일까. 이렇게 분하고, 이렇게 용서할 수 없다는 기분이 드는데, 이상하게도 지금은 대니를 향한 분노조차 일지 않았다. 이런 기분은 처음이었다.

쾅쾅, 마치 공사 중인 빌딩 속에 있는 것처럼 모든 것이 붕괴하

251

는 소리가 여기저기서 울렸다. 잘 타지 않는 소재로 만들어졌을
이 방에도 착실하게 불이 다가오고 있는 것이 느껴졌다.

그때 레이가 희미하게 눈을 떴다.

"……잭…… 잭에게 죽겠다고 약속했는데…… 미안해."

호수를 담은 듯한 레이의 파란 눈에는 눈물이 차올라 있었다.
그것은 당장에라도 표면에서 흘러내릴 것 같았다.

"어이, 기다려. 웃기지 마……! 나는 거짓말을 싫어한다고 했잖
아……! 여기서, 이런 데서 죽게 할 것 같아……?!"

잭은 기도하듯 외치고 레이의 몸을 흔들었다.

탕—!

하지만 재차 두 사람의 귀에 죽음을 부르는 소리가 울려 퍼졌다.

동시에 탄환이 잭의 팔을 스쳤다.

그 충격으로 잭의 몸은 레이에게서 떨어뜨려지듯 튕겨 나갔다.

말할 것도 없이 그 총알은 대니가 쏜 것이었다.

그러나 잭은 이상하리만큼 아픔을 느끼지 않았다. 지금은 자신
의 상태 따위 어찌 되든 좋았다.

잭은 몸을 질질 끌며, 총에 맞지 않은 팔을 레이에게 뻗었다.

탕—!

하지만 레이에게 다가가는 것조차 허락할 수 없는 모양이었다.

재와 상처로 지저분해진 얼굴로 미소 지으며 대니는 마치 행사

의 클라이맥스처럼 잇따라 총성을 연발했다. 대니의 그 눈은 시
끄럽게 느껴질 만큼 광기에 차 있었다.

"……젠장……!"

그리고 대니가 자지러지게 웃으며 쏜 세 발째 탄환이 잭의 허벅
지를 꿰뚫었다. 하지만 잭은 어째서인지 아픔을 느끼지 않았다.
그저 머릿속이 지금껏 살면서 느낀 적 없을 만큼 뜨거웠다.

"잭, 네가 레이첼을 죽이게 두진 않을 거야! 레이첼, 잭! 꿈이
사라져 버린 기분은 어때?! 나한테 가르쳐 주지 않을래?!"

대니는 악몽 속처럼 크게 웃었다. 그러나 대니의 그 눈은 금방
이라도 울 것처럼 떨리고 있었다.

하지만 두 사람은 그것을 알아차리지 못했다.

두 사람의 눈에 비치는 것은 둘이 했던 약속뿐이었다.

"……잭."

그 악몽 속에서, 당장에라도 사그라질 것 같은 레이의 목소리만
이 선명하게 잭의 귀에 날아들었다.

잭은 어떻게든 몸을 일으켜 다시 레이의 몸을 안아 들었다.

"그만둬…… 거짓말은……."

품속에 있는데도, 누구도 본 적 없는 깊은 바다 밑바닥으로 레
이가 가라앉아 가는 감각이 엄습했다.

"……미안해."

레이가 꺼낸 그 말이 무엇을 가리키고 있는지 정도는 알았다. 그것이 거짓말하는 것에 대한 사과가 아니라는 것도.

거짓말은, 싫어한다.

하지만 잭은 이 상황을 거짓말이라고 생각하고 싶었다.

"부탁이야…… 나를, 거짓말쟁이로 만들지 마!! 나는 네가 죽게 둘 수 없다고……!!"

잭은 외쳤다. 그것은 기도와도 비슷한 목소리였다.

▲
▼

"……아아…… 잭…… 괜찮아……."

레이는 마치 바다 밑바닥에서 달 조각을 올려다보는 것 같은 감각이었다.

온도가 느껴지는데 잭이 멀었다. 멀어져 갔다.

그래도 레이는 목소리를 쥐어짰다.

"언제나, 잭은, 나를 구해 줬어……. 하지만, 늘, 그럴 필요는 없어……."

약속은 이루어지지 못했다. 그러나 레이는 행복한 기분이었다.

아까 잭이 기꺼이 죽여 주겠다고 말해 주었다. 레이에게 그것은 이미 잭이 자신을 원해 준 것과 마찬가지였다.

"무슨 소릴 하는 거야……!"

붕대에 둘둘 감긴 잭의 몸은 모포처럼 따뜻했다.

"맞아, 무력한 괴물만큼 재미있는 건 없지!"

대니가 외치는 모습이 레이의 흐릿한 시야에 잡혔다. 하지만 그것은 먼 세계에서 일어나는 일처럼 보이기만 했다. 느껴지는 것은 자신을 감싼 품의 온기뿐.

―괴물.

이렇게 따뜻한 괴물은 없다.

"……틀렸어. 괴물이, 아니야……. 하지만, 신도 아니야……. 잭은…… **인간**이야……."

레이는 잭을 바라보며 온화하게, 타이르듯 그렇게 말했다.

"인간, 이야…… 그러니까…… 그러니까, 나에게, 늘 모든 것을 주지 않아도…… 괜찮아……."

레이의 말에 잭은 눈을 크게 떴다.

"인간……이니까, 라니…… 어이…… 그게 뭐야……."

잭은 사고가 날아가 버렸다. 온몸이 오싹오싹했다.

레이는 대체 무슨 말을 하고 싶은 걸까?

하지만 그런 잭의 당황은 **탕**― 하는 무시무시한 소리에 지워졌

다. 그러나 그것은 재차 총탄이 발사된 소리가 아니었다. 불길이
요란한 소리를 내며 세 사람이 있는 방문을 돌파한 소리였다.

곧 이곳도 불바다가 된다. 하지만 잭은 이제 불 따위 무섭지 않
았다. 레이가 이대로 정말 사라져 버리는 것이 훨씬 더 무서웠다.

▲
▼

「인간, 이야…… 그러니까…… 그러니까, 나에게, 늘 모든 것을
주지 않아도…… 괜찮아…….」

레이가 꺼낸 그 말에 동요한 것은 오히려 대니 쪽이었다.

두 사람 옆에서 대니는 희희낙락거리며 들고 있던 총을 축 늘어
뜨리고 망연히 있었다. 그 말을 듣고 대니는 지금껏 수없이 물어
봐도 알 수 없었던 레이의 마음 깊숙한 곳에 있던 진심을 전부 꿰
뚫어 본 기분이었다. 카운슬러인 대니에게 그것은 쉬운 일이었다.

하지만 지금 대니는 그것을 도저히 인정할 수 없었다. 반쯤 넋
이 나간 상태로 대니는 신음하듯 레이에게 외쳤다.

"……주지 않아도 된다고? 레이첼…… 나는 언제나 네게 줬는

데! 널 위해 식사도, 옷도, 장난감도 그 층도 준비했어……! 네가 계속 살 장소를 줬어……! 그걸 부정하는 거야?!"

붕괴하는 빌딩 안에 비통하게 외치는 목소리가 울려 퍼졌다. 하지만 그 목소리는 레이에게 공허하게 들릴 뿐이었다. 레이는 진심으로 미안하다는 얼굴을 하고서 띄엄띄엄, 사그라질 듯한 목소리로 대니에게 말했다.

"미안해요, 선생님……. 하지만, 그건……내가 바란 게 아니었어……."

레이는 대니에게 상처를 주고 싶은 것이 아니었다. 그것은 대니도 알고 있었다. 오히려 타인의 감정을 이해하지 못하는 소녀였을 터인 레이가 자신을 불쌍히 여기고 있었다.

지금까지와는 다르게 빛을 머금은 듯한 레이의 대답에 대니는 이성을 잃지 않을 수 없었다.

예전에 대니에게 카운슬링을 받았던 레이는 이런 소녀가 아니었다. 좀 더, 헤아릴 수 없는 절망을 짊어지고 누구에게도 마음을 열지 않았다. 그렇기에 아름다웠다—.

카운슬러로서의 자신을 잊고, 어른이라는 것도 잊고, 대니는 난폭하게 질문을 던졌다.

"그럼 잭은 너에게 뭘 줬는데!! 쓰레기나 다름없는 단검 정도잖아?! 아아…… 아니면 그 바보 같은 맹세인가……? 네가 죽기 위한?! 그런 건 정상이 아니야!! 나는, 너를…… 살리려고 했는데!"

대니는 속에 있는 감정을 전부 토해 내는 것처럼 절규했다. 그 모습은 마치 원하는 것을 손에 넣지 못해 떼쓰는 아이처럼 애처로웠다. 오히려 대니야말로 정상이 아니었다.

레이는 위로하듯 천천히 대답했다.

"선생님, 나는…… 그렇게 살고 싶진 않았어……. 사실은…… 한순간이라도, 누군가가 원하는 대상으로서 살고, 누군가가 원하는 대상으로서 죽고 싶었어. ……잭과 맹세하고, 함께 위로 올라오며, 그걸 깨달았어……. 나는, 그걸로 충분해."

레이의 말을 듣는 대니의 머릿속에는 레이와 보낸 나날이 주마등처럼 지나가고 있었다.

차가운 눈을 한 그 소녀를 위해서라면 대니는 무엇을 해도 좋았다. 죽어도 좋다고 생각할 정도였다.

—하지만 그렇게 생각했던 것은 나뿐이었던 걸까.

지금 대니의 눈앞에서는 자신이 모든 것을 바친 그 소녀가, 자신은 도저히 이해할 수 없는 천박하고 머리 나쁜 살인귀의 품속에서, 본 적 없는 표정으로 평온하게 이야기하고 있었다. 심지어 괴로워하며 소리 지르는 자신을 가엾게 여기고 있는 느낌조차 들었다.

레이가 이런 온화한 얼굴을 하고서 이렇게 이야기할 수 있다는

것을 대니는 몰랐다. 대니는 이끌어 낼 수 없었다. 대니는 분함과
질투를 감출 수 없어서 외쳤다.

"그럼 더 절망해 줘. 지금 내가 그 맹세를 뺏었으니까!!"

―맹세를 뺏었다……?

레이는 지금 마치 꿈속에 있는 기분이었다. 의식이 몽롱했고 목
소리를 내기도 힘들었다.

그러나 그런 상태로도 어렴풋이 알아들은 그 발언만큼은 마지
막으로 정정하지 않을 수 없었다.

"……선생님, 뺏기지, 않았어……."

점차 바깥 세계와 단절되어 가는 레이의 귀에 대니가 퍼뜩 숨
을 삼키는 소리가 어째선지 확실하게 들렸다.

레이는 최후의 힘을 쥐어짜 말했다.

"이건, 잭과 내가 한 맹세…… 맹세는, 누군가에게 뺏기는 게 아

259

니야. 설령, 이루어지지 않더라도…… 괜찮아. 왜냐하면 그건, 두 사람의 일이니까……. 알고, 있으니까……!"

레이는 잘라 말하고서 잭과 시선을 맞추었다.

아마 조금 있으면 자신은 이렇게 잭과 눈을 맞출 수 없게 된다.

잭은 지금 무슨 생각을 하고 있을까.

죽어 가는 나를 거짓말쟁이라고 생각하고 있을지도 모른다. 하지만 분명 이제 약속은 지킬 수 없다.

안개에 휩싸여 가듯 눈앞이 흐려졌다.

아아, 잭과 여기까지 오게 돼서, 다행이야 잭과 만나서, 다행이야.

모든 것이 희미해지는 세계 속에서 레이는 그렇게 느꼈다.

"……기다려, 나는, 그런 거 인정 안 해……!"

이것이 죽음이라고 느끼고 있는 레이의, 모든 것이 윤곽을 잃어 가는 시야 속에서, 본 적 없을 만큼 동요하여 어쩔 줄을 몰라 하며 잭이 격하게 말했다. 그런 잭이 레이를 바라보는 눈은 처음 만났을 때와 전혀 달랐다. 그것은 레이 자신이 가장 잘 알고 있었다.

레이는 잭의 뺨으로 손을 뻗었다.

"잭……. 이 맹세…… 내가, 짊어지고 가져갈 테니까……. 자신을, 거짓말쟁이라고, 생각하지 마……."

레이는 마치 자신을 갈구하는 듯한 잭의, 어딘가 약하고 상냥해진 눈을 바라보았다.

그리고 결심하고서 살포시 웃었다.

제대로 웃고 있을까. 잭이 죽이고 싶다고 바랄 만큼, 제대로…….

"잭, 약속은…… 이루어지지 않아도, 괜찮아……!"

의식이 깊은 바다 밑바닥으로 가라앉아 갔다. 레이의 눈은 천천히 감겼다. 거기에 비치고 있는 것은 분명 세계의 끝 너머에 있는 광경이었다.

기절한 건가…… 아니면…….

생각하고 싶지 않았다. 힘이 다한 레이의 모든 체중이 잭의 팔에 실렸다.

"어이…… 레이……."

잭의 심장이 아프도록 고동쳤다.

반사적으로 잭은 레이의 몸을 힘껏 흔들었다. 하지만 레이의 눈이 떠질 기미는 없었다.

"레이…… 레이!!"

레이…… 레이, 어째서야, 레이―.

입술을 깨문 잭은 인형처럼 늘어진 레이를 바라보았다.

무표정한 얼굴이어도 좋아. 눈을 떠. 부탁이야. 약속, 했잖아. 나를 거짓말쟁이로, 만들지 마—.

그러나 싫어도 이 상황을 이해해야만 했다. 잭은 고개를 푹 숙였다.

모든 기력이 사라지는 것이 느껴졌다.

절망— 이것이 바로 진정한 절망일지도 모른다.

"아하…… 아하하하!"

대니의 불쾌한 웃음소리와 불길이 활활 타오르는 소리만이 비극의 공간에 메아리쳤다.

하지만 대니의 그 웃음소리는 크게 울부짖고 있는 것과 진배없었다.

"레이첼…… 나는 말이지, 네가 아무도 보지 않고 마음을 허락하지 않는 그런 눈으로 평생 있어 준다면, 함께 살 수 없더라도 괜찮다고 그렇게 생각하고 있었어. 네가 홀로 영원히 고독하게 있어 준다면…… 나는 죽어도 좋다고 생각했어! 그런데…… 어째서 너는 마지막까지 고독에서 먼 곳으로 가는 거지……."

대니는 괴로워하며 호소했다. 그러나 그 목소리는 이제 누구의 귀에도 들리지 않았다.

이 상황에 고독과 허망함을 느끼지 않는 것은 아니었다. 언제나, 누구보다도 느끼고 있었다. 하지만 대니는 웃을 수밖에 없었다. 죽을 듯이 슬플 때, 두 눈으로 실컷 눈물을 흘리는 것조차 자신에게는 불가능했다.

그런 대니를 등지고서 잭은 레이를 바라볼 수밖에 없었다.

머리 위에서 건물 잔해가 쏟아지기 시작했다.

대니는 기고 있던 바닥에서 벌떡 일어나 레이를 똑바로 바라보았다.

"레이첼…… 이제 끝이야. 너의 소망도, 잭의 소망도, 전부, 전부, 전부, 나의 소망과 함께 끝내 줄게!"

하지만 허공에 울리던 그 미친 목소리는 돌연 사라졌다.

—푹.

갑작스럽게 울린 그 무거운 소리가 절망적인 세계를 순식간에 꿰뚫었다.

잭은 숨을 삼켰다.

퍼뜩 놀라 자신의 몸을 확인했지만 그 소리가 꿰뚫은 것은 잭이 아니었다.

레이는 고개를 숙인 채 정말로 인형이 되어 버린 것처럼 움직이지 않았다.

잭은 또 다른 존재를 보았다 바퀴벌레처럼 끈질겼던 대니의 흉부에 거대한 화살이 꽂혀 있었다.

뚫린 부분에서 레이와 마찬가지로 새빨간 혈액이 흘러나왔다.

▲
▼

대니가 흠칫흠칫 머리 위를 올려다보니 그곳에 그레이가 서 있었다.

험악한 얼굴로 중이층에 선 그레이는 크로스 보우를 들고 있었다.

지금 대니의 몸을 꿰뚫은 것은 틀림없이 그 크로스 보우로 쏜 화살이었다.

"……왜, 죠."

무슨 일이 일어났는지 겨우 깨달은 표정을 짓고서 대니는 쉰 목소리로 물었다.

그레이를 바라보는 그 눈은 배신당했다는 눈빛은 아니었다. 그저 아이가 부모에게 버려졌을 때처럼 받아들일 수 없는 무언가가 대니의 눈에 비치고 있었다.

"……아아, 정말이지. 이렇게까지 멋대로 굴 줄이야."

대니의 질문에 대답하는 그레이의 목소리는 화난 것처럼 들리기도 했으나, 돌이켜 보면 언제나 이처럼 냉혹하고 담담한 어조였을지도 모른다.

생각지도 못한 상황에 아연해하는 잭 옆에서, 대니는 화살이 꽂힌 흉부에서 대량으로 피를 흘리며 다시 한번 총을 움켜쥐었다.

아직 죽기에는 이르다. 대니는 두 사람의 약속을 꼭 저지하고 싶었다. 그러지 않으면 자신 혼자만 고독해질 것 같았다.

"아······ 아직 안 끝났어······!"

대니는 다시 바닥을 꿈틀꿈틀 기어 잭에게 다가가기 시작했다.

"이 손으로, 두 사람을······."

필사적으로 든 권총이 잭을 겨누었다. 하지만 그 순간, 그레이가 가차 없이 다음 화살을 쏘았다.

그 화살은 또다시 레이도 잭도 아닌 대니의 몸을 꿰뚫었다.

대니는 그대로 바닥에 쓰러진 채 꿈쩍도 하지 않게 되었다.

죽었는지 정신을 잃었는지, 어느 쪽이든 상관없었다. 레이를 잃

은 지금, 잭은 대니를 향한 참을 수 없는 분노를 떠올리지 않을
수 없었다.

잭은 혀를 차고 대니를 내려다보며 격한 살의가 담긴 목소리를
냈다.

"이 자식…… 죽여 버리겠어……."

이번에야말로 확실하게 숨통을 끊어 주겠다―. 금이 간 낫을
쥔 잭은 총 맞은 다리를 끌며 대니에게 기듯이 다가갔다. 하지만
그것은 레이를 죽인 것에 대한 복수심 때문이 아니었다. 그때 끝
장내지 않은 후회 때문이었다.

그러나 그레이는 그것을 조용히 제지했다. 그리고 방금 대니에
게 말했던 어조와는 명백하게 다른 온화한 어조로 고했다.

"잭…… 힘을 쥐어짤 거라면 여기서 나가는 데 쓰게."

그레이의 말에 잭은 대니에게 향하던 다리를 무심코 멈췄다. 그
레이의 발언은 어떻게 봐도 자신을 걱정하는 어조지만…… 잭은
그레이가 무슨 말을 하는 것인지 알 수 없었다.

―여기서 나가라고?

잭은 저도 모르게 얼굴을 찌푸렸다.

레이는 살아 돌아오지 않는다. 레이를 버리고 지상에 나가는 것

은 이제 무의미하다는 생각조차 들었다.

"……이 녀석이…… 죽고…… 밖에 나가서…… 어쩌라는 거야!!"

잭은 탄식하듯 말했다. 어떻게도 할 수 없는 일이 이 세상에는 있다. 이것이 거짓말이라면 얼마나 좋을까. 잭은 주먹을 떨었다.

"레이첼 가드너는 아직 살아 있네! 지금 밖에 가면 살릴 수 있어!"

고함에 메아리를 돌려주듯 그레이가 힘 있게 단언했다. 어째서일까, 그것은 거짓말도 위로도 아닌 것 같았다.

레이의 몸은 아직 시체라고 느껴지지 않았기 때문이다. 낫을 떨어뜨린 잭은 바닥에 쓰러져 있는 레이에게 다가가 다시 그 가냘픈 몸을 품에 안았다. 품속에서 잠든 레이는 동화처럼 문득 깨어나도 이상하지 않을 만큼 아직 고왔다.

레이가…… 살아 있다고……?

잭의 가슴이 술렁였다.

하지만 이렇게 피를 많이 흘려서야 사람은 죽는다……살아날 수 없다…….

그러나 레이가 죽었다고 생각할 수 없는 것은 다름 아닌 잭 자신이 아직 레이가 살아 있다고 믿고 있기 때문이었다.

"그게, 무슨 말이야……."

잭은 눈을 감고 있는 레이의 긴 속눈썹을 바라보았다.

이 눈이 다시 뜨인다는 건가?

"가 보면 알 걸세!"

그레이는 어서 지상으로 나가라는 듯 외쳤다.

잭은 레이를 품에 안은 채 일어났다.

"어이…… 진짜로 이 녀석은…… 안 죽는 건가……?!"

잭의 마음이 작게 떨리며 술렁거렸다. 그것은 처음 느껴 보는 기대감 아니, 희망이었다.

정말로 아직 레이가 살아 있다면, 둘이서 지상으로 올라가는 것 말고 무슨 선택지가 있을까.

잭의 물음에 그레이는 확실하게 고개를 끄덕였다.

그리고서 수단을 펄럭이더니 출구 방향을 가리키며 힘 있게 말했다.

"빌딩이 무너지는 건 시간문제네, 잭!"

▲
▼

양손으로 레이를 안고 철문을 연 잭은 아마 지상으로 이어져 있을 터인 최후의 계단을 뛰어 올라갔다.

출입구 부근은 역시 튼튼하게 만들어져 있는지 불길은 번져 있지 않았다.

하지만 만약 이곳이 불바다였더라도, 잔해 더미가 쌓여 있었더라도, 이제 잭에게는 상관없었다.

"어이, 기다려…… 이제 밖이야……."

잭에게 안긴 레이의 몸은 힘없이 늘어져 있었고 여전히 눈을 감은 채였다.

"죽지 말라고……."

고개를 떨군 채 중력을 따라 늘어지는 레이의 몸을 잭은 수없이 고쳐 들었다. 이렇게 피를 흘리고 숨도 쉬지 않는데 정말로 살아 있는 것일까 알 수 없다.

하지만 아직 레이의 몸은 따뜻했다. 그것만이 손바닥으로 전해졌다.

그때, 빌딩 안과는 다른, 어둑하지만 따뜻한 불빛이 잭의 달과 같은 눈에 켜졌다.

부드럽고 뜨뜻미지근한 바람이 살랑살랑 불어왔다.

「여기서 나가게 되면, 그러면 너를, 죽여 줄게―.」

어이, 레이…… 약속했던 출구다.

▲
▼

빌딩 밖으로 나가니 밤중이었다. 건조한 공기가 감돌았다. 그것
은 빌딩 안과는 다른, 살아 있는 공기였다.

하늘을 올려다보자 둥근 달이 떠 있었다. 그것은 빌딩 안에서 본
작위적인 빛을 내뿜던 가짜 달과는 다른, 현실에 뜬 진짜 달이었다.
그 달빛이 상처투성이인 잭과 그 품에 안긴 레이를 비추었다.

대체 얼마나 오래 이 빌딩에 있었을까. 잭은 알 수 없었다. 그렇
게 긴 시간은 아니었을 테지만, 시간 감각은 진즉에 잃어버렸다.

아무튼 이곳이 지상이라는 것만큼은, 붕대를 감고 있어도 피부
로 스며드는 것처럼 전해졌다.

"어이, 밖이야……."

잭은 차게 식은 콘크리트 지면에 레이를 천천히 내려놓았다.

지금이 몇 월인지 알 수 없으나 밖은 생각보다 쌀쌀해서 레이의
몸도 차가워졌다. 하지만 레이는 아직 죽지 않았다. 시체는 이것
보다 더, 얼음처럼 차갑다는 것을 잭은 알고 있었다. 그러나 얼굴

혈색을 보면 숨이 끊어지는 것은 시간문제였다.

"어이…… 일어나!"

부드러운 달빛을 받으며 잭은 반쯤 자포자기한 모습으로, 복부에서 대량의 피를 흘리고 있는 레이의 애처로운 몸을 흔들었다.

"어이, 레이……! 일어나! 이대로 죽을 셈이냐?!"

잭은 당장에라도 울 것 같은 잠긴 목소리로 외쳤다.

나왔다. 지상에. 나왔다고, 레이.

"……제발 눈을 떠……!!"

레이의 양팔을 움켜잡은 잭은 레이가 마지막으로 보여 줬던 형편없는 미소를 떠올리며 지저까지 울릴 만큼 큰 목소리로 호소했다.

그러나 레이가 눈을 뜰 기미는 없었다.

그 순간, 밖에 나가라고 재촉했던 그레이를 향한 짜증이 치밀었다. 혼자 밖에 나왔지만 역시 아무런 의미도 없었다. 거짓말쟁이가 될 뿐이었다.

잭은 어디까지 이어져 있는지 알 수 없는 인적 없는 도로의 좌우를 둘러보고 절망적인 기분에 빠졌다.

"밖에 가면 살 수 있다니…… 무슨 뜻이야……. 어쩌라는 거야!!"

잭의 고함과 함께 빌딩에서는 피날레 불꽃이 쏘아질 때 같은 폭발음이 쩌렁쩌렁 울렸다.

아마 지하 7층에서 최상층까지 모든 층이 불바다가 되었을 것

이다. 늘어선 빌딩 창문으로 회색 연기가 도망치듯 분출되어 어
슴푸레한 밤하늘로 올라갔다.

빌딩이 붕괴되는 것도 시간문제다. 잭은 깨어나지 않는 레이의
희고 투명한 눈꺼풀을 바라보며 한숨을 쉬었다.

만약 지금 레이가 살아 있더라도 아무것도 해 줄 수 없다. 병원
에 데려가더라도 그 전에 죽을 것이다. 애초에 병원에서 뭘 해야
진단받을 수 있는지조차 알 수 없었다.

빌딩 안에서는 전부 단순했다. 도망치는 제물을 죽이기만 하면
되는 천사.

하지만 제물이 되어 레이와 알게 된 뒤로는 그렇게 단순하지 않
았다.

그러나 무슨 일이 일어날 때마다 레이가 많은 방법을 가르쳐 주
었다. 조금은 똑똑해졌을 것이다. 그래서 이렇게 지상에 나올 수
있었다.

—하지만 바깥 세계에 나오면 역시 나는 그저 범죄자일 뿐이다.

할 수 있는 일이라고는 죽여 달라던 레이의 부탁을 들어주기 위
해 여기서 숨통을 끊는 것 정도였다. 이렇게 금이 간 낫으로도 빈
사 상태인 인간을 죽이는 것 정도는 가능하리라.

하지만…… 이런 상태인 레이를, 이런 시시한 얼굴의 레이를 죽여 봤자 의미가 없다. 아까 봤던 형편없는 미소 쪽이 그나마 나았다.

B6층에서 처음으로 대치했을 때, 아니면 B1층에 도착하고 레이가 죽여 달라며 간청했을 때, 그때 죽였어야 했던 걸까. 그랬으면 이렇게 되지는 않았을까—.

어쩔 도리가 없는, 어떻게 할 수도 없는 분한 마음을 어디에도 풀 수가 없었다.

"젠장……!"

잭은 머리를 싸매고 웅크려 앉았다.

▲
▼

그때였다. 요란한 사이렌 소리가 사방팔방에서 울리기 시작했다.

—뭐야?

잭은 레이의 몸을 놓고 서둘러 일어났다. 이 사이렌 소리는 들은 적이 있다. 그래, 이 빌딩에 오기 전에도 몇 번이나 들었던 소

Angel
of death

리다.

"레이가 살아난다는 건…… 즉……이런 거였나."

마침내 그레이가 했던 말이 이해되었다.

"……뭐, 이렇게 떠들썩하게 폭발했으니……. 어쩔 수 없지……."

사이렌 소리를 들으며 잭은 한숨을 쉬듯 중얼거리고 살짝 웃었다. 아무리 잭이 머리가 나빠도 무슨 일이 일어났는지는 알 수 있었다. 지금이 한밤중이어도 이렇게까지 빌딩이 폭발하면 경찰과 소방차, 그리고 무엇보다도 구급차가 오기 마련이다.

그레이는 그 사실을 알고 있었던 것이다.

차례차례 다가오는 소방차와 경찰차의 빨간 램프가, 낫을 움켜쥔 잭과 차가운 지면에 누운 레이를 비추었다.

그 빨간빛은 잭이 오랫동안 살인귀로 생활하며 계속 피했던 것이기도 했다.

잭은 숨을 들이쉬고 둥근 달을 올려다보았다.

―마침내 이 순간이 와 버린 건가.

누군가에게 구속되는 것이 싫어서 줄곧 도망쳐 왔다. 그런데 왜일까. 잭은 지금 신기하게도 충만한 기분이었다.

작게 한숨을 쉰 후, 뒤돌아 조용히 잠든 레이를 보았다. 그리고 잭은 그 모습을 눈에 새겼다.

태어나 처음으로 이런 기분이 들었다.

누군가를 원하고, 누군가가 자신을 원했다—.

처음으로 약속을 맺었다.

그런 것은 자신과는 무관하다고 줄곧 생각했다. 무의미하다고, 그저 깨질 뿐인 것이라고 생각했다.

하지만 그건 틀린 생각이었다. 레이, 네가 가르쳐 주었다.

지금 달아나 버린다면 나는 체포되지 않을지도 모른다. 하지만 레이를 두고 여기서 도망쳐 봤자 무슨 소용인가.

레이에게 등을 돌린 잭은 경찰에게 자신이 어디 있는지 알리듯 한 걸음 앞으로 나갔다.

"레이, 잊어버리지 마."

너에게 맹세했다…….

내가, 너를 죽여 주겠다고—.

in a collapsing building

빌딩이 모든 것이 무너져 갔다. 천장에서 우박처럼 내려오는 빌딩 파편이 한때는 청결했던 대니의 피투성이 가운을 더럽혔다.

"……신부님…… 왜."

가차 없이 자신을 쏜 그레이를 올려다보고 대니는 중얼거렸다.

"확실히 나는…… 멋대로 굴었어. 하지만 내가 한 일은 아무것도 틀리지 않았어! 내 행복을 위해……, 그리고 빌딩의 규율을 어지럽힌 자를 방해하는 건 당신을 위해서도 좋은 일이었을 텐데……! 왜, 왜 나를 쏜 거지……!"

아까 그레이가 한 행동은 잭의 죽음을 저지하기 위한 그 나름의 판단이었을 것이 틀림없다. 즉 그것은 그레이가 줄곧 곁에 있었던 자신보다도 잭이라는 존재를 택했다는 뜻이었다.

대니에게 그것은 굴욕…… 아니, 그런 말로는 나타낼 수 없을 만큼 받아들일 수 없는 일이었다.

"아아, 확실히 도움은 됐지. 아주 흥미로운 것을 볼 수 있었으니 말이야."

그레이는 망연히 선 채, 피 웅덩이 속에 있는 대니를 내려다보았다. 그레이의 그 표정은 이 세계의 모든 것을 알아 살 의미를 빼앗긴 것처럼 보이기도 했다.

"이건 속죄네. 내 실험도, 신의 눈높이에 서는 역할도…… 이제 끝났으니까. 나는 원래 잭은 투명한 날개를 지닌 존재라고 생각했지……. 하지만 그 날개는 이제 완전히 모습을 감추고 말았어."

그레이는 담담히, 그러나 평소보다도 애잔하게 그렇게 말했다. 그 어조에서는 그레이가 잭이라는 존재를 다른 층의 살인귀와 비교해 얼마나 특별하게 보고 있었는지 강하게 전해졌다.

대니는 다시 속절없는 기분이 들었다. 어쩔 도리가 없는 허망함이 북받쳐서 메마른 웃음이 흘러나왔다.

"투명한 날개……? 그 녀석을 정말로 천사라고 생각하기라도 한 겁니까……?"

어이가 없었다. 어이없는 것도 정도가 있다. 대니는 희미하게 웃었다.

대니에게 잭은 그저 멍청한 살인귀, 그 이하도 그 이상도 아니었다.

그런데, 그런데…… 어째서, 어째서.

대니는 그레이가 잭이 아닌 자신을 쏜 것을 이해할 수 없었다. 아니, 이해하고 싶지 않았다.

"나는…… 그렇게 생각했네. 사람을 죽이는 것밖에 모르는 순수한 자였기에. 하지만 잭은 사람을 죽이기 위해 휘두르던 칼을 타인을 위해 휘두르게 되었지. 그 결과…… 그의 칼은 부러졌어.
잭은 사람으로 전락했네. ……아니, 원래부터 사람이었다고 해야
하려나."

　이 사람은 무슨 말을 하고 있는 걸까.

　잭을 천사라고 숭상하는, 이쯤 되면 차원이 다르다는 생각이
드는 그레이의 사고는 대니의 부글거리는 혹은 메마른 뇌로는 처
리할 수 없었다.

　"그리고 그걸 내게 보인 것은 내가 마녀라고 규탄했던…… 레이
첼 가드너였네. 그건 어지러울 만큼 빠른 변화였고 강렬했지…….
모순투성이에 자기밖에 모르던 소녀가 말이야……. 지금 생각해
보면 잭이 사람이라는 사실을 없애려던 사람은 나였던 것 같군."

　그레이는 무엇이 우스운지 살짝 웃었다.

　의사이기 때문일까. 대니는 점점 의식이 혼탁해지는 것을 마치
남의 일처럼 느꼈다.

　'레이첼…….'

　—아아, 그래. 레이첼.

　그 이름을 듣자마자 대니의 가짜 눈 안쪽에 있는 새까만 공동
속에 단 하나의 희망과 같은 레이첼의 파란 눈이 떠올랐다.

　"대니…… 너는 그 소녀를 이곳에 데려왔지만 영혼을 빼앗는 입
장인 네가 주는 입장이 되기를 원했지. 너는 그 소녀의 신이 되고

자 한 것 아닌가? 그러나 너는 신이 아니야. 그건 너도 알고 있지 않았나?"

모든 것이 흩어져 가는 세계 속에서 그레이가 물었다.

그레이의 낮은 목소리를 들으며, 마치 만화경 속에 떨어진 것처럼 대니가 보고 있는 풍경은 빙글빙글 돌았다.

"하지만…… 그러지 않으면, 나는 아무것도 없잖아……."

아아, 레이첼…… 내 소망은 살아 있으면서 영원히 죽은 눈을 계속 보는 것. 그저 그것뿐이었다.

그래서 너와 만났을 때, 나는 마침내 살 의미를 찾았다고 생각했다.

"처음 레이첼을 봤을 때…… 그녀는 모든 것에 절망하고 누구도 사랑하지 않는 눈을 하고 있었어……. 그래서 내가, 영원히 그 눈에 사랑을 쏟아붓고 싶었어……! 이미 잃어버렸을 터인 인생의 의미가 그때 다시 태어났어. 그걸 위해서 뭐든 할 수 있었어!"

그런데 어째서 너는…… 모든 것을 떠올렸을 때, 만난 지 하루도 채 되지 않은 그에게 죽여 달라고 했을까—.

레이첼, 나는 슬퍼.

너의 눈은 아무것도 비추지 않기에 아름다웠는데.

"왜…… 왜……."

의식이 멀어졌다. 죽음이 지척까지 와 있는 것을 냉정하게 느끼며 대니는 아름답고 슬픈 주마등을 보았다—.

▲
▼

내게는 선천적으로 **오른쪽 눈이 없었다.**

"저런 눈으로는 의사가 못 되겠지. 앞으로 어쩌려는 걸까."

철들었을 무렵, 친척 중 누군가가 엄마를 향해 그렇게 험담하는 것을 수없이 들었다.

엄마가 시집온 디킨스 가문은 전공과는 달라도 의사들뿐인 집안이었다.

그래서 친척 일동, 아이가 태어나면 장래 의사가 되는 것이 당연하다는 생각을 가지고 있었다.

하지만 나는 선천적으로 비정상적인 아이였다. 한쪽 눈이 없는 의사 따위 있을 수 없다. 의사 면허를 취득하더라도 섬뜩해서 어디에서도 고용해 주지 않을 것이다.

아빠는 나를 없는 자식처럼 취급했다. 되도록 나를 보지 않으며 지냈다. 내가 이 집에 태어난 것을 몹시 후회하고 있다는 것이 그 표정과 태도에서 보였다.

내가 태어난 것에 대한 아빠의 후회는 세월이 흐를수록 분노로 바뀌었고, 스트레스가 쌓이면 아빠는 꼭 엄마를 못살게 굴었다.

"저딴 기분 나쁜 아이는 내 자식이 아니야. 다른 놈의 새끼겠지."

"그런 심한 말을 잘도 하는구나! 당신과 판박이잖아."

"어디가 판박이야! 저딴 눈, 전혀 안 닮았어! 저런 것과 똑같이 취급하지 마!"

매일 밤 비슷한 말싸움이 계속되었다. 나는 어렸지만 그 말다툼이 나 때문임을 이해할 수 있었다.

나 같은 건 태어나지 말았어야 했다. 밤이 올 때마다 그렇게 생각하며 침대에 누웠다. 그런 나를 달래듯 엄마는 매일 밤 나를 끌어안고 잤다. 존재하는 왼쪽 눈에서는 그치지 않는 비처럼 눈물이 흘렀다.

하지만 죽을 수는 없었다. 죽는 방법도 몰랐고, 사랑하는 엄마는 언제나 내게 자상했기 때문이다.

"다니엘은 이대로 좋아. 이 눈 그대로 사랑스러워."

하지만 지금 생각해 보면 그것은 거짓된 자상함이었을지도 모른다. 아니면 엄마는 이런 꺼림칙하고 불쌍한 나를 사랑하려고 필사적이었을지도 모른다.

그것을 나타내듯 엄마는 점점 신경증에 걸린 듯이 행동했다. 매일 무언가에 씐 것처럼 눈 이야기만을 하게 되었다.

"세상에는 눈이 보이지 않는 사람도 많아. 눈이 없는 것 정도는 이상한 일이 아니야."

마치 참회와 같은, 분노와 같은, 슬픔과 같은 색을, 투명한 초록빛 눈에 담고서.

그러나 그것은 결코 나를 책망하는 말투가 아니었다. 언제나 나를 위로하는 말들이었다.

하지만 돌이켜 보면 그 모든 것은 엄마 자신을 향한 말이었을지도 모른다. 아니, 분명 그랬을 것이다. 엄마는 나 때문에, 내가 태어난 탓에 주위로부터 고립되어 갔다.

내가 태어난 것을, 내가 살아 있는 것을 축복해 주는 사람은 아무도 없었다. 모두가 나를 낳은 것을 질책했다. 엄마도 그랬을지 모른다. 나 같은 건 낳지 말았어야 했다고 생각했을지도 모른다. 하지만 그 생각을 마음 깊숙이 묻고 나를 필사적으로 사랑하려고 한 것이다.

엄마는 나날이 생기를 잃어 갔다.

희망도 절망도 없는 무색투명한 세계에서 그저 숨을 쉬기 위해 살아 있는 것처럼 보였다.

그리고 어느 날을 경계로 엄마는 더 이상 눈 이야기를 하지 않게 되었다. 그렇게나 내 눈을 신경 썼는데, 매일 내 눈을 바라봐 주었는데.

엄마의 눈은 더 이상 아무것도 비추지 않게 되었다.

나조차도—.

그로부터 얼마간이 지난 어느 날이었다.

학교에서 돌아오니 어둑한 거실에서 엄마가 목을 매달고 있었다.

—지금 내 눈에는 대체 무엇이 비치고 있을까.

그것이 현실이라고 이해하기까지 시간이 걸렸다.

정말로 이제 아무것도 비추지 않게 되어 버린 엄마의 눈을 망연히 바라보며 나는 바닥으로 무너졌다.

그렇게 완전히 빛을 잃은 엄마의 눈을 얼마나 올려다보고 있었을까. 모르겠다. 하지만 그 눈은 그저 아름다웠다.

내가 인간의 안구에 깊은 흥미를 느끼게 된 것은 그 후였다.

나는 의학부에 진학했고, 안과의가 되지는 못했지만 정신과 의사가 되었다.

그리고 죽고 싶다고 중얼거리는 환자의 신체에서 병든 눈을 뽑아내게 되었다.

환자에게서 눈을 뽑아낸 후, 나는 곧장 안구를 정성스럽게 병에 넣었다. 오래 보존되도록 처치하는 것도 게을리하지 않았다. 그 컬렉션은 어느 것이든 소중히 여겼다.

하지만 딱 하나 슬픈 점이 있었다. 어떻게 해도 눈동자의 열화는 피할 수 없었다.

그렇다. 내가 본래 바라던 것은— 「살아 있으면서 영원히 죽은 눈을 계속 보는 것」.

다만 그것은 영원히 이루어지지 않는다. 이루어질 만한 눈동자를 가진 사람 따위 없다.

나는 무엇을 위해 살고 있는 것일까. 누구도 사랑하지 않고, 누구에게도 사랑받지 못하고. 이렇게 병든 환자의 눈을 모으고 있다. 그런 생활에도 넌더리가 났다. 병 속에서 부유하는, 영원히 빛을 되찾지 못하는 환자들의 안구를 바라보며 엄청난 허무감을 느끼는 일도 여러 번 있었다.

레이첼이 나타난 것은 그런 때였다—.

아무것도 비추지 않는 그 파란 눈을 처음 봤을 때, 마침내 내가 바라던, 살아 있으면서 영원히 죽은 눈을 만났다고 생각했다.

—하지만 레이첼, 너를 이 빌딩에 데려온 것은 실수였어.

만약 이 빌딩에 데려오지 않았다면 나는 줄곧 의사로서 너의 그 아름다운 눈을 계속 볼 수 있었을 텐데…….

▲
▼

　"대니…… 너는 사랑을 쏟음으로써 언젠가 자신도 사랑받고 싶었던 거로군. 네가 이곳에 가장 오래 있었을 텐데 그걸 이제야 알다니…… 미안하네."

　고막 뒤편에 울리는 듯한 그레이의 목소리에 대니는 색 바랜 주마등에서 깨어났다.

　—사랑받고 싶었다……?

　"아니야…… 나는……."

　무의식적으로 반발하면서도 대니는 한편으로 달관하고 있었다. 죽음은 머지않아 찾아온다. 이제 무언가에 정색하고 화낼 필요도, 자신을 좋게 꾸밀 의미도 없었다.

　마음속으로 대니는 확실히 느끼고 있었다.

　늘, 언제나, 진심으로 사랑받고 싶어 했을지도 모른다고—.

　"너도, 나도…… 결국은 인간이었어. 아아, 원래부터 이곳에는…… 인간밖에 없었던 걸세. 사람이 신을 만들고, 천사를, 그리

고 사람을 만들지. 그리고 그것을 없애고 부수는 것도…… 사람
이야. 맹목적이고, 추하고, 그리고 아름답지. 대니, 그건 너도 마
찬가지라고 나는 생각하네."

자신이 만들어 낸 세계의 축소판을 떠올리며 그레이는 모든 것
을 깨달은 것처럼 말했다.

아아, 그렇다 신부님이 말한 대로 모든 것은 사람이 만들어 낸
것이다.

나를 만든 것은 틀림없이 엄마고, 엄마를 죽음에 몰아넣은 것
은 틀림없이 오른쪽 눈이 없는 나라는 존재였다…….

대니는 이 세상에 자신이라는 존재가 태어나 맛보았던 모든 불
행을 받아들이며 힘없이 웃었다.

"저는 이걸로 이제 끝인데…… 이제 와서 아름답다고 해도 말이
죠……."

그렇게 말은 했지만, 그레이의 말은 대니의 한없이 깊게 병든
마음을 안정시켰다.

"……그런가."

죽기 직전에 그레이는 무기력하게 고개를 끄덕였다. 그것이 두
사람이 나눈 마지막 말이었다.

굉음이 울리더니 머리 위에서 아까와는 비교도 안 될 큰 파편
이 떨어졌다. 불길이 다가오는 소리가 지척에서 들렸다. 마치 침몰

직전인 배 같았다. 빌딩이 붕괴되는 것도 시간문제다.

　힘도 다하여 마침내 죽음을 느낀 대니는 바닥에 엎드려 두 눈을 감았다.

　모든 것이 붕괴하고 세계가 어둠에 휩싸여 갔다. 아니, 원래부터 대니의 세계는 칠흑 같은 어둠 속이었다.

　하지만 그 어둠 속에 마치 성모 마리아처럼 빛나는 엄마의 모습이 있었다.

　'엄마……'

　가짜 눈동자 속에서 대니는 엄마에게 손을 뻗었다.

　—아아, 아름다워…….

　조건 없이 눈물이 났다.

　하지만 대니는 그 눈물을 닦지 않았다. 그저 느끼고 있었다. 이것이…… 정말로 **바라던 눈**이었을지도 모른다고—.

　빌딩이 무너졌다. 죽음을 맞이한 대니가 마지막으로 본 그 눈은 온화하고 자상하게, 하나뿐인 제 자식을 생각하는 모친의 사랑으로 가득 차 있었다.

—○○년 ○월 ○일.

○○○주 ○○에 있는 폐빌딩 화재 현장에서 가드너 부부 살인 사건의 사정 청취 중 행방불명됐던 레이첼 가드너가 발견·보호되었다.

그녀와 함께 있던 것은 아이작 포스터.

포스터는 최근 몇 년간 화제가 된 연쇄 살인 사건에 관여한 것으로 여겨진다.

포스터는 이번에 유괴 사건의 용의자로 체포되었다.

그러나 그 용의는 부정. 다만 살인 용의는 일부 사실을 인정했다.

또한 불이 난 빌딩에서 남성의 시신이 발견되었으나 신원은 확인되지 않았다.

—○○년 ○월 ○일.

얼마 전 일어났던 화재에 신흥 종교가 관여되어 있는 것으로 보고 조사가 이루어지고 있다.

그러나 화재 시 일어난 폭발로 빌딩 지하가 무너져 조사는 난항을 겪고 있다.

또한 가드너 부부 살인 사건의 범인으로서 아이작 포스터가 부상. 조사가 재개되었다.

한편 포스터에게 유괴된 것을 부정하던 가드너 부부의 딸, 레이첼은 갱생 보호 시설에 이송.

정신적 착란이 보이기에 전문의 심리 치료 등 처치를 받고 있다.

—〇〇년 〇월 〇일.

연쇄 살인 및 유괴죄 혐의를 받고 있던 아이작 포스터에게는—

사형 판결이 내려졌다.

BLUE MOON

시설의 기상 시간은 정해져 있다. 우리 직원들은 매일 아침 그 시간이 되면 환자의 방을 노크한다.

"레이첼, 들어갈게."

나는 평소처럼 담당 환자인 그녀의 이름을 부른 후, 밖에서만 열 수 있는 튼튼한 문의 잠금을 찰칵 풀었다.

방 안을 들여다보니 아니나 다를까 그녀는 이미 일어난 상태였고, 딱딱한 철제 침대에 앉아 무표정하게 창밖을 바라보고 있었다. 그 파란 눈에는 철창 너머로 보이는, 마치 칼로 벤 것처럼 조각난 파란 하늘이 담겨 있었다.

"잘 잤니? 늘 일찍 일어나고 장하네."

톡 건드리면 깨질 듯한 도자기 같은 흰 피부 그녀는 다른 환자와 달리 어딘가 속세를 벗어난 아름다움을 가지고 있었다.

"아니에요."

그녀는 나를 돌아보지 않고 평소처럼 조용히 대답했다.

그녀는 열세 살치고는 묘하게 어른스럽다. 나는 당연히 성인이지만, 자신보다 훨씬 어린 그녀를 어째서인지 어린 소녀라고 생각할 수 없었다. 그녀는 과묵하나, 이 세상의 모든 것을 알고 있는 듯한 지적인 분위기를 휘감고 있었다.

하지만 그녀가 처음 이곳에 왔을 때는 그렇지 않았다. 정신적으로 여유가 없는 얼굴로, 무엇을 물어봐도 대답하지 않으며 고개를 가로저을 뿐이었다.

분명 무서운 체험을 해서 세상이 두려웠을 것이다.

지금 세간을 떠들썩하게 하고 있는 연쇄 살인귀 아이작 포스터가 이 소녀의 사랑하는 부모님을 죽였으니까.

그리고 그 후 아이작 포스터에게 유괴되어, 폭파로 무너진 빌딩에 몇 달이나 유폐되어 있었다.

그런 **범죄 피해자**일 터인 그녀가 현재(지금) 이처럼 철창 달린 방에 있는 것에는 이유가 있다.

그녀가 이 시설에 막 왔을 무렵이었다.

딱 한 번이었지만, 모두가 잠든 한밤중 그녀는 갑자기 뭔가에 씐 것처럼 착란 상태에 빠져서, 비치된 의자를 이용해 자기 방의 유리창을 파괴했다.

쾅쾅 내리치는 소리가 온 시설에 울려 퍼졌고, 이변을 알아차리고 방에 달려갔을 때, 그녀는 조금도 이지러지지 않은 노란 보름달에 매달리듯 손을 뻗으며 이 시설에서 도망치려 하고 있었다.

"레이첼, 뭐 하는 거니!"

직원 셋이 붙어 그녀의 몸을 창가에서 떨어뜨렸다. 그 가냘픈 몸 어디에서 그런 힘이 나오는지 그녀는 거세게 저항했다. 있는 힘껏 날뛰어, 깨진 유리 조각에 팔과 다리를 베여서 주위에 피가 떨어졌다.

"레이첼, 진정하렴. 이제 아무것도 무서워하지 않아도 돼."

우리는 몇 번이고 그렇게 달랬다. 하지만 그녀는 몹시 혼란에 빠져서 마구 날뛰며 울부짖을 뿐이었다.

날이 밝아 달이 그 모습을 감추자 그녀는 무언가를 깨달은 것처럼 얌전해졌다. 그리고 깨진 창밖을 그저 기도하듯 바라보았다.

돌연 어떤 기억이 떠오른 것인지, 아니면 아이작 포스터를 향한 증오가 그녀를 그렇게 만들었는지 우리 직원들은 헤아릴 수 없었다. 하지만 유괴된 경험이 있는 소녀가 패닉 상태에 빠지는 것도, 이런 참사가 일어나는 것도, 이 시설에서는 자주 있는 일이라 우리 직원들은 그다지 마음에 담아 두지 않았다.

그로부터 몇 달이 지나, 이곳에서 규칙적으로 생활하고 매일 카운슬링을 받아 상처도 아물었는지, 그녀는 그 밤의 일이 거짓말이었던 것처럼 평온해졌다.

나는 완전히 안정된 모습인 그녀를 보고 안심한 표정을 지으며 미소 지었다.

"오늘 카운슬링은 저녁에 있을 예정이란다."

그녀는 여전히 창밖을 바라보며 작게 고개를 끄덕였다.

"있지, 레이첼. 오늘은 날씨가 좋으니까 아침 먹고 느긋하게 산책이라도 하는 건 어떨까? 응, 그게 좋겠다. 그렇게 하자."

최근 줄곧 우중충한 날이 계속되었지만, 오늘은 그녀가 바깥 경치에 푹 빠져 있을 만큼 날씨가 아주 좋았다. 분명 예쁜 밤이 될 것이다. 그런 날에 종일 방에 있으면 그 빌딩에 유폐되어 있을 때와 똑같다. 그녀도 밖에 나가고 싶을 것이 틀림없다. 그렇게 생각하고 나는 제안했다.

"네."

하지만 그녀는 특별히 기뻐하지도 않고 평소처럼 작게 고개를 끄덕일 뿐이었다.

시설을 에워싼 높은 담이 레이의 시야를 가득 메웠다.

다채로운 꽃이 흐드러지게 핀 안뜰에는 부드러운 바람이 산들 산들 불고 있었다. 그 바람이 얇고 옅은 금발을 어루만지고 갔다. 레이는 안뜰 중앙에 있는 나무 벤치에 앉아 대기 중이었다.

조금 전까지 직원과 함께 산책하고 있었지만, 뭔가를 깜박했는지 직원이 「레이첼, 여기서 기다려 줄래?」 하고 말하더니 가 버렸다.

고개를 끄덕이며 레이첼은 조금 놀랐다.

자신의 좋은 행실이 이렇게까지 신뢰를 얻어 낸 것일까 아니면 시험하고 있는 걸까. 아니면 아무 생각도 없는 걸까.

알 수 없지만, 이렇게 시설을 관찰하고 있으니, 소란을 피우거나 울부짖는 환자가 흔하게 보였다.

이 시설은 마음을 다친 미성년자들이 모이는 곳이었다.

그리고 그 상처받은 미성숙한 마음을 치유하기 위해, 혹은 이 시설이 안전한 장소임을 암시하는 것처럼 많은 초록빛과 선명한 꽃들이 담장을 덮듯 심겨 있었다.

하지만 그것들의 아름다움은 레이의 마음을 흔들지 못했다.

경치 따위 어찌 되든 좋았다. 날씨가 좋다며 담당 직원이 데리고 나왔지만 레이는 비 오는 날이 더 좋았다. 하늘이 어두운 쪽이 아무것도 보이지 않아서 좋았다.

그리고 사실은 방에 틀어박혀 있는 것이 더 편했다. 아니…… 편하지는 않았다. 이곳에 온 뒤로 레이는 언제나 참기 힘든 고통을 느끼고 있었다.

그래도 어두운 방 안에 있으면, 탈주가 절망적으로 여겨질 만큼 높은 담을 보고 불안해서 마음이 옥죄는 일은 없었다.

"하아……."

무의식중에 레이는 한숨처럼 호흡했다.

그때 문득 바람에 실려 온 것처럼 노이즈 섞인 사람 목소리가 아마 TV나 라디오에서 나오는 음성이 레이의 고막에 울렸다.

소리가 나는 쪽으로 천천히 시선을 주자 레이의 눈에 직원실 창문이 비쳤다. 창문 너머로 보이는 TV 화면에 무언가 나오고 있었다.

두근 심장이 작게 뛰었다.

'……뭔가, 뉴스?'

희미하게 들려오는 목소라는 뉴스를 전하는 딱딱한 어조였다.

왠지 이상하게 마음이 어수선해진 레이는 내용이 신경 쓰여서 참을 수가 없었다. 딱히 세상사가 궁금하지는 않았다. 그 빌딩에서 탈출한 뒤로 레이가 알고 싶은 것은 딱 하나뿐이었다.

—년 —월 —일.

연쇄 살인— 혐의를 받고— 에게는—

그러나 너무 멀어서 음성이 확실히 들리지 않았다.

영상만이라도 확인하려고 레이는 직원실 쪽에 더욱 시선을 집중했다. 하지만 그때, 직원이 눈치챘는지 아니면 주의를 받았는지, 도중에 그 뉴스는 끊겼다.

아마 고의적으로 바뀌었을 채널에서는 듣고 싶지도 않은 조용한 음악이 흐르기 시작했다.

—아아······.

이 기분은 이미 몇 번이나 체험했다. 하지만 몹시 낙담한 레이는 자신의 생기가 빠져나가는 것을 느꼈다. 그와 동시에 밀려드는 불안. 아까 연쇄 살인이라는 말이 들렸다. 지금 세간을 떠들썩하게 하고 있는 범인을 레이는 잘 알고 있었다. 다양한 생각이 머릿속을 휘저었으나, 레이첼은 작게 머리를 흔들고 다시 한번 깊이 숨을 내쉬었다.

이성을 잃고 날뛰어 봤자 의미가 없다는 것을 레이는 알고 있었다.

오히려 날뛰면, 솔직한 태도를 보이면 좋지 않다는 것을 아주 잘 알고 있었다.

이 시설에 온 뒤로— 아니, 이 세상에 태어났을 때부터 자신의 미력함, 무력함을 레이는 받아들이고 있었다.

어떻게 발버둥 쳐도 바꿀 수 없는 현실만이 언제나 레이의 눈앞을 가로막았다.

가차 없는 어른들에게 좌절하며 레이가 깨달은 것은 그 안에서 얼마나 **강하게 자신을 위장할 수 있는가** 하는 것이었다.

그리고 그것은— 레이에게 남겨진 유일한 희망을 지키는 것이기도 했다.

레이는 그 단 하나의 희망이 자신을 이끌어 줄 것을 믿고 있었다. 하지만 믿는 것은 여태껏 레이에게 이토록 힘들고 비현실적인 것이 아니었다. 더욱 단순하고 막연한 것이었다.

이곳에 온 뒤로 수없이 스친 생각이 있다. 극한 상태와도 비슷한 참기 힘든 고통 속에서, 지금까지 피해 왔던 그 선택지를 떠올리는 것은 쉬운 일이었다.

하지만 그런 반면 레이는 아직 자신이 강하게 있을 수 있다고 느끼고 있었다.

왜냐하면 레이는 살아 있었다. 아니, 그때 살려졌다. 그리고 마찬가지로 잭은…… 분명 살아 있다. 그 맹세는 아직 서로의 마음에 살아 있을 터였다.

그때까지 자신은 망가질 수도, 계속 틀어박혀 있을 수도 없었다.

직원실에 깜빡 놓고 온 물건을 챙기고 서둘러 안뜰에 돌아가니 그녀는 벤치에 앉아 있었다.

　색색의 꽃들에 둘러싸여, 시간이 정지한 것처럼 미동조차 하지 않고 태연한 얼굴을 하고 있었다.

　그 침착한 모습을 보고 나는 안도했다. 뉴스가 나오고 있었을 때, 그녀가 직원실 쪽을 보고 있는 것 같았으니까. 그러나 이 모습을 보면 아까 그 뉴스는 못 본 모양이었다.

　하지만 지금의 그녀라면 그 뉴스의 내용을 전해도 문제없을지도 모른다.

　그렇게 느끼며 나는 천천히 그녀에게 다가갔다.

　"레이첼, 착하게 기다리고 있었구나."

　"네."

　사람을 두려워하는 것인지, 아니면 관심이 없는 것인지, 그녀는 역시 나를 돌아보지 않고 고개를 끄덕였다.

　"아까 선생님한테 들었는데 카운슬링 시간이 밤으로 미뤄질지도 모른대. 새로 들어온 환자의 카운슬링이 쉽지 않은 모양이야. 하지만 레이첼…… 응, 너는 이제 꽤 안정된 것처럼 보여. 오늘 산

책한 것도 카운슬링 선생님께 말해 둘게. 상태가 아주 좋아 보였
다고."

"……예, 아주 좋아요."

내 말에 그녀는 전에 없이 온화하게 고개를 끄덕였다.

하지만 표정은 없었고, 침몰선과 함께 해저에 가라앉은 환상의
보석 같은 파란 눈은 맑게 단 한 점만을 바라보고 있었다.

레이의 시야에 비치는 작은 창밖에서는 또 밤이 시작되려 하고
있었다.

"그래서…… 레이첼, 마음이 진정되지 않을 때는 있니?"

매우 심각한 음색으로 여성 카운슬러가 물었다.

통기성이 좋은 흰 원피스를 입은 레이는 작게 고개를 젓고서 어
제나 그제와 비슷하게 기계적으로 대답했다.

"아뇨, 딱히."

바깥 세계와 단절된, 숨 막힐 듯한 공간. 레이와 카운슬러는 마
주 놓인 간소한 나무 의자에 각각 앉아 있었다.

이곳은 그날 빌딩에서 깨어났던 장소와 아주 비슷했다. 상담실은 어디든 이런 구조일지도 모른다. 하지만 레이는 이 방에 오면 꼭 그날, 지하 7층에서 깨어났을 때를 떠올렸다.

아무것도 기억하지 못한 채, 자신이 **어떤 존재**인지도 몰랐던 순간을─.

지금은 모든 것을 떠올렸고 신이 안 계신다는 것도 알고 있다. 하지만 레이에게는 이제 신이 필요 없었다.

이 보호 시설에 온 뒤로 레이는 연일, 거의 정해진 시간에 이 방에 불려 와서 담당 카운슬러에게 비슷한 질문을 받는 것을 되풀이하고 있었다.

"그럼 최근에는 밤에 잘 자고 있니?"

카운슬링 중에 계속 유지되는 카운슬러의 무기질적인 미소가 때때로 자신이 시체를 꿰매 만든 엄마의 얼굴 같아서 기분 나빴다.

"……네."

레이는 엄마에게 물려받은 투명한 파란 눈에 아무것도 담지 않고 대답했다.

그 무표정은 카운슬러의 미소 같은 연기가 아니라, 어느새 몸에 익어서 뗄 수 없는 가면 같은 것이었다.

"……그래. 그럼 오늘은 이만할까. 미안하구나, 저녁에 상담할 예정이었는데. 카운슬링이 지연된 아이가 있어서 늦어져 버렸어."

"아니에요."

레이는 작게 고개를 저었다.

줄곧 같은 장소에 있으면 시간 감각이 사라진다고 예전에 누군가 말했었다. 레이는 그것을 몸소 체험하고 있었다. 이 시설에 온 뒤로 시간 감각이 마비된 것은 틀림없었다. 하루가 매우 길게 느껴질 때도 있는가 하면, 순식간에 지나가기도 했다.

레이가 지금 확실히 느끼고 있는 것은 이렇게 살아 있다는 것뿐이었다.

"방까지 같이 가자."

카운슬러가 일어나더니 생긋 웃으며 말했다.

"방에는 혼자 돌아갈 수 있어요."

레이는 상투적으로 대답했다. 그것은 레이 나름의 미약한 저항이었을지도 모른다.

하지만 카운슬러는 평소처럼 난처한 표정을 지었다.

"……그럴 수는 없단다, 미안해. 자, 레이첼, 가자."

부드러운 말투지만 그 이면에는 또 **문제**를 일으키면 곤란하다는 의미가 담겨 있었다.

"……네."

레이는 작게 고개를 끄덕였다.

그리고서 자신에 관해 모조리 알고 이해한 것처럼 구는 카운슬러의 뒤를 터벅터벅 따라갔다.

상담실을 나가니, 어둑한 복도에 늘어선 격자창 밖에 노란 달이 떠 있는 것이 보였다.

그것은 레이가 마지막으로 본 잭의 날카로운 눈 색과 아주 비슷했다.

"어머, 오늘은 달이 정말 예쁘구나. 안 그러니? 레이첼. 멋진 밤이야."

카운슬러가 연극조로 말했다.

"……멋진 밤."

그 말을 듣고 레이가 떠올리는 것은 이제 부모님을 죽인 날이 아니었다. 다른 어떤 밤도 아니었다. 만약 그런 밤이 있다고 한다면 그것은 그 약속이 이루어지는 날의 밤일지도 모른다.

약속…….

잭과 맺은 약속을 레이는 단 하루도 잊은 적이 없었다.

대니가 쏜 총에 맞은 후 혼수상태가 이어졌기에 그 뒤로 얼마나 날짜가 지났는지 알 수 없다. 어떻게 지상에 나와서 여기 왔는지도 기억나지 않았다.

하지만 레이는 언제나 잭이 목숨 걸고 밖에 데리고 나와 줬다고 느꼈다.

"그래, 이런 날은 얌전히 침대에 들어가서 자는 편이 좋아. 멋진 꿈을 꿀 수 있을 거야."

그러고 보니 이곳에 온 뒤로 꿈을 꾸지 않았다.

레이는 멈춰 서서 고개를 숙였다.

그리고 빌딩에서 일어났던 일을 무의식적으로 반추했다.

시간이 지날수록, 그 빌딩 안에서 있었던 일은 전부 신이 보여 준 환상이라는 생각조차 들었다. 하지만 그럼에도 레이는 잭과 함께 지상을 목표했던 것을 어제 일처럼 떠올릴 수 있었다.

레이의 마음에는 잭이 준 모든 말이 마치 직접 뇌에 적어 넣은 것처럼 새겨져 있으니까—.

"레이첼, 왜 그러니?"

카운슬러가 레이의 얼굴을 신묘하게 들여다보았다.

"……아무것도 아니에요."

레이는 꿈속에 있는 것처럼 멍하니 대답했다.

졸리지는 않았다. 이렇게 모호한 의식으로 지내지 않으면 발광할 것 같았다.

이 시설은 높은 담에 둘러싸여 있다. 자유롭게 행동할 수도 없다. 흡사 감옥이다. 갱생이란 무엇일까. 레이는 알 수 없었다. 그리고 필요 없는 일이었다.

하지만 레이는 딱히 자유롭게 살기를 원하지도 않았다.

이렇게, 이런 견디기 힘든 곳에서 레이가 지금 살아 있는 이유는 단 하나뿐이었다.

그 빌딩에서 약속을 맺은 뒤로 줄곧…… 레이는 지금도 바라고 있었다.

그 약속만을—.

그러나 그것을 누군가에게 가르쳐 줄 필요는 없었다. 말해 봤자 분명 정신 착란 상태라고 진단될 뿐이다.

"그래? 그럼 됐고."

카운슬러가 생긋 웃었다.

"……네."

그 웃음을 역시 기분 나쁘게 느끼며 레이는 억양 없는 목소리로 수긍했다.

"레이첼, 혹시 무섭니……?"

그러자 무언가를 헤아린 것처럼 카운슬러가 말했다.

"……예?"

불길한 예감이 들었다. 이 시설에 처음 들어왔을 때부터 이 여자가 뭔가 크게 착각하고 있음을— 레이는 눈치채고 있었다.

"너는 여기 온 뒤로 상당히 좋아졌어. 너와 함께 있던 사람…… 그 살인귀만 신경 쓰던 때와는 달라. 그러니 그런 너를 안심시키기 위해 가르쳐 줄게. 사실은 이러면 안 되지만……"

이 여자는 무슨 말을 하려는 걸까—.

심장 소리가 시끄러웠다. 레이는 전율하면서도 카운슬러를 응시했다.

"오늘 뉴스에 나왔는데…… 그 살인귀는 **사형**이 결정됐어."

그 순간, 레이의 보석 같은 파란 눈에 깃들어 있던 단 하나의 빛이 사라졌다. 가슴을 세게 찔린 감각이었다. 심장이 갈라졌나 싶을 만큼 무언가가 잇따라 흘러넘쳤다.

우주의 끝과 같은 캄캄한 어둠 속에 내던져진 레이는 숨을 삼켰다.

그것은 자신에게 형이 내려지는 것보다도 절망적인 선고였다.

―잭…….

울렁거리는 심장에 그 이름이 소용돌이쳤다.

"……그래요……?"

하지만 레이는 평정을 가장하고 말했다.

카운슬러는 만족스러워하며 또 그 거짓으로 가득 찬 미소를 지었다.

"그래. 깜짝 놀랐겠지만, 이걸로 오늘 밤도 안심하고 잘 수 있을 거야. 그러니…… 얌전히 자렴. 알겠지?"

레이의 마음에 여자의 말은 더 이상 들어오지 않았다.

"……네."

레이는 그저 감정이 없는 기계처럼 고개를 끄덕일 뿐이었다.

▲
▼

카운슬러의 유도를 따라 레이는 방에 들어갔다. 문이 닫힌 후,
밖에서 문을 잠그는 소리가 이어졌다.

모든 소리가 떠나고 마침내 혼자가 된 레이는 절망을 뭉친 듯한
한숨을 쉬었다. 머리가 깨질 것 같았다. 가슴이 찢어지듯 아팠다.

생물의 기척조차 느껴지지 않는 고요한 밤. 방에서 유일하게 바
깥 세계와 연결된 커다란 철창으로 보이는 보름달은 아까 카운슬
러가 말한 대로 예쁠 것이다.

하지만 레이는 이제 아무것도 느끼지 않았다. 장절한 허무감만
이 온몸을 뒤덮고 있었다.

레이는 방 끄트머리에 놓여 있는 나무 책상 쪽으로 멍하니 비
틀비틀 걸어갔다. 그리고 책상 서랍을 천천히 열었다.

그곳에는 레이가 소중히 여기던 것 피 묻은 잭의 단검이 들어

있었다. 이미 엉망으로 망가진 그것을 꺼낸 레이는 책상 위에 살며시 놓았다.

「내가 아까 너한테 단검을 준 건— **나한테 죽기 전까지 살아 있으라는 뜻이야.**」

잭의 목소리가 뇌리에 메아리쳤다. 그 말을 의지하며 하루하루를 참고 견뎌서 오늘까지 강하게 살아올 수 있었다. 절망에 찬 시설 생활 중에도 이 단검을 움켜쥐면 신기하게 몸에서 힘이 솟아났다.

'하지만, 이제……'

무표정하게 단검에서 눈을 돌리며 돌아선 레이는 책상 반대쪽 벽에 설치된 침대에 누웠다.

잭이 교도소에 있는 것은 알고 있었다.

—사형…….

그래서 그것은 무의식중에 줄곧 두려워하던 말이었다. 마치 우주 공간에 내던져진 것처럼 눈앞이 어둠에 휩싸이는 감각이었다. 레이는 절망 속에 빛이 비쳐 들기를 줄곧 기다리고 있었다.

하지만 방을 밝히는 작은 전구의 불빛도, 밖에서 들어오는 달빛도, 어떤 빛도 이제 레이에게 무의미했다.

카운슬러의 질문에 매일 기계적으로 고개를 끄덕이기는 했다.
그러나 사실은 줄곧 밤에 잠들지 못했다.
마음도 진정되지 않아서…… 오늘 밤도 잠들지 못할 터였다.

「……그 살인귀는 **사형**이 결정됐어.」

'하지만…… 이제 눈을 감을 수밖에 없게 됐어.'
이제 잭과는 만날 수 없다. 약속은 이루어지지 않는다. 레이는
억지로 눈을 감았다. 그 눈은 다시 아무것도 비추지 않는 무색투
명한 세계에 떨어져 갔다.

'이제 나를 죽여 줄 사람은 없어…….'

쾅—.

그로부터 얼마나 시간이 지났을까. 침대에 조용히 누워 있던 레

이의 귀에 천둥소리 같은 굉음이 울렸다. 그것은 믿을 수 없을 만큼 크고 난폭한 소리였다.

'창문이 울리고 있어……?'

레이는 침대에서 몸을 일으켜 소리가 나는 쪽에 시선을 집중했다. 확실히 강풍이 부는 것처럼 창문에서 세찬 소리가 울리고 있었다.

'뭐지……'

레이는 숨을 삼켰다. 무서우리만큼 고요한 밤중에 갑자기 울린 그 소리는 왠지 비현실적이었다. 위화감을 느낀 레이는 침대에서 내려와 창문 정면에 조금 떨어져 섰다.

쾅, 쾅.

심상치 않은 그 소리는 점점 더 격렬해졌다. 이것은 바람 소리 같은 게 아니다. 레이는 알 수 있었다. 환청이 아니라면…… 누군가가 커다란 날붙이로 방 창문을 내려치는 소리였다.

쾅, 쾅, 쾅!

'아아, 아아……'

심장이 망가지는 듯한 그 소리는 붕괴된 빌딩 안에서 울렸던 소리와 아주 비슷했다.

레이는 확실하게 느끼고 있었다.

그때, 방을 가로막는 벽이 붕괴되었을 때의 감각을. 신에게 맹세코 죽여 주겠다고 말해 주었던 존재를.

쾅, 쾅, 쾅, 쾅, 쾅!!!!

방에 울려 퍼지는 그 소리는 레이에게 마치 갓난아기의 첫울음처럼 희망찬 소리로 들렸다.

창 너머에 있는 인물은 그 상식을 초월한 무식한 힘으로 쇠창살을 부수고 유리창을 파괴하려 하고 있었다.

두근, 두근, 두근, 두근.

레이의 가슴은 격렬한 소리에 맞춰 아프도록 뛰었다.

"무슨 소리니?! 레이첼!!"

세계 그 자체를 파괴하듯 커진 소리가 온 시설에 울려 퍼지고 있는지, 문 너머에서 걱정하는— 아니, 문제가 일어나는 것을 두려워하고 있는 직원의 목소리가 들렸다.

책상 위에 놓았던 단검을 순간적으로 집어 든 레이는 문이 열리지 않도록 옆에 있던 나무 상자로 서둘러 문을 막았다.

"레이첼, 문 열어!! 무슨 일이 벌어지고 있는 거야?!"

직원이 광기 어린 목소리로 외쳤다. 레이는 그것을 남의 일처럼 들었다.

다만 직원의 반응을 통해, 이 소리의 근원이 시설 인간이 아니라는 것을 이해할 수 있었다.

―그렇다면……!

모든 예감이 확신으로 바뀌었다.

파랗게 질린 레이의 몸에 따뜻한 피가 돌기 시작했다. 눈부신 빛이 비쳐 들었다. 무색투명했던 세계에 모든 색깔이 되살아났다. 순식간에 레이의 마음에 희망이 넘쳐흘렀다.

아아, 아아.

레이는 기도하는 기분으로 창문 너머를 열심히 바라보았다.

닫힌 방에 파괴음이 울릴 때마다, 바다 밑바닥에 가라앉은 감정이 차례차례 떠올랐다.

쾅, 쾅, 쾅!!!! 쾅, 쾅, 쾅!!!!

더욱 격렬해지는 소리가 몇 번이고 가슴에 박혔다. 레이는 당장에라도 심장이 터질 것 같았다.

"큰일이야……. 겨, 경찰…… 경찰을 불러야 해!"

저번에 이 시설에서 레이가 일으켰던 소동과는 비교가 안 되는 명백한 비상사태임을 헤아렸는지 직원이 허둥지둥 달려갔다.

하지만 분명 직원은 문을 부수기 위해 다른 직원을 데리고 곧장 돌아올 것이다.

레이는 그렇게 냉정히 분석하면서도, 창문을 내려치는 소리 너머에 있는 존재에게 집중하지 않을 수 없었다.

그리고 다음 순간, 레이의 눈에 달빛이 비쳐 들었다.

창문에 균열이 생기더니 창 너머에서 누군가가 말했다.

"비켜."

그것이 누구의 목소리인지 레이는 알 수 있었다. 모를 리가 없었다.

줄곧, 매일 밤, 이날이 오기를 바랐다. 기도했다.

하얀 커튼이 날개처럼 바람에 나부꼈고, 깨진 창문으로 커다란 달이 얼핏 드러났다. 노란, 호박(琥珀) 같은 달. 그 풍경을 등지고서.

─잭이 있었다.

"······여어."

그 모습이 눈에 들어온 순간, 레이는 힘껏 움켜쥐고 있던 잭의
단검을 무의식중에 툭 떨어뜨렸다.

지금 보이는 광경이 환상이더라도, 꿈이더라도 좋았다.

레이는 창가로 천천히 다가가, 여기 오고 나서 수없이 마음속으
로 되뇌었던 그 이름을 불렀다.

"······잭."

목소리가 떨린 것은 그 모습이 정말로 신처럼 보였기 때문일지
도 모른다.

한쪽 발을 창틀에 올린 그 **신**은 장난스러운 얼굴로 씩 웃더니
레이의 방으로 훌쩍 내려섰다.

"아아~ 너, 또 재미없는 얼굴을 하고 말이야."

잭은 레이를 내려다보며 그날과 전혀 다름없는 표표한 어조로
말했다. 말과는 반대로 그 얼굴은 만족스러워 보였다.

레이는 그 존재를 확인하듯 지그시 파란 눈에 담았다.

바라던 일일 텐데, 정말로 이렇게 잭이 눈앞에 있다는 것에 레
이는 아직 혼란스러워하고 있었다. 탈옥하고 여기 왔으리라는 것
은 이해되었다. 하지만 잭은 사형 선고를 받았다고 아까 막 들은
참이었다.

"잭, 어떻게…… 교도소에 있던 거 아니야……?"

"응? 그야 당연히 빠져나왔지!"

날카로운 눈을 더욱 치켜세운 잭은 득의양양한 표정을 짓고서 흥분한 어조로 단언했다. 하지만 잭은 분명 교도소에서 도망쳤을 것이다. 잭의 얼굴은 확연하게 피투성이였고, 몸에서는 아직 생생한 피가 방울져 떨어지며 무언가 범상치 않은 사태가 있었음을 알리고 있었다.

그런 잭의 애처로운 모습을 보며 레이의 몸은 떨리고 있었다.

아무것도 묻지 않아도 알 수 있었다. 잭은 교도소를 나와 곧장 이곳으로 와 주었다.

잭은 데리러 와 준 것이다.

레이는 얼떨떨해하며 떨리는 목소리로 말했다.

"하지만, 나, 그때…… 맹세를…… 짊어지고, 가져가겠다고……."

대니가 쏜 총에 맞은 후, 의식이 멀어지는 가운데 레이는 확실히 그렇게 말했다. 잭이 아닌 다른 누군가에게 살해당해 버리면 약속은 이루어지지 않는다.

하지만 그렇다고 잭이 거짓말쟁이가 되는 것은 아니다. 그때 약속을 지키지 못한 것은 자신 쪽이었으니까.

그러나 레이는 잭과 서로 맹세한 것만큼은 헛되이 만들고 싶지 않았다. 죽어도 그 약속만큼은 지키고 싶었다.

그래서 목소리를 쥐어짰던 것이다.

"그게 뭐 어쨌는데. 그보다 멋대로 가져가려고 하지 마!"

잭은 호통치며 대답했다.

황폐한 사막에 아름다운 호수가 생겨나듯 레이의 눈에 눈물이
왈칵 차올랐다.

어째서 잭은 이렇게 엉망이 되면서까지 데리러 와 준 걸까─.

하지만 레이는 그것을 확인하는 것을 조금 망설였다. 만약 자신
혼자만 아직 그것을 바라고 있다면…… 그렇게 생각하니 무서웠다.

그러나 잭이 이곳에 와 준 이유는 하나밖에 없다고…… 그렇게
믿고 싶었다. 아니, 틀렸다…… 줄곧 믿고 있었다.

작게 심호흡한 후, 레이는 잭을 올려다보고 천천히 물었다.

"……그럼 아직…… 나를…… 죽이고 싶어……?"

어째서일까, 소리 내어 말하니 뺨으로 눈물이 흘렀다.

그 물음에 잭은 어이없다는 얼굴로 픽 미소 짓고서 되물었다.

"내가 누군데……? 내가 원하는 걸 놓칠 리 없잖아?! 아니면,
너는……잊어버린 거냐?"

그렇게 호소하고 레이를 바라보는 잭의 표정에 거짓은 없었다.

그렇다, 잭은 늘 변함없다. 이곳에 온 뒤로 레이가 줄곧 떠올렸
던 잭 그대로였다.

'아아, 아아……'

잭은 역시 기억해 주었다.

두 사람의 맹세를, 약속을, 이루러 와 주었다―.

기쁨에 떨며 레이는 고개를 휘휘 가로저었다.

"아니, 잭. 안 잊어버렸어. 잊어버리지 않았어……!"

레이는 정신없이 소리쳤다.

"맹세했는걸, 잭과 나, 둘이서 맹세했는걸!"

그랬다 잊어버린 적 따위 없었다.

그 맹세를, 약속을…… 1초도, 한순간도, 잠들 수 없을 만큼, 잊어버린 적 따위 없었다―.

「빨리, 이쪽이야!!」

방 밖에서 시설 사람들이 떠드는 목소리가 들리기 시작했다. 나무 상자로 막은 문이 뚫리는 것도 시간문제다.

하지만 레이는 이제 아무것도 두렵지 않았다. 이것이 문제 있는 행동이라고도 생각하지 않았다.

잭과 함께 맹세했던 약속은 누구도 방해할 수 없다. 이것은 약속을 맺은 그때부터 두 사람의, 두 사람만의 것이다―.

"이리 와, 레이!"

잭은 다시 창문을 뛰어넘어 레이에게 손을 내밀었다.

"응……! 응!"

눈물이 흘러넘치며 멈추지 않았다. 이렇게 감정이 고조되고, 살아 있음을 느낀 적은 레이에게 없었다.

창가로 달려간 레이는 잭의 손을 단단히 잡았다.

잭의 손을 잡은 순간, 레이의 눈앞에 이대로 잭에게 이끌려 천국과 가장 가까운 곳으로 달려가는 광경이 펼쳐졌다. 그것은 시설 안에서 레이가 줄곧 머릿속에 그리던 광경이었다.

레이는 시설에서 지내는 동안 이날이 오기를 미치도록 바랐다. 잭이 데리러 와 주기만을 기도했다.

'아아, 아아…….'

레이는 자연스럽게 흘러나오는 눈물을 잭과 이어지지 않은 손으로 몇 번이고 닦았다.

그리고 잭의 등을 바라보며, 그때, 처음으로 약속을 맺었을 때와는 다르게— 진심으로 기도하듯 깊이 소원했다.

"······있지, 잭······ 나를, 죽여 줘—."

변함없는 레이의 부탁에 잭은 살짝 웃었다.

둘이서 맹세한 약속을 완수하기 위해 여기까지 목숨 걸고 데리러 왔다. 부탁하지 않아도 그럴 생각이었다.

하지만 그것은 레이가 참을 수 없이 죽이고 싶은 괜찮은 얼굴을 한 뒤다.

뒤돌아본 잭은 울고 있는 레이의 머리를 콕 찔렀다.

"그럼······ 울지 말고 웃어."

그렇게 말하고 득의양양한 얼굴로 미소 지었다.

그것은 레이가 줄곧 떠올리던 가장 잭다운, 잭의 표정이었다.

깊어지는 밤중, 보름달의 부드러운 빛이 두 사람을 비추었다. 삐이삐이, 어디선가 울린 새의 울음소리가 레이의 고막을 건드렸다.

그때, 마치 꿈을 꾸고 있는 것처럼 레이의 눈앞에 하얀 초원이 펼쳐졌다. 그것은 언젠가 보았던 경치였다.

13년간 레이는 줄곧 달빛조차 없는 어둠 속에 있었다. 누군가에게 사랑받은 적도 없고, 누군가에게 필요한 존재였던 적도 없었다.

기피되는 존재로서 공허함과 고독밖에 몰랐다. 책을 읽는 것만이, 이상적인 가족을 바라며 인형을 고치는 것만이 레이에게 남은 유일한 위안이었다.

하지만 지금은 다르다.

태어나 처음으로 레이는 누군가에게 필요한 존재가 되었다.

잭은 자신과 한 약속을 완수하러 목숨 걸고 와 주었다.

기쁨이, 눈물 나도록 북받치는 행복감이 레이의 마음속에서 봄을 기다리던 꽃처럼 차례차례 피어났다.

지금까지 몰랐던 감정.

그 빌딩 안에서 잭이, 그래, 전부 잭이 가르쳐 주었다.

누군가를 돕고 싶다고, 도움이 되고 싶다고 바라는 것. 서로를 진심으로 믿는 것을—.

세계의 끝까지 비추는 달빛 아래에서 레이는 멈춰 서 잭을 올려다보았다.

"……고마워, 잭."

그리고 사랑하는 사람에게 그리하듯 혹은 그저 평범한 여자아이처럼 레이는 부드럽게 눈을 좁혔다.

▲
▼

—그때, 시설 직원들의 커다란 목소리가 레이의 귀를 찔렀다.

「알겠지?! 다 같이 미는 거야.」

문 너머에서 그런 소리가 들렸다. 이제 시간이 없다.

하지만 레이는 문득 잭에게 받은 단검을 바닥에 떨어뜨린 채라는 것을 깨달았다.

그러나 그 단검은 이제 필요 없다…… 레이는 그렇게 생각을 고쳤다. 그 단검은 이날이 오기까지 혼자서 강하게 살아남기 위한 부적이었다.

앞으로 어떻게 될지 알 수 없다. 하지만 이렇게 그 단검처럼 잭의 손을 잡으니 레이의 마음에서는 불안도 고독도 사라졌다.

혼자 꿈에 그리던 환상에서 현실로 돌아오듯 레이는 작게 숨을 들이마셨다.

그리고 잭에게 몸을 맡기고서 마치 보름달 속으로 떨어지듯 창문을 뛰어넘었다.

―○○년 ○월 ○일.

사형 판결이 내려진 아이작 포스터가 심야, 교도소에서 탈주.

그 후 레이첼 가드너를 보호 중이던 갱생 보호 시설로 가서 창문을 깨고 침입하여 재차 레이첼 가드너를 유괴한 것으로 보인다.

현장에는 손잡이가 녹고 이가 빠진 낡은 단검이 남아 있었다.

시설 직원이 증언하기를, 환자의 방은 바깥쪽에서만 잠글 수 있으나 레이첼 가드너 본인이 방 내부에서 봉쇄하였다고 한다.
갑작스러운 사태에 패닉에 빠져 착란 증상을 보인 것으로 여겨진다.

봉쇄된 문을 파괴하고 직원이 방에 들어갔을 때, 두 사람의 모습은 이미 없었고, 깨진 창문으로 부는 바람에 새하얀 커튼이 무표정하게 나부끼고 있을 뿐이었다.

지금도 경찰은 사라진 두 사람을 계속 쫓고 있다. 그러나 실마리는 아직 잡히지 않은 상태이다.

DANNY'S AND HIS MOTHER'S MEMORY

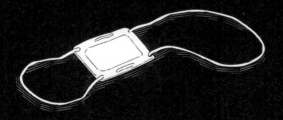

그 여자의 출생은 그다지 화려하지 않았다.

그 여자의 엄마가 그녀를 임신했을 때, 상대 남자는 아직 너무나 젊었고, 그녀가 태어나자마자 실종되었다. 이후로 그녀는 줄곧 엄마와 둘이서 살았다.

의지할 친척도 없는 두 여자의 생활은 가난하여 입에 풀칠하는 것이 고작이었다. 그래도 엄마는 그녀를 위해 일하고, 일하고, 계속 일했다. 그리고 그녀가 성인이 되었을 무렵, 완전히 지쳐 버렸는지 엄마도 병으로 죽고 말아서 그녀는 젊은 나이에 천애 고독한 신세가 되었다.

▲
▼

그러나 슬퍼할 여유 따위 없었다. 성실한 성격이었던 그녀는 남편 없이 혼자 힘으로 여기까지 키워 준 엄마 몫까지 강하게 살아야만 한다고 느꼈다.

그 후 그녀는 홀로 살아가기 위해 노력을 아끼지 않았다. 아르바이트하며 간호 대학에 다녀 간호사 자격을 취득하고, 곧장 마을의 종합 병원에서 일하기 시작해 생계를 꾸렸다.

그녀는 심약한 일면도 있었지만 누구에게나 다정하고 씩씩했다. 환자들 사이에서도 인기가 좋았다.

그리고 그 젊음과 내면에서 흘러나오는 아름다움은 병원 안에서도 한층 눈길을 끌었는지, 어떤 의사가 그녀의 아련함에 반했다.

"나와 결혼해 줘. 너야말로 운명의 사람이야."

그는 매일같이 그녀에게 구혼했다. 처음에 그녀는 내키지 않았다. 살갑게 웃으며 어떻게든 얼버무렸다. 그가 싫었던 것은 아니다. 의사로서 그가 지닌 실력이나 외모는 매력적이었고, 그와 결혼하고 싶어 하는 간호사도 많았다.

왜냐하면 그의 집안인 디킨스 가문이 대대로 의사 집안이라는 것은 원내에서도 유명했기 때문이다.

하지만 그런 훌륭한 집안사람들이 일가친척도 없는 그녀와의 결혼을 기뻐할까. 젊기에 세상사에 무지한 그녀도 그럴 리 없다는 것 정도는 이해하고 있었다. 그러나 그는 프라이드가 높았고 정열적이었다. 지금껏 구애했던 여자에게 거부당한 적 따위 없으리라. 그녀가 거부하면 할수록, 무슨 일이 있어도 그녀에게 결혼을 승낙받고자 했다.

그리고 마음이 약한 그녀는 그런 그의 프러포즈를 끝까지 거절하지 못했다.

그는 만족스러워 보였으나, 그녀 입장에서는 어땠을까. 반쯤 강제적으로 결혼하게 되었다고 해도 과언이 아니었다.

그런 두 사람의 결혼 생활도 정신 차리고 보니 몇 년이 흐른 상태였다.

세월이 지나자 남편은 변했다. 정열도 식어서, 그렇게나 끌렸을 터인 그녀의 연약함에 질리기 시작했을 것이다.

어쩌면 손에 넣어서 만족했을지도 모른다.

남편은 정열적인 반면 쉽게 식었다. 아니면 처음부터 자기 자신밖에 모르는 차가운 인간이었을지도 모른다.

그녀는 남들보다 훨씬 강하게 그것을 느꼈다.

하지만 두 사람의 불화에는 원인이 하나 더 있었다. 두 사람 사이에 좀처럼 아이가 생기지 않는다는 것이었다.

"괜찮아 타이밍 문제야. 곧 생길 거야."

처음에는 남편도 헌신적으로 그녀를 지지하며 격려했다.

그녀도 열심히 불임 치료에 힘썼으나 초기 유산을 되풀이했고 정신 상태는 나날이 나빠졌다. 그러면서 남편이 그녀를 보는 눈은 확연하게 바뀌어 갔다. 그리고 처음부터 그녀를 탐탁지 않게 여겼던 시가 사람들의 비난도 아이가 태어나지 않자 점점 더 거세졌다.

"염치도 모르고 뻔뻔하기는."

처음에는 그저 아이를 가지고 싶었던 그녀도 거듭 비난을 받자 언제부터인가 아이를 가지는 것에 참을 수 없는 중압감과 의무감을 느끼게 되었다.

'부탁드려요. 부탁드려요. 제발 제게 아이를…… 아이를 주세요.'

점차 그녀는 무언가에 씐 것처럼 매일 밤 신에게 기도를 올리게 되었다. 나중에는 언제 뭘 하고 있어도 언젠가 태어날 아이를 기도했다.

'어서, 어서 이 손으로 내 아이를 끌어안고 싶어……'

그것만이, 아직 보지 못한 그 아이를 생각하는 것만이 마음의 버팀목이었을지도 모른다. 하지만 소원은 이루어질 기미가 없었고, 눈물은 아무리 흘러도 마르지 않았다.

엄마와 둘이서 살았을 때, 아무리 가난해도 그녀는 불행하다고 생각한 적이 없었다. 그러나 지금은 그렇게 강한 마음을 지닌 그녀조차도 자신을 누구보다 불행하다고 생각했고, 그저 아이만을 생각하며 살게 되었다.

▲
▼

그런 두 사람 사이에서 마침내 탄생한 아이, 그것이 대니였다.

"아아…… 아아……."

마침내 자신이 낳은 제 자식을 끌어안은 그녀는 한눈에 이 세상의 누구보다도 사랑스럽다고 느꼈다.

지금껏 한 고생도, 시가 사람들의 매도도, 변해 버린 남편을 향한 미움도, 모조리 어찌 되든 좋을 만큼, 계속 기도한 끝에 이룬 출산은 미치도록 멋진 일이었다.

하지만 그렇게 아이의 탄생을 기뻐한 것은 그녀뿐이었다.

왜냐하면 대니는 선천적으로 **오른쪽 눈이 결손되어 있었기** 때문이다.

"한쪽 눈이 없다면 의사는 될 수 없어. 제대로 자랄지도 미심쩍어."

대니가 한 살이 됐을 무렵부터 남편은 빈번히 그런 말을 했다.

하지만 그녀는 그럴 때마다 고집스럽게 고개를 저었다.

"그렇지 않아. 이 아이는 분명 훌륭해질 거야."

진심으로 그렇게 믿고 있었고, 그녀는 이제 자신이 존재하는 이유가 아이밖에 없다고 느끼고 있었다. 그러나 대니의 오른쪽 눈이 결핍된 탓에 아이조차 부정당하게 된 것도 사실이었다.

그녀는 대니가 태어난 순간의 광경을 수없이 떠올렸다. 마침내 자신이 배 아파 낳은 아이— 하지만 오른쪽 눈이 있어야 할 곳에는 마치 배 속에서 누군가가 도려낸 것처럼 구멍이 뻥 뚫려 있었다.

그 이질적인 모습에 남편은 낙담했다.

"기분 나빠."

한숨을 쉬고 그렇게 말하며 제 자식을 안으려고도 만지려고도 하지 않았다. 그러기는커녕 대니를 사랑스럽게 바라보는 그녀를 경멸하는 눈으로 보았다. 마찬가지로 디킨스 가문 사람들도 갓 태어난 대니와 그녀에게 매우 실망했다.

시가에서는 디킨스 가문에 어울리는 평범한 아이를 원했다.

"또 낳으면 돼."

그래서 대니를 보자마자 다들 그렇게 말했다.

하지만 그것이 이루어지지 않을 것을 그녀는 알릴 수밖에 없었다. 오랜 시간에 걸친 난산이었기 때문인지 그녀의 몸은 이제 둘째를 바랄 수 없게 되었던 것이다.

그러나 주위가 백안시하는 가운데서도 그녀는 대니가 평범하게 태어나 주지 않은 것을 원망하지 않았다. 그저 태어나 준 것에 감사했다.

'이 아이가 얼마나 멋진지 왜 모르는 걸까⋯⋯.'

치미는 분함과 공허함에, 텅 빈 몸에서 눈물이 뚝뚝 흘렀다. 그녀는 자신과 대니 말고 이 세상 모든 것이 사라졌으면 좋겠다고 생각했다. 그러면 이 행복을 방해하는 것도, 헐뜯는 것도 없어진다. 그녀와 그녀의 엄마가 그랬듯 단둘이 평온하게, 근근이 살아갈 수 있을 터였다.

하지만 디킨스 가문에 시집온 자에게 그런 것이 허락될 리도 없었다.

그녀는 갓 태어난 대니를 끌어안고 매일 지독한 고독 속에서 잠들었다. 그래도 대니가 태어나기 전을 생각하면, 이 세상에 제 자식이 있는 것만으로도 그녀는 행복했다.

▲
▼

그때부터 그녀는 종일 대니와 함께 지냈다.

대니가 감기에 걸리면 열심히 간병하고, 밤새 자지 않고 옆에서 수발을 들었다. 누가 뭐래도 곁을 떠나지 않았다.

지금껏 살벌한 일상을 보냈던 그녀에게 육아는 행복이었다. 나날이 성장하는 제 자식의 모습은 눈에 넣어도 아프지 않을 만큼 사랑스러워서, 대니를 바라보고만 있어도 하루가 순식간에 지나갔다.

"대니, 책을 읽어 줄게."

잠들 시간이 되면 그녀는 많은 책을 대니에게 읽어 주었다. 이야기 속은 언제나 평온했고, 멋진 세계가 펼쳐져 있었다.

글자를 읽고 쓰는 법과 간단한 숫자, 잡학 등도 어린 대니에게 열심히 가르쳤다. 언젠가 혼자가 되어도 강하게 살아가려면 남들 이상의 지식이 있어야 한다는 것을 그녀는 알고 있었다.

그녀의 끈질긴 노력 덕분에 대니는 아주 똑똑한 아이가 되었다. 하지만 아무리 똑똑한 아이가 되어도 남편과 시가의 음습한 시선은 늘 따라다녔다. 안과의는 의안을 착용시키는 편이 좋지 않겠

냐며 걱정했다.

"됐어요. 이 아이의 눈은 이대로 훌륭하니까요."

그러나 생각할 필요도 없이 그렇게 말하며 거절했다. 즉답할 수 있을 만큼 그녀는 대니를 진심으로 사랑했고 자랑스럽게 여기고 있었다.

하지만 그녀는 언제부터인가 아무것도 비추지 않는 그 오른쪽 눈만을 보게 되었다.

매일 밤, 눈을 감고 잠든 제 자식의 눈알이 없는 탓에 제대로 감기지 못하고 움푹 들어간 오른쪽 눈꺼풀을, 울며 어루만졌다.

이 오른쪽 눈 때문에 이 아이는 누구에게도 사랑받지 못한다……
그렇게 생각하니 견딜 수 없이 가여웠다. 하지만 그런 그녀의 마음도 모르고 어린 대니는 때때로 텅 빈 오른쪽 눈구멍에 손가락을 넣으며 놀았다.

"뭐 하는 거니……!"

그 모습을 처음 봤을 때, 그녀는 너무나 동요하여 무심코 대니의 뺨을 때리고 말았다.

그리고 그녀는 주저앉아 울었다.

이렇게나, 이렇게나 내 아이를 사랑하는데…… 도저히, 도저히, 그 오른쪽 눈만큼은 진심으로 사랑할 수가 없었다. 대니가 태어난 순간부터, 오른쪽 눈이 없는 것조차도 사랑스럽다고 자신을 타일렀다.

그러나 사실은 그 오른쪽 눈이 미웠다.

오른쪽 눈을 빼면 대니의 외모는 아름다웠고 머리도 좋았다. 다른 어떤 아이와도 비교할 수 없었다. 엄하게 교육하지도 않았는 데 생떼를 부리지도 않았다. 제대로 오른쪽 눈이 있었다면 모두 에게 사랑받는 아이가 되었을 것이다. 그렇기에 그녀는 대니를 망 치는 그 오른쪽 눈이 미웠다.

제대로 평범하게 낳아 주지 못한 자신을, 죽고 싶어질 만큼 계 속 책망했다.

▲
▼

점차 사리를 분별하기 시작한 제 자식이 자신의 검은 속내를 깨닫지 못하도록 그녀는 전보다 더 사랑을 쏟았다. 하지만 대니가 성장하면서 그 오른쪽 눈 때문에 남편과 심하게 말다툼하는 일이 잦아졌다.

"장래는 어쩔 거야? 디킨스 가문의 일원이라는 자각은 있는 건 가? 제대로 된 인간으로 잘 키울 순 있는 거겠지?"

남편의 심한 말에 그녀는 그 증오스러운 얼굴에 존재하는 모든 것을 뜯어내고 싶을 만큼 화가 났다.

대니가 태어난 뒤로 남편은 일이 바쁘다며 집에도 잘 돌아오지 않았다. 다른 곳에 여자를 만들었는지는 알 수 없다. 하지만 그런 것은 이제 어찌 되든 좋았다. 털끝만큼도 관심 없었다. 그녀가 짜증스럽게 여긴 것은 남편이 계속 대니를 없는 존재처럼 취급하는 것이었다. 대니가 남편에게 「다녀오셨어요」 하고 말해도 남편은 한 번도 대답하지 않았다.

애정 따위 조금도 없었다. 그런데도 교육 방침이나 장래에 관해서는 시끄럽게 참견했다.

하지만 그것도 대니에게 관심이 있어서가 아니라 명문가인 디킨스 가문의 이름을 더럽히고 싶지 않기 때문이었다.

"그게 무슨 말이야……? 당신한테만큼은 그런 소리 듣고 싶지 않아! 나는 저 아이만을 생각하며 매일, 매일…… 노력하고 있어."

"잘도 그런 말을 지껄이는군. 네가 줄곧 집에 있으면서 애 키우는 데 전념할 수 있는 건 내가 너희를 부양하는 덕분이잖아."

"그래, 그건 고맙게 생각해……. 하지만 매일 집에 있는 것도 괴로워……. 숨 막히고, 고독해서…… 고통스럽다고!"

"웃기는 소리……. 아아, 평범한 아이가 태어났다면 이런 하찮은 말싸움을 할 필요도 없었을 텐데……. 너를 고르면서 내 운은 끝난 거야."

"나도 당신과 결혼하고 싶지 않았어……. 그리고, 제대로……
낳아 주고 싶었어……. 평범한 아이로……낳아 주고 싶었어……."

그 말을 꺼내면 그녀는 울 수밖에 없었다.

남편을 설복시킬 재주도, 기력도, 그녀에게는 없었다.

아아…… 결혼한 뒤로 줄곧 이렇게 눈물로 지새웠기에 신께서
대니의 오른쪽 눈을 빼앗으신 걸까—.

그녀는 울어서 부은 자신의 얼굴을 바라보며 문득 그런 생각을
했다.

이런 생활은 더 이상 버틸 수 없다. 아무도 없는 세계로 도망쳐
버리고 싶다. 그렇게 생각했지만, 현실 세계에서 여자 혼자 아이를
키우는 것이 얼마나 힘든 일인지 그녀는 뼈저리게 알고 있었다.

'대니를 지킬 수 있는 건 나밖에 없어…….'

이 집에서, 이 세상에서, 그녀만이 대니의 편이었다.

차츰 모든 이가 잠드는 깊은 밤이 찾아왔다.

마침내 둘만 있게 된 공간에서 작은 대니를 끌어안으며 그녀는
아주 조금 안도했고, 아무것도 비추지 않는 꿈을 꾸었다.

마치 대니가 오른쪽 눈으로 보는 세계처럼 캄캄한 꿈을 꾸었다.

▲
▼

　대니가 여섯 살이 됐을 무렵, 그녀는 대니를 초등학교에 보내기 시작했다.

　"집에서 가르쳐. 학교에 보내면 어떻게 될지 몰라서 그래?"

　그렇게 지시하는 남편의 말을 무시하고 — 아니, 이미 그녀의 귀에는 들리지 않았다 — 그녀는 대니를 바라보며 자상하게 미소 지었다.

　"대니…… 너는 똑똑한 아이야—. 오른쪽 눈이 없어도 괜찮아, 알겠지?"

　그녀는 진심으로 그렇게 믿고 있었다.

　하지만 그것은 붕괴하는 소리가 울려 퍼지는 가운데 소원한 그녀의 마지막 발버둥이었을지도 모른다.

　학교에서 대니는 행실도 좋고 성적도 우수하여 교사에게 자주 칭찬받았다.

　"아아, 대니……."

　그녀는 대니를 끌어안으며 매우 기뻐했다. 마침내…… 마침내 대니가 멋진 존재임을 타인에게 인정받았다. 그 사실이 그녀의 피

폐해진 마음을 단숨에 환하게 밝혔다.

그러나 남편이 걱정했던 대로, 대니를 학교에 다니게 한 것은 주위에서 그의 오른쪽 눈을 기이하게 보는 것으로 이어졌다—.

그날, 학교에서 귀가한 대니는 안대를 차고 있지 않았다.

무슨 짓을 당했는지는 간단히 상상이 갔다. 무기력한 대니를 보고 그녀의 얼굴은 전에 없이 새파래졌다.

"무슨 일이니…… 대니……, 누가, 이런 짓을……."

그녀의 질문에 대니는 대답하지 않았다. 그 대신 조용히 미소 지으며 이렇게 물었다.

"엄마…… 어째서 나는 오른쪽 눈이 없어?"

다른 평범한 아이들과 지내며 대니가 그렇게 생각하기 시작하는 것은 전혀 부자연스러운 일이 아니었다. 어쩔 수 없는 일이라는 것을 알고 있었지만 그녀의 억장은 무너졌다.

대니의 오른쪽 눈이 없는 것 때문에 가장 고통스러워하는 사람은 다름 아닌 그녀였다.

그녀는 대니를 부둥켜안고 한없이 눈물을 흘렸다.

그날부터 그녀의 파란 눈은 점차 공허해졌다.

　해저처럼 어둡게, 아무것도 비추지 않은 채 언제부터인가 대니의 오른쪽 눈구멍만을 바라보게 되었다.

　그리고 돌변한 것처럼 혹은 지금껏 이성을 붙잡고 있던 줄이 풀려 버린 것처럼 대니를 향해 눈 이야기만을 하게 되었다.

　"만약 네게 오른쪽 눈이 있었다면…… 넌 더 행복했을 거야……. 나도 괴롭지 않았을 거야. 미안해, 대니……. 미안해. 전부 내 탓이야……. 너는 아무런 잘못도 없어……."

　그녀는 새까만 구멍밖에 없는 대니의 오른쪽 눈을 만지며, 절망적인 음색으로 몇 번이고 사죄를 되풀이했다.

　그러나 그녀의 정신 상태가 악화되는 것을 따라가듯 대니의 왼쪽 시력이 조금씩 떨어져 갔다. 그녀는 대니를 안과에 별로 데려가고 싶지 않았다. 좋은 말 따위 듣지 못한다. 분명 또 모든 것이 자신을 몰아세울 것이다―.

　하지만 학교 성적에 끼칠 영향을 생각한 끝에 그녀는 갈등하면서도 대니를 근처 안과로 데려갔다.

　안과의가 말하길, 대니의 왼쪽 시력이 저하되는 원인은 오른쪽 눈이 없는 상태로 왼쪽 눈을 혹사하고 있기 때문이라고 했다. 실명에 이를 만한 것은 아니었지만, 진찰을 끝낸 의사는 조심하라고 했다.

"네."

의사의 말에 힘없이 고개를 끄덕이면서도, 완전히 약해진 그녀의 마음은 심한 상처를 받았다. 아니, 이제 아프다는 것조차 느껴지지 않았다.

지금까지 대니에게 닥치는 모든 것을 광적으로 조심하며 살아왔다. 그런데 이 이상 뭘 조심하면 좋을까…….

그녀는 이제, 알 수 없었다.

Episode. Danny

나의 어릴 적 기억은 대부분이 엄마와 함께 보낸 것이다.

마치 성모 마리아처럼 자애롭고 다정한 엄마였다. 나는 이 세상의 무엇보다도 엄마를 좋아했다. 엄마가 있으면 그것으로 세계는 완결되었다.

그것은 엄마도 마찬가지였을 것이다. 엄마는 언제나 나만을 바라보고 있었다.

하지만 언제부터인가 ─ 혹은 처음부터 그랬는지 ─ 내가 사랑하던 엄마의 파란 눈은 나 자신을 보지 않게 되었다. 내 얼굴을 볼 때 엄마는 내 오른쪽 눈만을 보았다. 텅 빈 오른쪽 눈만을.

'엄마는…… 어디를 보고 있는 걸까?'

나는 때때로 엄마 몰래 텅 빈 눈구멍을 만졌다.

내가 오른쪽 눈을 신경 쓴다는 것을 알면 엄마가 싫어했기에 몰래 만졌다.

나는 처음에 이 텅 빈 오른쪽 눈을 엄마가 사랑하고 있는 걸까 생각했다. 하지만 그렇지 않다는 것을 곧장 깨달았다.

밤마다 아빠와 엄마가 이 오른쪽 눈 때문에 심하게 싸우고 있다는 것을 알았기 때문이다.

"나도…… 힘들어! 저 애의 오른쪽 눈이 있었다면 얼마나 좋았을까…… 얼마나 행복했을까……!"

그렇게나 온화했던 엄마가 다른 사람처럼 언성을 높이는 것이 신기했다.

그리고 반복되는 아빠와의 말다툼 속에서 나의 오른쪽 눈을 사랑한다는 느낌을 주는 말을 엄마는 단 한 번도 내뱉지 않았다. 오히려 엄마는 내 오른쪽 눈 때문에 몹시 괴로워하고 있었다. 어린 나는 어둠 속에서 희미하게 그 말소리를 들으며, 침대에서 혼자 자신의 공허한 눈구멍을 만지작거렸다.

내게 오른쪽 눈만 있었다면 엄마는 분명 행복해졌을 것이다. 나는 엄마에게 더욱 사랑받을 수 있었을 것이다. 그렇게 생각하니 어쩔 도리가 없는 절망감이 가슴을 찔렀다.

한밤중이 되어 말싸움이 끝나면 엄마는 꼭 눈이 퉁퉁 부어서 내 방에 와 작은 나를 끌어안고 잠들었다. 엄마는 따뜻했고, 그 온기를 느끼면 오른쪽 눈이 없는 것도 잊을 수 있었다.

나를 끌어안고서 엄마는 어떤 꿈을 꾸었을까. 이제는 알 수 없는 일이다. 어린 나는 때때로 오른쪽 눈이 존재하는 꿈을 꾸었다. 엄마와 똑같은 파란 눈으로 마음껏 엄마를 바라보는 꿈을—.

▲
▼

　아빠와는 그다지 교류가 없었다. 애초에 일이 바쁜지 집에도 별로 없었던 것 같다.

　가끔 귀가한 아빠에게 「다녀오셨어요」 하고 인사해도 대답이 돌아온 적은 단 한 번도 없었다. 유쾌함과는 거리가 먼 눈으로 내 오른쪽 눈을 일순 보고는 기분 나쁘다는 듯 시선을 돌렸다. 하지만 나는 슬프지 않았다.

　엄마가 있으면 충분했다. 엄마가 나를 바라봐 준다면 그것으로 좋았다.

　하지만 엄마는 아빠가 나를 사랑하지 않는 것을, 아마 나보다도 더욱, 몹시 슬퍼했다. 그런 날은 엄마와 아빠의 말다툼이 격렬했고 마지막에는 엄마의 연약한 울음소리만이 고막에 울렸다.

▲
▼

　내가 여섯 살이 되었을 무렵, 엄마는 다른 아이들과 마찬가지로 나를 초등학교에 입학시켰다.

"오른쪽 눈이 없어도 괜찮아, 알겠지?"

그렇게 말한 엄마는 내 머리를 자상하게 쓰다듬으며 미소 지었다. 하지만 그것은 엄마 자신에게 말하는 것처럼 들리기도 했다.

학교 공부는 너무 간단해서 지루했다. 어릴 때부터 엄마에게 읽고 쓰기와 수학을 배웠기에, 수업으로 배우기 전부터 기본적인 것은 전부 알고 있었다. 시험을 볼 때는 시간이 너무 많이 남을 정도라서 나는 항상 엄마가 읽어 주었던 인상적인 책을 생각하며 보냈다.

"다니엘 군은 머리가 좋구나."

입학하고 얼마 안 되어 교사에게 칭찬받은 것을 보고하자 엄마는 본 적 없을 만큼 매우 기뻐했다. 나도 기뻐져서 더욱 칭찬받는 인간이 되려고 노력했다. 쉬는 시간마다 도서실에 가서 잔뜩 책을 읽으며 꾸준히 지식을 쌓았다.

하지만 언제까지고 평온한 학교생활이 이어질 리도 없었다. 어린 급우들은 오른쪽 눈을 덮은 부자연스러운 안대에 과하게 관심을 보이기 시작했다. 그리고 점차 이변을 깨닫고 안대 안쪽을 천진하게, 잔혹하게 들추고자 했다.

—얘, 그 안대는 뭐야?

—벗겨 보자.

―와아!

―어째서 오른쪽 눈이 없어?

―얼굴에 구멍이 뚫려 있어!

―무서워…….

―있지, 눈 감아 봐.

―감아도 이상하구나.

그날, 같은 반 아이에게 안대를 뺏긴 나는 텅 빈 오른쪽 눈을 손바닥으로 가리고서 집으로 걸어갔다. 누군가 그 손을 잡아뗐다면 괴물이란 소리를 들었을지도 모른다. 하지만 울고 있다고 여겨졌는지 행인에게는 「꼬마야, 괜찮니?」 하는 말을 들었을 뿐이었다.

"다녀왔습니다."

나는 덮고 있던 오른손을 떼고 현관문을 열었다.

"대니, 어서 오렴."

평소처럼 나를 맞이한 엄마는 내 모습을 보더니 전에 없이 얼굴이 새파래져서 내게 달려왔다.

"무슨 일이니…… 대니……, 누가, 이런 짓을……."

목소리를 떨며 마치 자기 일처럼 슬퍼하는 엄마를 보고 나는 엄마를 고귀하면서도 불쌍한 존재라고 느꼈다.

하지만 엄마와 마찬가지로 나는 그때 패닉에 빠져 있었던 걸지도 모른다. 아니면 엄마가 이런 얼굴을 하도록 만드는 이 오른쪽 눈이 몹시 미웠을지도 모른다.

"엄마…… 어째서 나는 오른쪽 눈이 없어?"

나는 엄마를 바라보고서 내 오른쪽 눈에 관해 처음으로 그렇게 물었다.

그 순간, 엄마는 부러질 듯 나를 세게 끌어안았다. 새까만 구멍 밖에 없는 내 오른쪽 눈을 바라보고 살며시 만진 엄마는 지쳐서 정신을 잃을 때까지 그 아름다운 파란 눈으로 한없이 눈물을 흘렸다.

그때부터 나는 아무리 반 아이들이 놀려도 안대를 뺏기지 않기 위해 사수했다. 그것은 때로 귀찮은 실랑이가 되기도 했지만, 엄마가 그렇게 상처받는 모습을 나는 두 번 다시 보고 싶지 않았다.

하지만 이미 늦었던 걸지도 모른다.

내가 눈에 관해 물은 탓에 그 이후로 엄마는 사사건건 눈 이야기만 하게 되었다.

만약 내게 오른쪽 눈이 있었다면 이렇게 괴롭지는 않았을 거라는 이야기를 하다가 갑자기 실성한 것처럼 사죄를 되풀이할 때도 있었다. 때로는 느닷없이 눈 자체에 관한 의학적인 이야기를 하기도 했다. 아무튼 그 무렵의 엄마는 무언가에 씐 것처럼 눈 이야기만 했다.

그 탓일까…… 나는 언제부터인가 인간의 안구에 깊은 흥미를 품게 되었다.

자신의 눈도 그렇지만 그 이상으로 타인의 눈이 참을 수 없이 신경 쓰였다.

분명 타인의 눈에 대한 부러움과 동경 그리고 미움 같은 감정이 뒤섞여 있었을 것이다.

그런 복잡한 기분으로 나는 아빠가 부재중일 때 서고에 숨어들었고 의학책을 펼쳐 눈에 관한 항목만을 읽었다. 마치 내 오른쪽 눈처럼 하늘이 새까만 색이 되어도 정신없이 탐독했다.

그 무렵부터였던 것 같다. 내 왼쪽 시력은 확실하게 조금씩 떨어졌다. 이제 막 눈을 공부하기 시작한 참이었으나, 그래도 오른쪽 눈이 없는 채로 왼쪽 눈만을 혹사하는 생활이 원인이라는 것은 나 자신도 이해할 수 있었다.

엄마는 망설이면서도 나를 안과에 데려가 주었는데, 진료를 담당한 안과의도 그렇게 말했다. 원래는 더 어릴 때부터 의안을 착용시키는 것이 좋지 않겠냐고 권유받았던 것 같지만 엄마는 고집스럽게 의안을 착용시키지 않았다. 이 눈 그대로 아름답다. 엄마는 예전에 그렇게 말했다. 하지만 그것은 반쯤 오기 같은 것이었으리라.

떨어지는 시력을 따라가듯 엄마는 야위었고, 그 끝을 헤아릴 수 없을 만큼 깊이 병들어 갔다. 매일 그렇게나 내 눈에 관해서만 이야기했는데, 내 눈을 신경 썼는데, 이제 엄마의 눈은 아무것도 비추지 않게 되었다.

그리고 그 눈은, 어째서일까 지독히 아름다웠다. 공허를 휘감고서 무엇도 비추지 않는 엄마의 눈이 이 세상의 무엇보다도 아름답다고 느꼈다.

—무엇도 비추지 않으니까.

엄마의 파란 눈은 달빛조차 없는 고요한 밤의 호수처럼 아무것도 비추지 않았다.

나의 이 추한 오른쪽 눈도.

나는 어느새 그런 엄마의 눈을 영원히 보고 싶다고 바라고 있었다.

그러나 그 바람은 이루어지지 않았다.

"다녀왔습니다."

그날, 학교에서 귀가한 나는 평소처럼 현관문을 열었다. 하지만 엄마는 **평소처럼** 맞이해 주지 않았다.

―엄마는 자살했다.

나와 함께 보내고 매일 함께 잠들었던 어두운 방 안에서 조용히 목을 매달고 있었다.

하지만 내가 발견한 것은 목을 매단 직후였는지, 이제 막 숨을 거둔 엄마의 시신은 아직 아름다웠다.

다만 감지 못한 눈만이 애처로웠다.

그러나 나는 엄마의 그 죽은 눈조차 아름답다고 생각했다.

그리고 더할 나위 없이 절망적인 슬픔 속에서 나는 안도했다.

―이제 엄마가 내 오른쪽 눈을 보며 얼굴을 일그러뜨릴 일은 없다⋯⋯.

그렇게 생각하자 어둡게 가라앉은 그 파란 눈이 한층 더 거룩하게 여겨졌다. 이제 이 세상의 어떤 더러운 것도 비추지 않는 그 눈은 이 세상의 무엇보다도 아름다웠다.

'아아…… 엄마.'

이로써 진심으로 말할 수 있었다.

"엄마…… 사랑해."

엄마가 죽은 후 아빠의 방침으로 나는 마침내 의안을 착용하게 되었다.

의안이라고는 해도 눈이 보이게 되는 것은 아니었고, 역시 진짜처럼 움직일 수 있는 것도 아니었다. 다만 착용하지 않았을 때와 현격히 분위기가 달라졌다. 아니, 주위의 시선이 달라졌다고 해야 할까.

원래부터 나는 부모님의 아름다움을 물려받아 외모가 나쁜 편이 아니었다. 공부밖에 안 했기에 성적은 당연히 좋았고, 사람에 따라 알맞게 태도를 바꾸는 것도 금방 익혔다.

의안이 두드러지지 않도록 안경을 써서 겉모습이 남들과 같아지자 학교생활도 거짓말처럼 개선되었다. 내 오른쪽을 눈을 대놓고 놀리는 사람은 점차 적어졌다.

하지만 여전히 아빠와의 관계는 냉랭했다. 다만 남부끄럽지 않게 아낌없이 돈을 들여 키워 줬으니 나는 행운아였을지도 모른다.

엄마가 죽은 뒤, 나는 타인의 눈에 더욱 관심을 가지며 고집하게 되었다.

그날, 눈물이 흘러넘치던 시야에 담긴 엄마의 파란 눈은 너무나도 고귀했고, 이 세상 것이라고는 생각할 수 없을 만큼 아름다웠다.

나는 다시 한번 그런 눈을 보고 싶었다. 아무것도 비추지 않는 그 아름다운 눈이 보고 싶어서 무언가에 홀린 것처럼 되어 갔다.

세월이 흘러 고등학교 졸업을 앞두고, 장래를 생각하여 진학처를 결정해야 하는 시기에 접어들었다.

"아버지, 저, 안과의가 되려고 하는데요."

안구에 홀려 있던 나는 어떻게든 눈과 관련된 일을 하고 싶어서, 의사인 아빠에게 딱 한 번 상담했다.

"바보 같은 소리 마. 한쪽 눈이 없는 넌 외과의조차 못 돼. 애초에 눈이 없는 안과의한테 진찰받고 싶어 하는 환자 따위 없어."

하지만 아빠는 그렇게 악평했다.

나는 낙담했다. 그것이 지독히 정론이었기 때문이다. 의안을 착용하여 겉모습은 조금 멀쩡해졌다. 타인이 볼 때 의안임을 바로 알아차릴 수 없을 정도로는 자연스러워져 있었다. 하지만 역시 외과의 같은 직업은 의안을 착용한 인간이 할 수 있는 일이 아니었다.

정말이지 웃기는 이야기였다.

그 무렵의 나는 눈에 홀린 나머지 제대로 된 사고조차 할 수 없었던 걸지도 모른다.

안과의가 되는 것을 포기한 나는 고등학교를 졸업한 후, 예전에 아빠도 다녔던 유명한 대학에 진학했다.

하지만 안과의가 되겠다는 장래가, 머릿속에 그렸던 미래가 무너져서, 입학한 뒤로도 나는 그다지 기분이 좋지 않았다. 뭘 해도 허무감이 들었다. 모든 것이 무의미하게 느껴졌다.

생각해 보면 엄마가 죽은 후부터 줄곧 그랬을지도 모른다.

"저기, 다니엘 군……."

그러던 때, 심리학 강의가 끝난 후, 한 학생이 내게 말을 걸어왔다.

예전에 조금 호감을 느꼈던 여학생이었다.

예전의 그녀는 몹시 기분이 가라앉아 있었고, 그 어두운 눈은 너무나도 매력적이었다. 그 눈에 이끌려 위로를 건넨 적도 있었다. 하지만 어느 순간부터 그녀는 갑자기 기운을 되찾았고 눈에도 빛이 돌아와 버렸다. 그 이후로는 흥미가 일지 않아서 소원해진 상태였다.

"있지…… 나, 카운슬링을 받으러 다녔어."

그 한마디를 듣고 납득했다. 그녀는 알아듣기 힘든 작은 목소리로 이야기를 계속했다.

"그래서…… 카운슬러 선생님이…… 정말이지…… 아주 좋은 선생님이라…… 조금씩 마음이 밝아졌어……. 그러니까…… 다니엘 군도…… 기분이 우울하다면…… 만약…… 어떻게 할 수도 없다면…… 소개할게……. 그 선생님…… 믿을 수 있는…… 아주 좋은 선생님이니까."

그녀는 더듬더듬 말하며 그 카운슬러가 정말 좋은 선생님이라는 말을 몇 번이고 되풀이했다.

"그럼 어떻게 할 수도 없게 됐을 때, 그 **아주 좋은 선생님**께 부탁해 볼게."

대답은 그렇게 했지만 나는 카운슬링을 받으러 다닐 마음 따위 없었다. 하지만 예전의 그녀처럼 어두운 눈을 한 인간이 「믿을 수 있는 아주 좋은 선생님」이라고 느꼈다는 말만은 머릿속에 깊이 남았다.

▲
▼

  대학을 졸업한 후, 나는 카운슬러의 길로 나아갔다. 그때 그녀
가 했던 말이 계기가 된 것은 틀림없었다.

  그리고 집안 등의 내 입장을 생각해도 합당한 길이었다. 바람직
한 의사가 될 수 없는 외눈박이인 내가 디킨스 가문의 사람으로
서 그나마 나은 길을 골랐다고 말하듯 아빠는 반대하지 않았다.

  카운슬러로서 일하기 시작함과 동시에 나는 집을 나왔다. 그
뒤로 집에는 돌아가지 않았다. 몇 년 후, 풍문으로 아빠가 재혼했
다는 이야기를 들었지만 더 이상 연락을 주고받지는 않았다.

  다만 내가 카운슬러가 된 것은 집안 때문이 아니었다.

  대학 동기의 그 말이 마음에 남았기 때문이었다. 카운슬러가
되면 병든 눈을 한 환자가 조건 없이 눈앞에 나타날 것이라고 생
각했다. 그러나 안이한 생각이었다. 내가 진심으로 바라는, 영원
히 병든 눈은 그렇게 간단히 나타나지 않았다. 기대했다가 낙담

하는 나날이 몇 년이나 계속되었다.

그러던 어느 날이었다. 파란 눈을 가진 한 환자가 내 앞에 나타났다.

그녀의 눈은 엄마의 눈보다 초록빛을 띠었지만 내가 바라는 것과 비슷하게 지독히 병들어 있었다.

"정말 아름다운 눈이네."

나는 첫마디로 그렇게 말했다.

그녀는 처음에 나를 매우 경계했다. 타인이라기보다 자신 이외의 인간을 몹시 두려워하고 있었다. 그리고 진료기록부에 의하면 아직 마흔 살도 되지 않았을 텐데 극도로 야위고 머리가 하얗게 세서 마치 노파 같았다.

그런 그녀의 신체 가운데 초록빛을 띠는 파란 눈만이 유일하게 살아 있는 인간 아니, 그녀가 가진 본래의 아름다움을 간직하고 있었다.

그렇게 변해 버린 모습을 본 그녀의 부모는 몹시 혼란스러웠는지 반강제로 카운슬링을 받게 한 것이었다.

그녀는 그 병든 눈으로 특별히 어딘가를 바라보지도 않으며 「언제나 죽음이 바로 옆에 있는 것 같아요. 빌딩 옥상에 선다면 무의식적으로 뛰어내려 버릴 것 같을 만큼……. 나는 용서받을 수 없는 죄를 저질렀으니까⋯⋯.」하고 중얼거렸다.

척 보기에도 그 정신 상태는 완전히 약해져 있었다.

"어째서 그렇게 생각하게 됐지?"

나는 그 눈을 들여다보며 물었다.

그러자 그녀는 아주 천천히, 때로는 알아들을 수 없을 만큼 빠르게, 정서적으로 불안한 모습으로 이야기하기 시작했다—.

▲
▼

1년 전, 그녀는, 20년을 함께한 사랑하는 남편에게 이별을 통보받았다.

그것은 색욕에 미쳤던 자신의 죄 때문에 남편을 배신한 것이 원인이었다. 하지만 이별을 통보받은 시점에 그녀에게 죄의식은 없었다. 그녀는 재혼할 생각을 하고 있었다. 오히려 이로써 정말 사랑하는 사람과 맺어질 수 있다고 믿어 의심치 않았다.

"남편과 이혼했어. 이제 함께 살 수 있어."

하지만 그렇게 전하자 상대의 안색은 단숨에 바뀌었다. 요 몇 년간 그녀를 사랑해 주었을 상대는 그녀를 비웃었다.

"간단히 가족을 배신하는 여자랑 내가 결혼이라도 할 줄 알았어?"

그 후 몇 시간에 걸쳐 인격을 부정당하고, 두 사람의 관계는 바로 끝장났다. 불순한 관계에 미쳐 있던 것은 그녀뿐이었다. 상대방에게 그녀는 같이 놀기 좋은 상대…… 아니, 그 이하였을 뿐이었다. 사랑해 주었던 사람, 사랑했던 사람, 그 모든 것을 잃은 그녀는 별안간 고독한 세계로 떨어졌다.

원래 그녀는 아름다워서 지금껏 살면서 늘 누군가가 곁에 있는 생활을 보냈었다. 하지만 이제 그녀는 젊지 않았다. 늙기 시작한 상태였다.

그리고 그녀의 죄는 곧장 퍼졌다. 이런 최악의 죄를 저지른 인간과 인생을 함께해 줄 남성이 나타날 리도 없었다.

그녀는 사랑하는 사람을 배신한 것을 밤마다 미치도록 후회했다. 심장이 멎을 듯한 죄책감에 짓눌렸다.

진심으로 자신을 사랑해 준 것은 남편뿐이었다. 언제나 헌신적으로 버팀목이 되어 준 것은 남편이었다. 하지만 그것을 너무 늦게 깨달았다. 남편의 자상한 말과 20년간의 결혼 생활을 떠올리기만 해도 속이 울렁거려서 그녀는 아무것도 먹을 수 없게 되었다.

—남편에게 사랑받고 싶다. 다시 한번 사랑받고 싶다. 사랑받고 싶다.

매일 침대 위에서 번민하며 그녀는 수없이 소원했다. 하지만 그와 동시에 마지막으로 눈에 담았던 전남편의 무감정한 얼굴이 선명하게 떠올랐다.

"헤어지자."

그때, 그 말만을 담담히 전한 전남편은 그녀를 인간으로 보고 있지도 않았다. 다만 아무것도 비추지 않는 그 눈이 모든 것을 책망하고 있는 것 같다고 그녀는 느꼈다.

▲
▼

이곳에 오기까지의 경위를 이야기하며 그녀는 그 병든 눈으로 눈물을 뚝뚝 흘렸다.

"나는, 죄를 저질렀어. 용서받을 수 없어……."

목소리를 떨며 그렇게 중얼거린 그녀는 당장에라도 죽어 버릴 것 같았다. 나는 그런 그녀가 몹시 마음에 들었다.

나는 그녀에게 되도록 매일 상담실에 오라고 말했다.

그녀는 고개를 끄덕였다.

아마 그 지시를 의문스럽게 여기지 않았을 것이다. 그만큼 그녀의 상태는 최악에 가까웠다.

카운슬링은 매일 과할 만큼 정성껏 장시간 이루어졌다.

"너는 지금 태어나 처음으로 고독해져서, 맛본 적 없는 절망의 구렁에 있어. 세상 모든 것이 자신의 죄를 비난하는 것처럼 느껴지고. 그렇지?"

"네⋯⋯."

나는 같은 질문을 반복했다. 그럴 때마다 그녀는 누구에게도 사랑받지 못하고 있음을 반추하여 점점 더 병들어 갔다.

모두에게 경멸받고, 미움받고, 평생 용서받지 못하고, 그리고 언젠가 다른 사랑을 찾을 전남편에게 존재조차 잊힐 것을, 이제 그와 같은 대가를 바라지 않는 사랑은 두 번 다시 나타나지 않을 것을 깨달아 갔다.

그러나 정성껏 이야기하면 할수록 그녀의 눈 색이 바뀌는 것을 카운슬러인 내가 눈치채지 못할 리 없었다.

그녀가 카운슬링을 받으러 다니기 시작한 지 석 달쯤 지났을 무렵일까. 그녀의 마음은 여전히 지독히 병든 채였으나, 이 상담실에 다니는 것을 언제부터인가 삶의 유일한 희망처럼 느끼기 시작한 상태였다.

나는 견디기 힘든 딜레마에 빠졌다.

항상 그랬다. 조금이라도 신경 쓰이는 환자가 있으면 나는 그때마다 정성껏 카운슬링을 실시했다. 그 결과, 환자는 병든 눈이 아니게 되어 버렸다―.

돌이켜 보면 고등학생 때, 매력적인 눈을 하고 있던 그녀도 믿을 수 있는 카운슬러와 만나자마자 희미한 빛을 되찾았다.

그리고 눈앞에 있는 그녀는 나를 사랑하기 시작한 상태였다.

지금 표면적으로 그녀의 유일한 이해자인 나는 분명 자신이 저지른 모든 죄를 용서하고 그 감정을 받아들여 줄 것이라고 믿고 있는 모양이었다. 그녀가 그렇게 믿어 의심치 않은 것은 실제로 내가 환자들 중에서 그녀를 명백하게 특별 취급하고 있었고 그녀도 그것을 확신하고 있었기 때문이다.

하지만 나는 그녀에게 흥미를 잃어 가고 있었다.

내가 바라는 것은 영원히 병든 눈 그것뿐이었다.

"이제 상태가 많이 안정된 것 같네. 한동안 카운슬링 받으러 안 와도 돼. 여기 와서 네 증상이 **악화**되면 안 되니까 말이야."

나는 그녀의 눈을 쳐다보지도 않고서, 말 자체는 부드러워도 엄격한 어조로 그렇게 고했다.

그로부터 얼마간이 지난 어느 날, 그녀는 마지막 환자로서 비틀
비틀 상담실에 들어왔다.

　　살을 마구 긁어 댔는지 피부는 너덜너덜했고, 마치 화상을 입
은 것처럼 상처투성이였으며, 입고 있는 흰 파자마 같은 옷에는
피가 묻어 있었다.

　　그리고 이날 그녀는 내가 그녀에게 끌렸던 날과 마찬가지로 어
둡게 가라앉은 눈을 하고 있었다.

　　상담실에 오는 것이 금지된 그녀는 아마 다시 절망을 느끼게 되
었을 것이다. 카운슬링 말고 그녀의 고독을 달랠 것은 아무것도
없으니 당연했다.

　　"선생님…… 약을 아무리 먹어도 소용없어요……. 모든 게 날 비
난하는 것 같아……."

　　그녀는 야윈 손등을 피가 날 때까지 벅벅 긁으며 중얼거렸다.
그녀의 눈동자는 아무 목적도 없이 공허하게 바닥을 바라보고 있
었다. 나는 이야기를 건성으로 들어 버릴 만큼 그런 그녀의 눈을
편안하게 바라보았다.

　　그러나 그녀의 시선이 갑자기 허공을 헤매기 시작했다. 말을 머

뭇거리는 것 같았다.

나는 그녀가 무슨 말을 하려고 하는지 무서우리만큼 예감할 수 있었다.

"……하지만 선생님을 만나러, 나왔어요."

역시나 예상했던 말이었다.

'아아, 어째서 이 고요한 눈동자로 영원히 있어 주지 않는 걸까.'

나는 오싹한 기분을 느꼈다.

"무서운 말 하지 말아 줘."

무심코 나온 그 말이 그녀에게 절망감을 준 모양이었다. 얼굴을 들고 나를 올려다본 그 눈은 순식간에 끝없는 늪과 같은 색이 되어 갔다. 나는 그 눈동자를 보고 안도함과 동시에 예전보다 더한 갈등을 느꼈다.

'분명 이 눈동자도 금방 변해 버리겠지…….'

그렇다면 이대로 **죽은 눈**으로 만들어 버릴까. 엄마처럼 더는 무엇도 비추지 않는 눈으로—.

"너는…… 죄를 저질렀어. 중죄를. 그런 인간에게 앞으로 행복이 찾아올 거라고 생각해? 그렇게 생각하지 않으니까 여기 있는 거지. 안 그래?"

그녀는 새파랗게 질리면서도 작게 고개를 끄덕였다.

"하지만 그건 틀리지 않았어. 그 눈에 빛이 돌아오면 너는 지금

이 자리에서 바라는 것을 결코 손에 넣을 수 없으니까. 너는 지금 무엇이 이루어지면 가장 행복할 것 같아?"

"……사랑받고 싶어…… 선생님한테."

"그렇지. 하지만 슬프게도 그 행복은 오지 않아. 네가 행복해지면, 그 눈이 행복으로 환히 빛나게 되면, 네가 바라는 것은 이루어지지 않아. 내가 널 사랑하는 일은 없어."

"……어째, 서죠……."

"나는 말이지, 이미 알아 버렸거든. 빛을 되찾은 그때, 너는 분명 나를 사랑하지 못할 거고…… 그리고 더욱 큰 고통에 떨어질 거야. 그러니까 너의 눈동자가 가장 어둡게 병들어서 아름다운 동안……나와 너의 소망을 이루어 줄게."

그것이 무엇을 가리키는지 그녀는 몰랐을 것이다. 알기는커녕 내가 말하는 것은 옳고, 아름답고, 훌륭하다고 느꼈을 터였다. 고독한 그녀는 내게 사랑받는다면, 그런 세계가 있다면 뭐든 좋다고 생각했을 터였다.

"……네."

아무것도 모른 채 그녀는 살을 벅벅 긁으며 작게 고개를 끄덕였다.

그 순간, 충동에 사로잡힌 것처럼 나는 그녀의 목을 졸랐다.

그녀는 소리를 지르지도 않았다. 저항하지 않았다. 이미 그럴 기력조차 없었을지도 모른다.

그리고 나는 초록빛을 띤 그 파란 눈을 그녀의 얼굴에서 뽑아냈다.

그녀의 유일한 아름다움이었던 눈이 뽑힌 얼굴은 그저 추했으나, 삶의 희망으로 가득 차 있는 것처럼 보였다.

하지만 나는 혼란에 빠져 있었다.

피로 물든 손과 가운. 상담실에 굴러다니는 눈 없는 무참한 시체를 봐도 자신이 저지른 일이 명백하게 떠오르지 않았다.

나는 한동안 망연하게 있었다. 처음 저지른 행위에 죄악감 같은 것을 느꼈던 것일지도 모른다.

하지만 그것은 점차 성취감으로 바뀌었다. 그녀의 눈에서 뽑아 내 손에 넣은 안구가 너무나도 아름다웠기 때문이다.

두 번 다시 빛을 되찾을 염려가 없는 그 안구를 보고 있기만 해도 정신이 안정되는 착각이 들었다.

그러나 동시에 기묘하게도 내 안에 포기와 비슷한 무언가가 생겨나기도 했다. 그 순간, 나는 병든 환자에게서 눈을 빼앗는 것으로만, 그 눈을 자기 것으로 삼는 것으로만 자신을 유지할 수 있게 되었던 것일지도 모른다.

그날부터 나는 환자에게서 뽑아낸 눈 컬렉션을 어느 것이나 소중히 여겼다.

내 자택 일실에는 그 눈들이 장식되어 있었다. 나는 매일 밤 커피를 한 손에 들고서 혼자 의자에 앉아 포르말린에 담긴 눈을 바라보았다. 처음에는 매우 기분이 좋았다.

하지만 딱 하나 결점이 있었다.

아무리 정성껏 소중하게 다뤄도 눈동자의 열화는 피할 수 없었다.

내가 본래 바라던 것은…… **살아 있으면서 영원히 죽은 눈을 계속 보는 것**이었다.

하지만 평생 추구해도 그 소망이 이루어질 일은 없다는 것을, 수많은 죽은 눈들이 대용품일 뿐이라는 것을, 나는 눈치채지 못한 척하고 있었을지도 모른다.

그러지 않으면 마치 내 오른쪽 눈과 같은 어쩔 도리가 없는 공허함이, 돌이킬 수 없을 정도로 마음을 어지럽혀 버리기 때문이다.

그리고 언젠가 이상적인 눈을 만나더라도 그것은 그저 위안일 뿐이다.

살아 있으면서 영원히 죽은 눈을 계속 보는 것.

그것은 내가 엄마를 보고 생각했던 마음이었기 때문이다.

자살한 엄마의 눈을 봤을 때, 한순간 그 어두운 눈이 영원히 내 것이 된 것 같았다. 그렇기에 그때 나는 그토록 엄마의 눈을 아름답다고 생각했던 것이다.

그날, 죽어 버린 엄마의 눈을, 엄마와 함께 보냈던 그 방에서, 나는 계속 바라보았다. 가능하다면 줄곧 보고 있고 싶었다. 그대로 엄마와 함께 단둘이 영원한 시간을 보내고 싶었다. 나는 엄마를 이 세상의 무엇보다도 사랑했다.

태어났을 때부터 줄곧 엄마의 눈에 애타했다.

쭉 영원히 그 눈에 사랑을 쏟고 싶었다. 그러나 엄마의 눈은 이제 없다.

자살 따위 하지 않았다면 엄마는 줄곧 곁에 있어 주었을까……
내 곁에.

하지만 이 세상의 무엇보다도 아름다운 엄마의 눈을 뛰어넘는 눈은 나타나지 않을 것을 사실은 마음 한편으로 알고 있었다.

내가 바라는 것은, 정신이 병들어 버릴 만큼 내 오른쪽 눈을 미워했던 엄마의 눈이었다. 그런 엄마의 눈을 이토록 바라고 마는 것은 왜일까—.

엄마가 죽은 그 날부터 줄곧, 지금도 나는 알 수 없다.

episode. Danny's mother

그 밤, 그 여자는 절망에 휩싸여 목에 밧줄을 걸고 눈을 감았다.

돌이켜 보면 그녀의 인생은 그저 대니를 품기 위해 있었다.

대니가 태어난 날, 그녀는 행복했다. 자신이 태어난 진정한 의미를 알았다. 대니의 오른쪽 눈이 없고, 그로 인해 세간에서 말하는 평범한 아이가 아니어도, 그녀에게는 이 세상 무엇보다도 사랑스러운 존재였다. 원래는 대니만 있다면 아무것도 필요 없을 터였다.

하지만 주위의 시선과 몰지각한 말에 침식되며 세월이 흐르면서 그녀는 누가 봐도 알 수 있을 만큼 병들어 갔다. 그 눈은 허공을 떠돌았고, 점차 아무것도 비추지 않게 되었다. 대니도, 그토록 신경 썼던 대니의 오른쪽 눈마저도 더는 비치지 않았다.

그리고 이제 대니를 품을 힘조차 그녀에게는 남아 있지 않았다.

그녀는 대니와 함께 이 세상이 아닌 어딘가로 가고 싶었다. 하지만 길동무로 데려가지는 않았다.

일상생활조차 불안한 정신 상태가 오랫동안 이어졌으나 그래도 사랑하는 제 자식을 자기 손으로 죽인다는 생각은 추호도 떠오르지 않았다.

가능하다면 아무런 굴레도 없는 세계에서 둘이 살고 싶었다. 줄곧 그렇게 바랐다.

하지만 이제 그것을 바랄 수도 없을 만큼 그녀는 지쳐 있었다. 그리고 분명 둘이서 살아가길 바라는 것은 허락되지 않는다. 그만큼 자신은 사랑하는 아들을 상처 입히고 말았다.

밧줄은 야윈 여자의 목에 가차 없이 파고들었다. 마치 살아 있는 생물처럼 밧줄이 엄청난 압력으로 목을 졸라서 더는 호흡할 수가 없었다.

그때, 일그러져 가는 그녀의 시야에 문득 대니가 첫울음을 울었던 날이 선명하게 되살아났다.

그녀의 눈에서 무의식적으로 눈물이 흘렀다.

아아…… 그날은 죽어도 잊지 못할 것이다. 그렇게 멋진 날은—.

대니…… 내 아들로 태어나 줘서, 고마워.

모든 것이 시작된 날의 영상에 휩싸여, 사고하는 것조차 잊었던 마음속으로 그녀는 진심을 담아 그렇게 중얼거렸다.

그러나 그것은 짧은 주마등이었을 것이다.

머지않아 여자는 요 몇 년간 사랑하는 아들과 함께 보냈던 방에서 마지막 순간을 맞이했다.

▲
▼

—몇 시간 후, 신고를 받은 경찰이 현장에 달려왔다.

여자의 남편을 포함하여 현장에 달려온 모두가 그 목매단 시체의 무생물 같은 안구를 보고 소스라치며 눈을 돌렸다.

그러나 아들인 대니만이 고집스럽게 방에서 움직이지 않고 그 죽은 눈을 혼자 지그시 들여다보고 있었다.

마치 홀린 것처럼, 혹은 풀 수 없는 수수께끼를 풀려는 것처럼 한없이 그 자리에 서서, 두 눈에서 흘러넘치는 눈물을 닦으려고도 하지 않고, 더는 아무것도 비추지 않는 엄마의 눈을 들여다보고 있었다.

■ 작가 후기

「살육의 천사」 노벨라이즈, 마지막 권을 맞이했습니다.

여기까지 읽어 주셔서 정말로 감사합니다.

이 페이지에 도달하기까지, 레이와 함께 B7층에서 깨어난 뒤로 살육의 천사의 캐릭터들과 무척 긴 시간을 보냈습니다.

기억이 없는 채로 깨어났으나 대니와 재회하여 모든 것을 떠올리고, **용서받을 수 없다**고 생각하며 잭과 「약속」을 맺고. 그 후 둘이서 걷기 시작하여 에디와 캐시의 여러 함정에 직면해 빈사 상태에 빠지면서도, 약속을 완수하기 위해, 서로를 위해 행동하고. 그리고 최후, 붕괴하는 빌딩 속에서 그레이의 재촉을 따라 지상으로 달려 올라갈 때까지의 한 장면, 한 장면이 마치 눈앞에서 일어난 것처럼 뇌에 새겨져 있습니다.

그리고 권말에 각각의 과거편을 적으며 항상 가슴 아프고 인물들이 사랑스러워서 눈물이 났습니다.

이번 대니의 과거편 테마인 「엄마와 자식」은 떼려야 뗄 수 없는 것입니다.

제가 일곱 살이었을 때 어머니가 집을 나갔고 그 뒤로는 할머니와 아버지가 저를 키워 주셨습니다. 어머니에게서는 한 번도 연락이 오지 않았고 만나러 오는 일도 없었습니다. 하지만 아무리 지독한 부모여도 아이는 부모의 사랑을 원하는 존재라고 생각합니다. 그리고 한 번이라도 사랑받았던 기억은 사라지지 않습니다. 언제나 사랑에 굶주려 세계에 절망하면서도 대니가 눈에 집착한 것처럼 저는 소설을 쓰는 것으로 구원받았습니다.

그리고 이 이야기 속에서 장절한 과거와 용서받을 수 없는 죄를 품었으면서도 레이는 태어나 처음으로 자신을 받아들여 준 존재 잭과 만나 구원받았습니다. 잭 또한 처음으로 타인에게, 다른 누구도 아닌 레이에게 필요한 존재가 되며 구원받았습니다.

층을 올라가며 두 사람의 신뢰 관계가 깊어지는 모습이 정말 좋았습니다.

유례를 찾아볼 수 없는 이 장절한 이야기를 파고들면서, 장면마다 캐릭터의 심경 등을 사나다 선생님께 감수받았습니다. 처음 쓰기 시작했을 무렵에는 게임 속과 마찬가지로 레이가 무슨 생각을 하고 있는지 무척 어렵게 느껴졌습니다. 하지만 이야기가 진행

되며 레이의 마음속에 들어갈 수 있게 되었고, 그 순간, 매우 안도하여 기뻐졌던 것이 기억납니다.

「살육의 천사」는 프리 게임이라는 특성상, 팬 여러분의 마음속에 각자가 그리는 「살육의 천사」가 있을 거라고 생각합니다.

원작이 가진 세계관을 부수지 않도록 언제나 긴장감을 가지고서 집필했지만, 이 노벨라이즈도 그중 하나로서 즐겨 주신다면 좋겠습니다.

마지막 순서가 되었지만, 이처럼 멋진 이야기를 빚어내시는 사나다 마코토 선생님이 진심으로 존경스럽습니다. 게임을 플레이하며 천재라는 말을 절절히 느꼈습니다.

사나다 선생님께서 이 세상에 만들어 내신 멋진 캐릭터들과 만나게 되고, 이야기를 쓰고, 레이와 잭과 함께 행동하며 저도 크게 성장할 수 있었던 것 같습니다.

이 이야기는 애니메이션에 머물지 않고 언젠가 할리우드 영화가 될 것 같다는 예감이 듭니다!

또한 아름다운 삽화를 그려 주신 negiyan 선생님, 정말로 감사합니다. 권두 만화의 퀄리티에 늘 감동합니다.

팬으로서, 작가로서, 이 「살육의 천사」라는 작품과 엮인 것이 무척 영광스럽습니다. 독자님들을 비롯하여 이 책과 관련된 모든 분께 감사드립니다.

키나 치렌

키나 치렌 CHIREN KINA

소설가. 대학 재학 중에 쓴 『녹으니 시들었다.』(신초샤)로 제9회 성인문학상 우수상 수상. 그 후 『정전기와, 미야코의 무의식』(겐토샤)으로 단행본 데뷔, 『나비 세계』 (이치진샤)나 『Just Be Friends』(PHP연구소), 『DEEMO Last Dream』(포니캐니언) 등 인터넷 콘텐츠의 소설화를 다수 담당했다.

사나다 마코토 MAKOTO SANADA

게임 작가. 2013년 10월에 프리무!에 투고한 『안개비가 내리는 숲』이 화제가 되어 만화나 소설 등 여러 매체로 전개되는 인기작이 되었다. 2015년 8월, 니코니코 게임 매거진에서 대망의 신작 『살육의 천사』 제1화를 공개. 연재 중부터 높은 인기를 얻었고 2016년 2월에 제4화를 배포하며 완결. 연재 종료 후에 공개된 영상 『살육의 천사 Episode.NG』도 화제를 불렀다.

negiyan NEGIYAN

일러스트레이터·디자이너. 『살육의 천사』에서는 LINE 스티커 제작, 굿즈 등을 담당하는 공식 일러스트레이터로 활약. 또한 Twitter에서 연재한 네 컷 만화가 큰 반향을 일으켜 코믹진에서 동시 연재도 시작했다.

살육의 천사 3
ONCE IN A BLUE MOON

1판 1쇄 발행 2018년 9월 10일
1판 5쇄 발행 2023년 1월 16일

원작_ Makoto Sanada
지은이_ Chiren Kina
일러스트_ negiyan
옮긴이_ 송재희

발행인_ 신현호
편집장_ 김승신
편집진행_ 권세라 · 최혁수 · 김경민 · 최정민
편집디자인_ 양우연
관리 · 영업_ 김민원

펴낸곳_ (주)디앤씨미디어
등록_ 2002년 4월 25일 제20-260호
주소_ 서울시 구로구 디지털로 26길 111 JnK디지털타워 503호
전화_ 02-333-2513(대표)
팩시밀리_ 02-333-2514
이메일_ lnovellove@naver.com
ㄴ노벨 공식 카페_ http://cafe.naver.com/lnovel11

SATSURIKU NO TENSHI Vol.3 ONCE IN A BLUE MOON
ⓒMakoto Sanada / Chiren Kina 2018
First published in Japan in 2018 by KADOKAWA CORPORATION, Tokyo.
Korean translation rights arranged with KADOKAWA CORPORATION, Tokyo.

ISBN 979-11-278-4625-1 04830
ISBN 979-11-278-4020-4 (세트)

값 9,000원

©Kudan Naduka 2018 ©Makoto Sanada 2018
KADOKAWA CORPORATION

살육의 천사 1~7권

사나다 마코토(星屑KRNKRN) 원작 | 나즈카 쿠단 만화

폐쇄된 빌딩 지하에서 깨어난 13살 소녀, 레이.
기억을 잃은 그녀는 자신이 왜 여기에 있는지조차 몰랐다.
출구를 찾아 헤매는 레이 앞에
갑자기 온몸에 붕대를 감고
사신처럼 낫을 든 청년이 나타나 그녀를 공격한다 ―.
과연 이곳은 어디인가.
어떤 목적 때문에 갇히게 되었는가.
빌딩에서 탈출하기 위한 목숨을 건 여정이 시작된다……!

『안개비가 내리는 숲』의 사나다 마코토 신작
화제의 사이코 호러 게임 대망의 코미컬라이즈!!

© Kudan Naduka 2018 © Makoto Sanada 2018
KADOKAWA CORPORATION

살육의 천사 Episode.0 1~2권

사나다 마코토(星屑KRNKRN) 원작 | 나즈카 쿠단 만화

무대는 대니가 근무하는 형무소.
그곳에 어느 날 한 남자가 나타난다.
"당신은 텅 빈 눈을 하고 있군. 하늘의 계시라고 생각하고 들어봐.
내가 어째서 충족됨을 느끼고 있는지.
그건… 「신부님」과 만났기 때문이야."

**원작자 사나다 마코토의 신규 시나리오로 보내드리는,
「천사」들의 과거 이야기!**

SL COMIC은 미디어믹스 전문 브랜드입니다.

살천! 1~2권

사나다 마코토(星屑KRNKRN) 원작 | negiyan 작화

"신에게 맹세코 훈훈하게 만들어 주지!"
폐쇄된 빌딩의 지하에서 만난 살인귀들은
다들 나사가 빠져 있는데…?!
살짝 무섭지만 상당히 느긋한!
『살육의 천사』 공식 일러스트레이터
negiyan의 네 컷 만화, 대망의 단행본 출간!

SL COMIC은 미디어믹스 전문 브랜드입니다.

SL COMIC

©2015 Tsumugi Kuchiba/Makoto Sanada
Illustration:Takeshi Sakoda
KADOKAWA CORPORATION

안개비가 내리는 숲 상,하권

사나다 마코토 원작 | 쿠치바 츠무기 지음 | 사코다 타케시 삽화 | 송재희 옮김

그 숲에서 두 사람은
「귀신」과 약속을 맺었다…….

기억이 지워져 버린 소녀와
목소리를 빼앗겨 말할 수 없게 된 소년이
10년 후, 또다시 〈약속의 장소〉에서 만난다—.

대인기 프리호러게임 『안개비가 내리는 숲』 소설화!!